中國新聞史研究輯刊

初 編

主編　方 漢 奇
副主編　王潤澤、程曼麗

第 6 冊

桂林抗戰新聞史（上）

靖鳴 徐健 曹正文等 著

花木蘭文化出版社

國家圖書館出版品預行編目資料

桂林抗戰新聞史（上）／靖鳴 徐健 曹正文等著 — 初版 — 新
北市：花木蘭文化出版社，2013〔民 102〕
目 8+256 面：19×26 公分
（中國新聞史研究輯刊 初編：第 6 冊）
ISBN：978-986-322-297-2（精裝）
1. 新聞業　2. 歷史　3. 中國
890.9208　　　　　　　　　　　　　　　102012308

ISBN-978-986-322-297-2

9 789863 222972

中國新聞史研究輯刊
初　編　第六冊　　　　　　　ISBN：978-986-322-297-2

桂林抗戰新聞史（上）

作　　　者	靖鳴 徐健 曹正文等
主　　編	方漢奇
副 主 編	王潤澤、程曼麗
總 編 輯	杜潔祥
出　　版	花木蘭文化出版社
發 行 所	花木蘭文化出版社
發 行 人	高小娟
聯絡地址	235 新北市中和區中安街七二號十三樓
	電話：02-2923-1455／傳眞：02-2923-1452
網　　址	http://www.huamulan.tw 信箱 sut81518@gmail.com
印　　刷	普羅文化出版廣告事業
初　　版	2013 年 9 月
定　　價	初編 12 冊（精裝）新台幣 20,000 元

桂林抗戰新聞史（上）

靖鳴　徐健　曹正文等　著

作者簡介

靖鳴，男，江蘇人，南京師範大學新聞與傳播學院教授（曾在廣西大學和廣西師範學院任教），博士研究生導師，中國新聞史學會會員。曾主持並完成國家哲學社會科學基金課題1項，主要參與國家哲學社會科學基金課題4項，主持省部級哲學社會科學基金課題3項。在大陸「全國核心期刊」發表論文120餘篇；出版學術專著16部，其中的《問題新聞學》、《會議新聞學》、《採訪對象主體論》和《手機傳播學》分獲廣西自治區第八屆、第九屆、第十屆、第十一屆社會科學研究優秀成果獎（著作類）二等獎。

徐健，男，廣西人，歷史學教授，新聞史博士，碩士生導師。主要研究領域為廣西新聞史、廣西少數民族資訊傳播與社會發展研究。先後在大陸的《新聞傳播研究》、《新聞與寫作》、《新聞知識》、《學術論壇》、《社會科學家》、《廣西社會科學》等刊物發表學術文章，研究內容涉及抗戰時期桂林的新聞生態、報人、報刊及報業發展。主持國家哲學社會科學規劃基金課題一項、廣西哲學社會科學規劃基金課題一項，主持多項傳媒與出版橫向課題。

曹正文，男，江西人，廣西師範學院文學院副教授，碩士研究生導師。承擔國家和省部級、廳級等科研課題6項，其中主持3項科研課題：2個省級科研課題，1個廳級科研課題；參與3項科研課題：國家哲學社會科學規劃基金課題1項，省級2項。在大陸學術期刊發表學術論文22篇，其中「全國核心期刊」7篇；參與出版學術專著1部。

提　　要

本書以抗戰時期聞名遐邇的文化城桂林的抗戰新聞事業為研究對象，研究內容既涵蓋對當時報業、通訊社和廣播電臺採編及新聞運作和經營管理的經驗、理念乃至教訓的細緻的梳理、觀照與思考；還注重對抗戰時期國共合作背景下的國共兩黨及其它政治勢力的新聞事業的運作狀況和經驗進行比對研究。

本書論述了抗戰時期桂林的政治和新聞生態；論述了《廣西日報》（桂林版）在「救亡圖存、推動地方建設」發揮的作用；論述了抗戰時期中國共產黨在桂林所發揮的新聞堡壘作用以及所採取的新聞策略；論述了《救亡日報》（桂林版）在宣傳上採取的獨特手法，同時對其社論及副刊和經營管理等進行深入探析；對《大公報》（桂林版）的報導、言論、副刊及其經營管理進行深入的研究和分析；研究和分析了《掃蕩報》（桂林版）的辦報精神與報紙業務、其戰況報導與宣傳手段以及內容豐富貼近生活的副刊；對《工商新聞》（每日通訊）、《國防週報》、《正誼》週刊這三份有代表性的小報進行深入的研究；還對桂林抗戰新聞事業中幾位重要的新聞界人物進行分析研究。

本書不僅對今天我國新聞事業的發展具有直接和間接的借鑒作用，而且對當下我國黨報黨刊與其它民主黨派報刊、民營報刊的協調與互相合作提供積極的啟迪意義。本書填補了桂林抗戰新聞事業研究的空白，豐富了我國抗戰新聞事業史的研究，具有較大的學術價值和史料價值。

《中國新聞史研究輯刊》總序

　　新聞史是一門科學，是一門考察和研究新聞事業發生發展歷史及其衍變規律的科學。它和新聞理論、新聞業務一樣，都是新聞學的重要組成部分。新聞史又是一門歷史的科學。屬於文化史的範疇，是文化史的重要組成部分。由於新聞事業的特殊性，新聞史的研究和各時期的政治、經濟、文化都有著緊密的聯繫。

　　在中國，近代以來的重大政治運動，和文化史上的許多重大事件，都和當時的新聞事業有著密切的聯繫。從戊戌維新到辛亥革命，每一次重大的政治活動都離不開媒體的宣傳和鼓吹。近代歷史上的幾次大的思想啟蒙運動，哲學和文學領域的幾次大的論戰，新文化運動的誕生和發展，各種文學流派的形成及其代表作品的問世，著名作家、表演藝術家的嶄露頭角和得到社會承認，以及某些科學文化知識的普及和傳播，也都無不和報刊的參與，有著密切的聯繫。各時期的經濟的發展，也有賴於媒體在輿論上的醞釀、推動和支持。

　　新聞史，從宏觀的角度來說，需要研究的是整個人類新聞傳播活動的歷史。從微觀的角度來說，則是要研究一個國家、一個地區、一個時代、一個時期、一類報刊、一類報人，乃至於具體到某一家報刊、某一個報刊工作者和某一個重大新聞事件的歷史。研究到近代以來的新聞史的時候，則還要兼及通訊社、廣播電臺、電視臺和各種現代化新聞傳播機構和新聞傳播手段發生發展的歷史。

　　對於中國的新聞史研究工作者來說，需要著重研究的是中國新聞事業發生發展的歷史。中國是世界上最先有報紙和最先有印刷報紙的國家，中國有

將近 1300 年的封建王朝辦報的歷史，有 1000 多年民間辦報活動的歷史，有近 200 年外國人來華辦報的歷史。曾經先後湧現過數以千萬計的報刊、通訊社、廣播電臺、電視臺和各種各樣的新媒體，以及數以千百計的傑出的新聞工作者，有過幾百次大小不等的有影響的和媒體及報人有關的重大事件。這些都是中國新聞史需要認真研究的物件。由於中國的新聞事業歷史悠久、源遠流長，中國的新聞史因此有著異常豐富的內容，這是世界上任何國家的新聞史都無法比擬的。

在中國，新聞史的研究，已經有一百年以上的歷史。1873 年《申報》上發表的專論《論中國京報異於外國新報》和 1901 年《清議報》上發表的梁啟超的《中國各報存佚表序》，就是我國研究新聞事業歷史的最早的篇什。至於新聞史的專著，則以姚公鶴寫的《上海報紙小史》為最早，從 1917 年姚書的出版到現在，中國新聞史的研究經歷了以下三個時期。

第一個時期，是 1917 年至 1949 年。這一時期出版的各種類型的新聞史專著不下 50 種。其中屬於通史方面的代表作，有戈公振的《中國報學史》、黃天鵬的《中國的新聞事業》、蔣國珍的《中國新聞發達史》、趙君豪的《中國近代之報業》等。屬於地方新聞史的代表作，有姚公鶴的《上海報紙小史》、項士元的《浙江新聞史》、胡道靜的《上海新聞事業之史的發展》、蔡寄鷗的《武漢新聞史》、長白山人的《北京報紙小史》(收入《新聞學集成》)等。屬於新聞史文集方面的代表作，有孫玉聲的《報海前塵錄》、胡道靜的《新聞史上的新時代》等。屬於新聞史人物研究方面的代表作，有張靜廬的《中國的新聞記者》、黃天鵬的《新聞記者外史》、趙君豪的《上海報人的奮鬥》等。屬於新聞史某一個方面的專著，則有趙敏恒的《外人在華新聞事業》、林語堂的《中國輿論史》、如來生的《中國廣告事業史》和吳憲增的《中國新聞教育史》等。在這一時期出版的新聞史專著中，以戈公振的《中國報學史》影響最大。這部新聞史專著根據作者親自搜訪到的大量第一手材料，系統全面地介紹和論述了中國新聞事業發生發展的歷史，材料豐富，考訂精詳，是中國新聞史研究的奠基之作。至今在新聞史研究工作中，仍然有很大參考價值。其餘的專著，彙集了某一個地區、某一個時期、某一個方面的新聞史方面的材料，也都各有一定的參考價值。

第二個時期，是 1949 至 1978 年。這一時期海峽兩岸的新聞史研究工作都有長足的發展。大陸方面，重點在中共報刊史的研究。其代表作是 1959 年

由中國人民大學新聞系編印出版的《中國現代報刊史》講義，和 1962 年由復旦大學新聞系編印出版的《中國新民主主義革命時期新聞事業史講義》。此外，這一時期還出版了一批帶有資料性質的新聞史參考用書，如人民出版社出版的《五四時期期刊介紹》，潘梓年等撰寫的《新華日報的回憶》，張靜廬編輯的《中國近代出版史料》和《中國現代出版史料》，阿英的《晚清文藝報刊述略》和徐忍寒輯錄的《申報七十七年史料》等。與此同時，一些新聞業務刊物和文史刊物上也發表了一大批有關新聞史的文章。其中如李龍牧所寫的有關《新青年》歷史的文章，丁樹奇所寫的有關《嚮導》歷史的文章，王芸生、曹穀冰合寫的有關《大公報》歷史的文章，吳範寰所寫的有關《世界日報》歷史的文章等，都有一定的影響。這一時期臺港兩地的新聞史研究，在 1949 年前後來自大陸的中老新聞史學者的帶動下，開展得較為蓬勃。30 年間陸續出版的中外新聞史著作，近 80 種。其中主要的有曾虛白、李瞻等分別擔任主編的同名的兩部《中國新聞史》，賴光臨的《中國新聞傳播史》、《七十年中國報業史》、《梁啟超與近代報業》和《中國近代報人與報業》，朱傳譽的《先秦傳播事業概要》、《宋代新聞史》、《報人報史報學》，陳紀瀅的《報人張季鸞》，馮愛群的《華僑報業史》和林友蘭的《香港報業發達史》等等。此外，臺灣出版的《報學週刊》、《報學半年刊》、《記者通訊》等新聞學刊物上，也刊有不少有關新聞史的文章。一般地說，臺港兩地這一時期出版的上述專著，在中國古代新聞史和海外華僑新聞史的研究上，有較高的造詣，可以補同時期大陸新聞史學者的不足。在個別近代報刊報人和有關港臺地區報紙歷史的研究上，由於掌握了較多的材料，也給大陸的新聞史學者，提供了不少參考和借鑒

　　第三個時期，是 1978 年到現在大約 30 多年的一段時期。這是中國大陸新聞史研究工作空前繁榮的一段時期。原因有以下幾點：一是隨著政治和經濟上的改革開放，和「實踐是檢驗真理的唯一標準」的討論，前一階段的「左」的思想影響逐步削弱，能夠辯證的看待新聞史上的報刊、人物和事件，打破了許多研究的禁區。二是隨著這一時期新聞傳播事業的迅猛發展，新聞教育事業受到高度重視，大陸各高校設置的和新聞傳播有關的院、系、專業之類的教學點已超過 600 個。在這些教學點中，中國新聞史通常被安排為必修課程，因而湧現了一大批在這些教學點中從事教學工作的新聞史教學研究工作者。三是上個世紀 80 年代以後，各省市史志的編寫工作紛紛上馬，這些史志

中通常都設有報刊、廣播、電視等媒體的專志，有一大批從一線退下來的老新聞工作者，從事這一類地方新聞史志的編寫工作，因而擴大了新聞史研究工作者的隊伍，豐富和充實了新聞史研究的成果。四是改革開放打破了前 30 年自我封閉的格局。海內外、國內外、境內外和兩岸三地的人際交流，學術交流，資訊交流日益頻繁。為中國新聞史的研究提供了有利的條件。1992 年中國新聞史學會的成立，和下屬的「新聞傳播教育史」、「外國新聞傳播史」、「網路傳播史」、「少數民族新聞傳播史」、「臺灣與東南亞新聞傳播史」等分會的成立，和該會會刊《新聞春秋》的創刊，也對新聞史研究隊伍的整合與交流起了很大的推動作用。到本世紀的第一個十年，中國大陸的新聞史教學研究工作者已經由前一個時期的不到數十人，發展到數百人。陸續出版的新聞史教材、教學參考資料和專著，如李龍牧的《中國新聞事業史稿》、方漢奇的《中國近代報刊史》、50 位新聞史學者合作完成的《中國新聞事業通史》（三卷本）、胡太春的《中國近代新聞思想史》、徐培汀的《中國新聞傳播學說史（1949-2005）》、韓辛茹的《新華日報史》、王敬等的《延安解放日報史》、張友鸞等的《世界日報興衰史》、尹韻公的《中國明代新聞傳播史》、郭鎮之的《中國電視史》、曾建雄的《中國新聞評論發展史》、程曼麗的《蜜蜂華報研究》、馬光仁等的《上海新聞史》、龐榮棣的《史量才傳》、白潤生等的《中國少數民族新聞傳播通史》（上、下）、吳廷俊的《新記大公報史稿》和《中國新聞史新修》、陳玉申的《晚清報業史》，鐘沛璋的《當代中國的新聞事業》等，累計已超過 100 種。其中有通史，有編年史，有斷代史，有個別新聞媒體的專史，也有新聞界人物的傳記。與此同時，還出現了一批像《新聞研究資料》、《新聞界人物》、《新華社史料》、《天津新聞史料》、《武漢新聞史料》等這樣一些「以新聞史料和新聞史料研究為主」的定期和不定期的新聞史專業刊物。所刊文章的字數以千萬計。使大陸新聞史的研究達到了空前的高潮。這一時期臺港澳的新聞史研究也有一定的發展。李瞻的《中國新聞史》、賴光臨的《中國新聞傳播史》和《七十年中國報業史》、朱傳譽的《中國新聞事業論集》、陳孟堅的《民報與辛亥革命》、王天濱的《臺灣報業史》和《臺灣新聞傳播史》、李穀城的《香港中文報業發展史》、《香港〈中國旬報〉研究》等是其中的有代表性的專著。但受海歸學者偏重傳播學理論和實證研究的影響，新聞史研究者的隊伍有逐步縮小的趨勢。值得提出的，是這一時期海外華裔學者從事中國新聞史研究的也大有人在。其傑出的代表，是現在北京大

學任教的新加坡籍的卓南生教授。他所著的《中國近代報業發展史》，有中文、日文兩種版本，也出版在這一時期，彌補了大陸學者研究的許多空白，堪稱是一部力作。

和臺港澳新聞史研究的情況相比，中國大陸的新聞史研究，目前仍處在蓬勃發展的階段。爲適應新聞事業迅猛發展的需要，上個世紀 80 年代以來，大陸各高校新聞教學點的數量有了很大的發展，檔次也有了很大的提高。師資隊伍出現了極大的缺口。爲適應形勢發展的需要，幾個重點高校紛紛開設師資培訓班，爲各高校新聞院系輸送新聞史論方面的教學骨幹。稍後又大力發展研究生教育，設置新聞學、傳播學的碩士點和博士點，招收攻讀新聞史方向的研究生。到本世紀的第一個十年，擁有博士學位和博士後學歷的中青年新聞史學者已經數以百計。這些中青年學者，大都在高校和上述 600 多個新聞專業教學點從事新聞史的教學研究工作。他們和在中國社會科學院新聞學研究所和各省市社科院新聞所從事新聞史研究的中青年研究人員以及老一代的新聞史學者一道，構建了一支老中青結合的學術梯隊，形成了一支數以百計的新聞史研究隊伍，不斷的爲新聞史的研究提供新的成果。其中有不少開拓較深，頗具卓識，塡補了前人的學術研究的空白。

收入《中國新聞史研究叢書》的這些專著，就是從後一時期近 20 年來中國大陸中青年新聞史學者的眾多研究成果中篩選出來的。既有宏觀的階段性的歷史敘事和總結，也有關於個別媒體、個別報人和重大新聞史事件的個案研究。其中有一些是以他們的博士論文爲基礎，增益刪改完成的。有的則是作者們自出機杼的專著。內容涉及近現當代中國新聞事業歷史的方方面面，既反映了中國大陸改革開放以來新聞史研究蝶舞蜂喧花團錦簇的繁榮景象，展示了中青年學者們的豐碩研究成果，也爲中國新聞史研究的進一步發展，提供了不少參考和借鑒。把它們有選擇的彙集起來，分輯出版，體現了花木蘭文化出版社在推動新聞史學術發展和海內外以及兩岸學術交流方面的遠見卓識，我樂觀厥成，爰爲之序。

方漢奇

2013 年 4 月 30 日

（序的作者爲中國人民大學榮譽一級教授，北京大學新聞學研究會學術總顧問，中國新聞史學會創會會長。）

目次

前言：
桂林抗戰新聞史研究的意義與價值

　　《桂林抗戰新聞史》（上、下）是筆者主持的國家社會科學規劃課題《抗戰時期國共合作背景下桂林新聞事業史研究》（批准號爲 08BWX003）的最終成果。該項成果 2012 年 6 月順利通過項目的結項審核，作爲本課題的負責人、本書的領銜作者，有必要將課題研究的相關情況向讀者作一交待。

一、課題研究的目的和意義

　　作爲中國抗戰新聞史研究一個重要的組成部分，本研究有著特殊的目的和意義。

　　1、本研究可以彌補桂林抗戰新聞事業史研究的缺陷，豐富和完善我國抗戰新聞事業史和中國新聞史研究領域。地方新聞史、地方專題新聞史是中國新聞史的基礎，學界對抗戰時期上海、重慶、北京等地新聞事業史的研究廣泛深入，成果頗豐，抗日戰爭時期桂林由於其特殊的政治、歷史、文化地位，其新聞事業能得以蓬勃發展，是我國一個特別有意義的新聞現象，值得深入探究，而其研究由於主客觀原因顯得較爲薄弱，這也是國家有關部門將《抗戰時期國共合作背景下桂林新聞事業史研究》作爲國家社科規劃基金課題的意義所在。

　　2、對抗戰時期國共合作背景下的國共兩黨及其它政治勢力報業（新聞事業）的運作狀況和經驗進行研究，可以爲今天和將來我國黨報黨刊與其它民

主黨派報刊乃至民營報刊的協調與互相合作提供借鑒，特別是對我國和平統一後的各種媒體的合作與發展，以及新形勢下如何把握輿論導向和營建和諧的輿論氛圍等問題提供一定的借鑒意義。

二、本研究成果的主要內容和重要觀點

本研究注重依據報紙文本和從第一手材料入手展開具體研究，從歷史事實出發，研究其特殊的新聞現象和問題，從而形成自己的結論和觀點。

本研究共分爲九章。第一章「緒論」闡釋了本書選題的由來以及研究框架，並對抗戰時期桂林新聞事業史及其研究狀況進行掃描，同時，還較爲深入地論述了抗戰時期桂林的政治和新聞生態。

本研究認爲：抗戰時期桂林和廣西的政治生態有利於桂林新聞事業的發展。由於新桂系和蔣介石及中國共產黨之間存在微妙的關係，新桂系對待共產黨的態度就自然要有別於蔣介石：出於國民黨的天然立場和根本利益，他們不希望中國共產黨坐大，也擔心中共過於發展壯大，但同時又希望利用共產黨制約國民黨，因此比較注意和共產黨緩和關係、拉近距離。國共合作和複雜多元的政治生態有利於桂林新聞事業的發展。從新聞外部生態而言，本研究認爲：中共正確的領導和推動是抗戰時期桂林新聞傳媒得以較快發展的重要原因；桂林文化城的形成集聚桂林新聞事業發展的人才、豐富抗日救亡傳播內容；新桂系開明的文化政策是戰時桂林新聞傳媒發展的客觀需要；受眾激增是抗戰時期桂林新聞事業發展的另一原動力；新聞事業發展的物質條件是抗戰時期桂林新聞事業發展的利器。從新聞外部生態而言，本研究認爲：桂林新聞界同仁的共同努力是抗戰時期桂林新聞事業發展的源泉，營造了良好和諧、緊密合作的媒介內部生態環境；抗戰時期桂林新聞事業能得以蓬勃發展，與中國共產黨報刊與國民黨報刊的緊密合作有著重要的關係。

本研究第二章「救亡圖存、推動地方建設的《廣西日報》（桂林版）」，論述了《廣西日報》（桂林版）在抗戰全面爆發後，大力宣傳新桂系的抗日主張，特別是在抗日救亡的報導方面，緊隨著前方戰事，及時報導最新戰事信息，對鼓舞士氣，增強民眾信心起到了積極作用。同時，新桂系的政治、經濟、軍事、文化建設等方面的報導也是其報導的主要內容。這些報導不僅與抗戰的時代背景聯繫密切，同時也兼具廣西的地方特色。本章對其多樣的言論題

材、體裁以及獨特的言論操作方法等進行較爲深入的論述。分別論述其主要
副刊《桂林》、《南方》、《漓水》。其特色表現在：《桂林》與時局聯繫較爲密
切；《南方》歌頌團結抗日、勇於抨擊醜惡；《漓水》則敢於針對不良社會現
象發表評論。本章對其經營特點進行了歸納：經營管理上保持著相對的獨立
性；在管理上「只管人，不管事」；注重積極開拓市場，謀求做大做強；注重
多渠道引進人才；積極建設信息獲取渠道。

本研究第三章「抗戰時期中共在桂林的新聞活動與《新華日報》在桂林
的翻印與發行」，論述了抗戰時期中國共產黨在桂林所發揮的新聞堡壘作用以
及所採取的新聞策略。本研究認爲，具體策略一是黨報爲先、進步報紙跟進
及國民黨報刊的團結合作。二是進步報人群體身先士卒、身體力行。三是新
聞宣傳活動形式多樣。四是媒體報導深刻、全面。五是媒介傳播策略智慧大
氣。本章較爲全面地論述了新華日報桂林分館設立、經營、關閉的過程、涉
桂報導及其在桂發行傳播，推動廣西中共地方組織建設和廣西抗日民族統一
戰線的形成。

第四章「促進全民族抗日救亡的《救亡日報》（桂林版）」，主要闡述其在
宣傳上採取的三方面的手法，以區別於中共黨的機關報刊：分別是以超黨派
的面目出現，報導兼容並蓄客觀公正；堅持正確的策略口號，做好抗日宣傳
的文章；迅速及時的抗戰通訊與通訊員的培養。論述其講究宣傳策略和服務
性的辦報特色的幾個特點，即靈活運用和突出宣傳中共的統一戰線政策；宣
傳與服務組織結合，報紙與人民水乳交融；特殊的宣傳藝術；文字精闢簡練，
富有文采，針對性強。本研究認爲其社論展現對中國報業史上政治家辦報的
優良傳統的繼承；其社論針砭國內時弊，縱論國際形勢，觀點鮮明，洞察敏
銳，預見性強，言簡意賅，取材寬廣，成爲其吸引讀者、影響輿論的一大特
色。其副刊形式多樣，亦莊亦諧，爲當時桂林出版的其它報紙所不及，成爲
《救亡日報》（桂林版）靚麗的風景。本章對其經營管理情況進行論述。本研
究認爲它是中國共產黨領導下的、唯一完全依靠市場運作的報紙；其在報紙
的經營管理上也闖出了一條特色鮮明的辦報路徑。

第五章「區域性抗戰輿論重陣《大公報》（桂林版）」，對其報導、言論、
副刊及其經營管理進行深入的論述。本研究認爲：它的的新聞專電、特寫、
通訊和專刊文章可謂配套成龍，有血有肉。其新聞通訊具有以西方新聞專業
主義理念衡量的專業媒體特點：一是具有獨立的「報格」和立場。其新聞通

訊大多揭露國民政府的內幕，但因其記載詳實，黑白分明，顯現底蘊，使讀者稱快，成爲抗戰時期《大公報》（桂林版）的一大特色。二是報紙業務的專業化運作。其新聞製作遵循新聞規律，講求客觀、理性、務實的風格。同時其編輯與經營的分割，保證了報導不受牽制和干擾，爲報紙自由主義理念的達成奠定了物質基礎。三是高素質的採編隊伍。《大公報》（桂林版）採編人員雖不盡是科班出身，但一般都有較高的業務素質和道德水準，對自己承擔的社會角色及履行的歷史使命更有一種可敬的職業自覺。

《大公報》（桂林版）的言論切合時政、獨立敢言，激起民眾抗戰熱情，從而使其自覺投身救國洪流。其選題切合時政。其言論涉及到政府的貪污腐敗、軍隊紀律、言論自由、出版檢查等眾多當時社會較爲敏感的政治問題和社會問題。其言論立意具有鼓動性、建設性和民生性，主要體現出四大主旨：第一，宣傳中國抗戰必勝，堅定軍民勝利的信心。第二，宣傳日本侵華必敗，揭露日本軍閥的罪惡。第三，爭取國際上的支持，強調中國與盟國共存共亡的關係。第四，密切關注民生，重視對國民政府的輿論監督。其言論特色成因是桂林的新聞生態爲桂版言論提供了特殊的外部環境，《大公報》的文人議政傳統則是桂版言論特色形成的歷史根源，而《大公報》（桂林版）的總編徐鑄成的新聞自由主義思想又是桂版言論成功的重要因素。

《大公報》（桂林版）的《文藝》副刊不僅繼承了《大公報》副刊的傳統，更以抗戰宣傳爲宗旨，成爲了當時桂林抗日文藝戰線上的勇士。

《大公報》（桂林版）作爲一份民營的綜合性報紙，其廣告彰顯了「以受眾爲中心」、「以公眾利益爲最高準則」的經營方針，其刊佈的廣告在當時的戰時桂林亦獨具特色。

第六章「以戰況報導和戰爭動員見長的國民黨軍報《掃蕩報》（桂林版）」，分別論述了《掃蕩報》（桂林版）的辦報精神與報紙業務、其戰況報導與宣傳手段以及內容豐富貼近生活的副刊。本研究認爲，它在抗戰時期擔任最突出的角色，也可說是與其他報紙最不同的角色則是戰況消息的報導。它除了從戰況報導以及戰爭動員等方面來鼓勵軍民的作戰士氣之外，也善盡報紙的角色提供全球訊息，報導的國際新聞，對鼓舞軍民士氣以及堅定對政府的信心作出了比較大的貢獻。

《掃蕩報》（桂林版）屬於國民黨軍事系統的報紙，但該報的副刊卻和桂林當時其他各報差不多，較傾向進步，副刊欄目形式多樣，內容充實。文藝

性與思想性兼備、貼近新聞，講求時效。

　　第七章「與大報交相輝映的桂林小報」，分別論述了《工商新聞》（每日通訊）、《國防周報》、《正誼》周刊這三份有代表性的小報的概況、新聞報導、評論特點、特色欄目，並對它們進行客觀評價。本研究認為：這幾份小報的政治立場儘管各不相同，性質有很大差別，但又有著較多的共同點，那就是他們都是以抗戰為主題，以動員國民支持抗戰為目的，都為抗戰貢獻了自己的力量，同時也豐富了市民的文化生活。但是作為獨自的個體，它們又有著明顯的不同。首先是政治立場的不同。三份小報都有自己鮮明的政治立場，代表著不同的利益集團，有著不同的政治主張。從三份小報的言論也能看出當時的政治環境。它們都創刊於 1941 年皖南事變之後，所以《工商新聞》的政治立場和言論是最為含蓄的；《國防周報》政治立場雖然中肯，但也不乏個別地方反共思想的表現及規勸共產黨服從國民黨領導的言論；《正誼》的言論則無所顧忌最為激烈，其反共思想和言論時時堂而皇之的出現在版面上。由此我們可以清晰地感受到當時國共兩黨之間的明爭暗鬥，更能體會到當時中國共產黨人辦報的艱辛及付出的心血和代價。其次是專業性質的不同。如《工商新聞》所報導的全部新聞幾乎都為國內外工商界的經濟貿易活動，包括副刊和廣告，其範圍也是在工商界範圍之內；《國防周報》則是用了大部分篇幅評論國內外戰事，其副刊只是很小的一部分。《正誼》作為綜合性報紙，內容豐富，除了有較強的新聞性之外，其副刊更加生活化、娛樂化，在普及知識、傳播信息、豐富市民生活方面起到了一定的作用。

　　第八章「抗戰時期桂林的通訊社和電臺」，論述了桂林蓬勃發展的通訊社及其特點。其特點表現在數量不斷增加，通訊社存留的時間都不太長，大多通訊社的設備簡陋，經費較為困難，但通訊社之間相互支持、宣傳抗戰，在鬥爭中前行。本章將國新社單獨列出來進行研究，本研究認為，在國共合作背景下，國新社利用桂林特殊的政治和新聞生態，積極宣傳抗日，出色地踐行自己的使命，在抗戰時期的桂林新聞事業史乃至中國新聞事業史上具有重要影響和地位。本研究論述了當時桂林的兩家廣播電臺桂林廣播電臺以及粵西廣播電臺，並分別闡釋了兩家電臺的節目設置、採編播業務及廣播事業發展的總體特點。

　　第九章「在桂林積極投身抗戰新聞事業的新聞界知名人物」，從「新聞隊伍的指揮員」、「新聞理論家」、「社會活動家」三方面對范長江的新聞活動進行了考察與研究。論述了夏衍在桂林的辦報活動。主要從「移師桂林，促使

《救亡日報》儘快復刊」、「開展多元經營，拓寬生存空間」、「革新版面，提升影響力」、「利用《救亡日報》（桂林版）開展統戰工作，做文化救亡運動的堅實『推手』」等幾個側面對夏衍的新聞貢獻進行闡述。本章還圍繞徐鑄成在擔任《大公報》（桂林版）總編輯這段時間所做的突出貢獻進行了闡述，突出了徐鑄成利用言論，重視對國民政府進行輿論監督並支持記者獨立公正的新聞報導，維護記者利益的新聞專業主義情懷。論述了新聞界知名人士胡愈之在桂林的新聞活動。本章還論述了《廣西日報》（桂林版）兩位重要報人俞頌華、莫乃群。擔任《廣西日報》（桂林版）總編輯的俞頌華力主改革、精心辦報、淡泊名利；而莫乃群則更是三進《廣西日報》（桂林版）主持筆政，推動了該報的發展。

本研究將「國民黨有關部門針對《新華日報》在桂林翻印發行的函件」和「抗戰時期朝鮮義勇隊在桂林等地新聞宣傳活動初探」作為收集的重要資料和研究內容附錄於本研究成果之後。

三、成果研究內容及方法的創新程度、突出特色和主要建樹

關於成果研究內容及方法的創新程度、突出特色和主要建樹，我們認為主要表現在如下方面：

1、成果研究內容創新程度

一是從宏觀角度而言，本研究對抗戰時期廣西桂林新聞事業大發展背景下的媒介生態及當時主要傳播媒介——報紙的運作與發展問題進行全方位的考察和審視，重點結合當時報刊原件和報人作品、論著等原始文本，對重要的報刊、通訊社、廣播電臺和新聞人做深入的考察，試圖挖掘在國共合作背景下報業（新聞事業）的經營與運作的一般規律和特殊規律。它是填補桂林抗戰新聞事業史研究空白的重要研究。

二是歷史地全面客觀地研究桂林抗戰新聞事業史，還桂林抗戰新聞事業史以本來面目。桂林抗戰新聞事業史實際上是新桂系統制下的新桂系機關報《廣西日報》（桂林版）、民間報紙《大公報》（桂林版）、國民黨軍報《掃蕩報》（桂林版）和中共領導的《新華日報》、《救亡日報》（桂林版）共同發揮重要作用的地方新聞事業專史，作為執政當局的輿論喉舌《廣西日報》（桂林版）、《掃蕩報》（桂林版）等發揮了主導性作用，避免將其寫成中國共產黨桂林抗戰新聞事業史，所以本研究既重視對中國共產黨領導下的報刊的更深入

廣泛細緻的研究，也十分重視對國民黨和中間報刊的新聞事業的研究；比較客觀地研究和積極評價國民黨和新桂系方面的報紙和民間報紙《廣西日報》（桂林版）、《掃蕩報》（桂林版）、《大公報》（桂林版）在抗戰時期所起到的輿論宣傳引導作用以及經營與發展狀況。

三是對小報的研究，過去學界重視對桂林抗戰時期大報進行客觀描述，對小報的研究重視、關注不夠，本文選擇了三個具有代表性的小報進行研究，這樣的研究，能夠全面反映報業和新聞事業發展的全貌。這也是過去研究所沒有的，填補了桂林抗戰新聞事業史乃至廣西新聞史研究的空白。

四是對桂林通訊社和電臺進行研究，其中一些內容具有填補空白的意義。

五是對范長江、夏衍等重要新聞人物在抗戰時期桂林新聞活動的研究亦形成本研究的一個亮點。

2、研究方法的創新程度

首先，本課題研究以抗戰時期桂林新聞事業發展的典型模式為例，以馬克思主義新聞事業發展理論作為指導，在充分佔有史料的基礎上開展研究。在研究時，把戰時桂林新聞事業的發展放在國共合作的背景下來研究，考量戰時新聞事業發展的特殊性和複雜性，將微觀研究寓於宏觀背景之中。

其次，本研究借助於新的研究方法，運用相當耗時吃力的文本考辨為主要研究任務的史學研究方法對報業史（新聞史）進行深入研究，通過具體呈現，窮盡歸納的方法，客觀分析當時的媒介運作狀況，並在發掘疏理文本基本上總結歸納出其發展特點和規律性的觀點，形成有一定厚度和創新性的最終研究成果，在新聞史研究領域尚不多見，對學界開展新聞史和歷史研究具有一定的指導借鑒意義。

3、本研究突出特色和主要建樹

本研究突出特色和建樹，一是深入系統地對桂林抗戰新聞事業進行研究，充實完善廣西桂林新聞事業史研究，其研究對我國抗戰新聞事業史尤其是國統區新聞事業史研究有重要意義。抗戰時期，桂林成為抗戰大後方，有力地促進了抗日救亡大業，桂林的新聞事業的蓬勃發展，在其中起到了重要作用，而此前上海和國民政府陪都重慶的抗戰新聞事業研究也有豐碩成果，或缺的是桂林的抗戰新聞事業研究，這不能不說是個遺憾，而本研究填補桂林抗戰新聞事業研究的空白，豐富了全國抗戰新聞事業史的研究。

二是借助對文本的具體分析，深入探討研究桂林抗戰重要報紙和新聞人物活動，通過文本考辯分析，對其的經營管理運作進行研究，亦是本研究的一個特色。

三是將新聞事業史置入抗戰時期國共合作的特定的歷史背景進行研究，探尋抗戰時期桂林新聞事業發展的特殊規律。新聞是昨天的歷史。通過大量深入細緻的研究，再現了滾燙的歷史圖景，反過來我們看到抗戰時期桂林新聞事業的運作與流動軌跡，使今人更能理解特定時期新聞的「是什麼」和「為什麼」，並作出客觀理性的評判，得到積極的啓迪。

4、成果的學術價值、應用價值，以及社會影響和效益

儘管本研究十分繁重，耗時費力，但依據當時的文本進行研究，最能準確客觀反映報業採編及經營發展運作的眞實狀況，這樣的研究在我國新聞史研究領域具有重要的範本意義。這是本研究的學術價值所在。另外本研究通過調研，廣泛搜集抗戰時期桂林報刊史料，比較系統地展現了報業採編及經營發展運作本來狀況，本研究所依據的是第一手資料。與第二手、第三手資料研究相比，價值不言而喻。所以本研究具有較高的史料價值。

本研究還避免過去側重研究中共領導的新聞事業，比較客觀地研究了國民黨和新桂系方面的報紙和民間報紙的經營與發展，比如對於《廣西日報》（桂林版）、《大公報》（桂林版）、《掃蕩報》（桂林版）以及小報等的歷史地位和作用的分析評價就是基於這樣的理念。抗戰時期中共在桂林的新聞活動與《新華日報》在桂林的翻印與發行及其重要而又深刻的影響，相比前人的研究更爲深入細緻，其附件《國民黨有關部門針對《新華日報》在桂林翻印發行的函件》具有相當的史料價值。

其應用價值表現在，一方面本研究對其積極有益的新聞運作和經營管理的經驗、理念乃至教訓的分析研究，對今天我國新聞事業的發展具有直接和間接的借鑒和啓迪意義，另一方面對抗戰時期國共合作背景下的國共兩黨及其它政治勢力報業（新聞事業）的運作狀況和經驗的研究，可以爲今天和將來我國黨報黨刊與其它民主黨派報刊民營報刊的協調與互相合作提供借鑒，特別是對我國和平統一後的各種媒體的合作與發展，以及新形勢下如何把握輿論導向和營建和諧的輿論氛圍等問題提供一定的借鑒意義。

更重要的是，從國家兩岸發展的視角分析問題，桂林抗戰新聞事業的發展，在不同話語背景下的媒體合作，報導的客觀、平衡理念，對今天國內涉

臺報導，對促進兩岸統一的傳播都具有一定的現實指導意義。可以爲今天和將來我國黨報黨刊與其它民主黨派報刊的協調與互相合作提供借鑒，特別是對我國和平統一後的各種媒體的合作與發展，以及新形勢下如何把握輿論導向和營建和諧的輿論氛圍等問題提供一定的借鑒意義。

　　《桂林抗戰新聞史》（課題名稱：《抗戰時期國共合作背景下桂林新聞事業史研究》）是集體研究和課題負責人撰述相結合的成果，課題組負責人靖鳴教授與課題組成員多次研討後設計和規劃課題的研究思路，研究方法，提出研究提綱與寫作體例，確定課題組各位成員的研究範圍，然後分頭執行。研究成員來自於南京師範大學、桂林旅遊高級專科學校、廣西師範學院、廣西大學、廣西日報社等。《桂林抗戰新聞史》（《抗戰時期國共合作背景下桂林新聞事業史研究》）各章研究與撰寫分工如下：

前言　　南京師範大學靖鳴教授

第一章　桂林旅遊高級專科學校徐健教授、博士和靖鳴教授

第二章　廣西師範學院賀明碩士

第三章　廣西師範學院梁穎濤講師和徐健教授、博士

第四章　廣西大學劉曉慧博士、廣西日報社萬一知高級編輯

第五章　廣西師範學院張雷碩士和靖鳴教授

第六章　廣西師範學院茅維亦碩士和彭寧教授、博士

第七章　廣西師範學院李穎碩士、廣西師範學院方邦超講師

第八章　廣西師範學院曹正文副教授

第九章　曹正文副教授、靖鳴教授和廣西師範學院楊曉佼碩士

附件一　梁穎濤講師搜集整理

附件二　靖鳴教授、徐健教授、博士和廣西師範學院方邦超講師

　　課題組成員用了三年多時間認真開展研究，他們負責的部分研究撰寫好後，由靖鳴教授根據原先的寫作框架一一進行史料核訂和統稿。課題順利結項後，靖鳴教授又認真對本研究進行修改、補充、校訂。在《桂林抗戰新聞史》付稿之際，課題負責人、本書領銜作者靖鳴教授向課題組的成員和參與本課題研究人員表示誠摯的謝忱。

　　課題組還要感謝梁宏霞女士，她在繁忙的工作之餘，承擔本書的修改、核對和部分書稿的打印等項工作，並爲本課題撰寫學術論文。

　　本研究得到中國人民大學方漢奇、中國傳媒大學趙玉明、北京大學程曼

麗、中國社會科學院尹韻公、華中科技大學吳廷俊、南京師範大學倪延年、方曉紅、廣西大學商娜紅、廣西社會科學院李健平、廣西日報社張鴻慰、萬一知等諸多新聞史學專家前輩的指教幫助。本研究還參考了大量前人的研究成果，在此一併深致謝意！本研究得到中國國家圖書館、桂林圖書館、廣西圖書館等單位的支持和幫助，在此深表感謝！

　　就桂林抗戰新聞史的研究，課題組成員和參與本課題研究人員在大陸重要的專業學術期刊《新聞與傳播研究》（兩篇）、《新聞大學》（1篇）和大陸的「全國核心期刊」刊發20餘篇相關學術論文，另在省級學術刊物亦刊發多篇學術論文，這也從一個側面說明，大陸期刊界、學術界對本課題的重視程度。在此特向刊發本課題相關學術論文的刊物表示謝忱。

　　本研究成果能得以出版，感謝《中國新聞史研究輯刊》主編方漢奇先生和花木蘭文化出版社總編輯杜潔祥先生的賞識與抬愛，出版社楊嘉樂博士等編輯為本書的出版付出了辛勤的勞動，誠致謝意！

　　本書由靖鳴教授負責統稿，徐健教授協助靖鳴教授，承擔了部分統稿工作。因一些資料的缺失和我們的水準所限，拙作存在遺憾和不足，敬請讀者諸君理解，並懇切歡迎讀者諸君批評指正。

靖鳴

二〇一三年一月二十八日於南京師範大學隨園

第一章 緒 論

第一節 選題的由來與本研究的框架

一、抗戰時期桂林新聞事業空前發展，影響巨大，現象獨特，值得研究

　　抗戰時期，新桂系較爲開明的文化政策和國民黨中央的鞭長莫及，催生八桂大地成爲國統區內的一小片文化綠洲。特別是一些受戰火威脅的報紙和知名報人輾轉內遷到桂林後，使得廣西桂林成爲國民黨統治區新聞事業發展最爲蓬勃的地區。抗戰前，桂林只有幾家報刊，在桂林形成「文化城」期間，桂林的報刊激增。大致情況如下：

　　從全國各地遷到桂林出版（發行）的報紙如下：

　　《新華日報》，中共中央南方局的機關報，1938 年 1 月 11 日創刊於武漢。同 10 月武漢淪陷後，遷往四川作爲《新華日報》總館出版，同時設在廣州分館的人員遷往桂林成立分社，於 11 月出版《新華日報》（桂林版）。地址在桂林桂西路 26 號。但是，國民黨中宣部、內政部以種種不成理由的理由極力加以阻止，多次密令廣西省政府、桂林縣政府停止該報發行。因此，只能在桂林設立營業處，銷售在重慶出版的《新華日報》，即使如此，國民黨有關方面也採取種種手法阻撓發行工作。「皖南事變」後不久，廣西當局派警察武裝查禁了該報營業處，該報營業處被迫停業。但是，發行工作實際上堅持到 1944 年 9 月。

《掃蕩報》（桂林版），1938 年 10 月 25 日武漢淪陷後，《掃蕩報》總社遷到重慶出版。該報部分人員遷往桂林，於 12 月 15 日出版《掃蕩報》（桂林版）。

掃蕩報社還發行《中央周刊》（桂林版），十六開版，時間爲 1938 年至 1943 年。

《小春秋日報》，1940 年 9 月 18 日創刊於桂林。創始人是《掃蕩報》（桂林版）前副總編輯程曉華和《國防周報》（桂林版）前主筆郭世振。該報初爲周刊，不久改爲三日刊，四開四版一張。1943 年改爲晚報。

《國防周報》（桂林版），社長兼主編程曉華，發行人鍾期森，由國際書店發行，建設書店和掃蕩報社總經售。該報隨《掃蕩報》遷到桂林出版，初爲周刊，曾改爲月刊。

《掃蕩簡報》，據在桂林出版的《掃蕩報》1940 年 4 月 28 日的報導，國民黨軍事委員會政治部於 1939 年規定，集團司令部要辦小型的《掃蕩簡報》，並組成「簡報班」，編制爲 4 人，其中一人爲主任。

《救亡日報》（桂林版），《救亡日報》在廣州淪陷後遷來桂林，於 1939 年 1 月 10 日復刊。《救亡日報》原是上海文化界救亡協會的機關報，於 1937 年 8 月 24 日在上海創刊（晚刊），地址在望平街民報館內。

《救亡日報星期刊》，於 1940 年 4 月 21 日創刊，八開兩版一張，隨《救亡日報》附送贈閱。

《自由報》，國際新聞總社在 1939 年創刊於桂林，爲大型油印刊。社長范長江，1941 年 1 月「皖南事變」後，國民黨中央下令停止國新社總社活動，該報隨即停刊。

《小戰報》，國民黨第四戰區政治部主辦，原在廣東出版，1939 年 3 月 10 日在桂林復刊，爲周刊。

《桂林晚報》，國民黨軍事委員會駐桂林的西南行營政治部主辦，1939 年 6 月 16 日創刊，1940 年夏停刊。

《力報》，民辦報紙，1936 年創刊於長沙。1938 年 11 月遷到桂林出版，1944 年 9 月 11 日停刊，該報曾出版《半月文藝》。

《自由報（晚刊）》，也叫《自由晚報》，1940 年 8 月 1 日創刊於桂林，標榜「爲抗戰軍人說話」，並向軍人招募股本。因經濟拮据於 1944 年 1 月 10 日

停刊。

《藝術新聞》，1941 年 9 月 9 日在桂林創刊。編輯司馬文森、焦菊隱，由桂林的上海雜誌公司總經售。

《國民公論》，救國會出版的報刊，1938 年 9 月 11 日在漢口創辦，1940 年 8 月遷到桂林復刊。爲半月刊。

《大公報》（桂林版），清光緒二十八年（即 1902 年）《大公報》創刊於天津，1937 年 11 月上海淪陷後，即疏散到重慶、香港分別出版。1940 年冬爲了安排其香港館後路，決定遷往桂林出版，於 1941 年 3 月 15 日在桂林正式創刊。由於日寇入侵，桂林大疏散，《大公報》（桂林版）於 1944 年 9 月 1 3 日停刊。

《大公晚報》，是大公報社利用從香港過來的部分人力於 1942 年 4 月 7 日在桂林創辦的。該報是《大公報》（桂林版）的附屬物，1944 年 6 月 27 日停刊。

《學生周報》，1942 年 5 月 9 日創刊於桂林。

《工商新聞》，中國工商新聞社主辦，1941 年 6 月 15 日在桂林出版，1942 年 7 月停刊。

《前鋒報》，1942 年 6 月 7 日在桂林復刊，3 天出一期。

《文學報》，1942 年 6 月 20 日在桂林創刊，主編爲孫陵，編輯有作家駱賓基、端木蕻良、聶紺弩等，由遠方書店出版。

《生活導報》（桂林版），1943 年 7 月 25 日在桂林創刊，爲周刊，同年 8 月 17 日被廣西當局禁止出版。

《辛報》（桂林版），1936 年 6 月 1 日在上海創刊，因日寇入侵，遷到武漢、香港出版。1943 年又遷到桂林出版，於同年 3 月 10 日復刊。是民辦報紙，發行人爲王其文。1944 年 9 月桂林淪陷後停刊。

《正誼》（桂林版），原在南京創刊，1938 年 12 月南京淪陷後遷移。1943 年 9 月 21 日在桂林復刊，編輯兼發行人是曾任《掃蕩報》代總編輯的卜紹周，1944 年 9 月桂林淪陷後停刊。

《劇聲報》，1944 年在桂林出版。社長爲香港電影導演嚴夢。其內容以戲劇、電影、文藝、體育等新聞和文章爲主，社址在桂林中南路 95 號。

《朝鮮義勇隊通訊》，為朝鮮義勇隊主辦，1939 年 1 月到 11 月 15 日在桂林出版，初為旬刊，第 28 期改為半月刊。後遷往重慶出版。

《國際新聞周報》，為英國大使館新聞處桂林分處主辦，1943 年初到 1944 年 1 月在桂林出版。

在桂林出版的報紙有：

《廣西日報》（桂林版），國民黨廣西省黨部、廣西省政府機關報。1937 年 4 月 1 日在桂林創刊後。1944 年夏天，湘北戰起，該社將大部分人員與器材隨同省府遷移到宜山，直到 9 月 15 日桂林緊急疏散時停刊。10 月下旬，又隨省府到百色，於 1945 年 7 月 1 日在百色復刊，一直出版到抗日戰爭勝利之後才遷回桂林。

《廣西晚報》，是附屬於廣西日報社的報紙，1943 年 6 月創刊於桂林。該報一版為新聞與評論，二版為副刊，其中有小說連載。廣告占全部版面的三分之一或二分之一，三版有「八桂掌故」，四版有「娛樂之頁」、「人物志」等專欄，廣西日報社遷移宜山後該報停刊。

《克敵周刊》，由廣西各界抗敵後援會發行，1938 年 3 月創刊於桂林，內容主要是論述抗日運動的方針、政策和做法等。

《西南導報》，1938 年到 1940 年在桂林出版。

《旦華半周刊》，1939 年 4 月 1 日在桂林創刊。

《戰地周報》，廣西綏靖公署政治部戰地書報供應站出版，1940 年元旦創刊於桂林。以戰地士兵、民眾為宣傳對象。

《戲劇日報》，1941 年 11 月 6 日創刊於桂林，是當年全國惟一以戲劇為內容的報紙，由桂林市各影劇院聯合集資出版。因經營無計劃，於同年 12 月 7 日停刊。

《民眾通俗報》及《民眾報》，廣西教育界進步人士主辦，1941 年 1 月在桂林創刊。同年 4 月 21 日停刊。至 5 月 1 日改為《民眾報》出版。

《農民報》，廣西大學的廣東藉學生創辦，創刊於 1944 年，八開小報。

《西南青年》，1939 年 12 月 29 日在桂林創刊，三青團廣西分部主辦。1941 年底停刊。

《民眾晚報》，1944 年 9 月 5 日創刊於桂林，幾天後因桂林民眾緊急疏散

而停刊。

《前導周報》，1937 年 1 月創刊於桂林，1938 年初改為《前導半月刊》，為民辦報紙，主編為丁作韶律師。

其中，著名的日報有《廣西日報》（桂林版）、《大公報》（桂林版）、《救亡日報》（桂林版）、《新華日報》（在桂林和廣西發行）、《掃蕩報》（桂林版）、《力報》等六種；晚報有《桂林晚報》、《自由晚報》、《大公晚報》、《廣西晚報》等四種；小報有《辛報》、《工商新聞》、《國防周報》、《正誼》、《民眾報》、《小春秋》等。

出現這一獨特的新聞現象，不僅與當時桂林的政治、文化和新聞生態密切相關，而且桂林新聞界內部自發或被迫進行的管理體制、經營理念諸方面的創新變革，也是桂林新聞事業蓬勃發展的重要因素。

鑒於下文將展開對桂林抗戰時期的政治、文化和新聞生態的詳盡論述，這裏僅對桂林抗戰時期新聞事業發展的狀況進行簡要論述。

（一）蓬勃發展的通訊社為桂林新聞界提供了豐富的稿源

報業的發展，不僅需要大量的優秀記者，更需要豐富的稿源來保障和支撐，而通訊社的培育、建設與發展是解決這些問題的重要手段。

抗戰時期，桂林的通訊社得到良好的發展。從所收集的資料來看，當時在桂林創建的通訊社（通訊機構）有 14 個，包括國際新聞社（以下簡稱「國新社」）、中國青年記者學會（以下簡稱「青記」）、戰時新聞社、西南通訊社、中央社桂林分社、英國使館新聞處桂林分處、美國使館新聞處桂林分處、華僑戰地記者服務團、救亡通訊社、工商通訊社、廣西攝影通訊社、民眾通訊社、南方通訊社、經濟通訊社等。另外，廣西省政府編譯室、省政府教育廳電化教育處等亦曾分別編發新聞稿，供各報刊採用。在這些通訊社中，國新社、「青記」、中央社桂林分社影響最大，在新聞界中起著主導作用。

在抗戰救國的前提下，各通訊社之間互相支持，互相學習，積極開展宣傳工作。各通訊社都注重報導有關國際上反法西斯戰爭、國內抗戰前線的報導，同時也注意客觀地報導廣西各地各方面的新聞。各通訊社大體上能圍繞抗戰這個中心，顧及國家民族的利益，很少有相互謾罵攻擊的現象。各通訊社之間注意鞏固團結，堅守大原則，保證協調一致。

（二）抗日救亡的歷史使命客觀上推動了桂林新聞事業的繁榮

桂林特殊的政治生態對該地區新聞傳媒的內部生態環境產生了不小的影

響，桂林各報的辦報方針和編輯發行都與這種特殊的政治氣候有著密切的聯繫。而在抗日救國的前提下，報社、通訊社之間相互支持，互相學習，積極開展抗日宣傳，是桂林新聞傳媒內部生態環境的又一顯著特色。其具體表現在如下幾個方面：

第一，在宣傳的基調上，各報發表大大小小的新聞、通訊、評論，開辦各種各樣的專刊、副刊、專欄，不管形式與內容如何豐富多彩，一般都能圍繞抗戰這個中心，顧及國家民族的利益。具體來說，就是能夠貫徹執行國民參議會通過的「以抗戰救國綱領爲標準」的戰時新聞政策。

第二，在報導方面，各報普遍採用中央社和國新社所發的稿件，特別是中央社所發的關於國際上反法西斯戰爭、國內各個抗日戰場上的電訊，各報社都注意採用，而且都放在比較顯著的位置；各報也都注意報導廣西各地的新聞，而且比較客觀公正；各報還注意刊登新桂系頭面人物寫的一些文章及相關的抗戰動員報告。例如 1941 年元旦，《救亡日報》（桂林版）就出了一期特刊，專門刊發李宗仁、白崇禧、黃旭初和李濟深等人的文章。

第三，通過成立新聞記者學會、新聞記者分會等相關組織，加強各報及報人之間的聯繫，統一認識和行動。例如，中國青年新聞記者學會桂林分會的成立，就得到了各個新聞單位的支持。其理事會的理事包括了中央社廣西分社、《大公報》（桂林版）、《掃蕩報（桂林版）》、《救亡日報》（桂林版）、《廣西日報》（桂林版）、國新社、《新華日報》桂林營業處等單位的社長、總編輯或者經理、記者。理事會對於有關的各項提案，經過討論之後，都能一致作出決定。

第四，對於某報紙的復刊和創刊，其他各報均予以報導，甚至加以讚揚。例如《救亡日報》在桂林復刊時，《廣西日報》（桂林版）便刊出了題爲《新聞之新——救亡日報昨日復刊》的消息。〔註1〕

（三）傳播的內容豐富繁多、形式多樣、別具風格

大批新聞工作者到達桂林後，或繼續出版原已出版的報紙，或創辦新的報紙。這一時期，桂林文化城的新聞出版事業可謂是一派欣欣向榮的局面。但國民黨的審查制度，並沒有實質性的改變。特別是「皖南事變」後，對不符合「政策」的「過激」言論，動輒扣壓刪改。在國民政府鉗制進步言論、

〔註1〕 《新聞之新聞——救亡日報昨日復刊》，《廣西日報》（桂林版），1939 年 1 月11 日第 3 版。

封鎖進步思想的重壓之下，桂林幾家重要報紙以各具特色的報導內容，突顯了穩健獨特的辦刊風格，分別代表了不同的政治派別和階級力量。這一點可以說是桂林新聞傳媒內部生態環境的一個顯著特色。

1、新聞報導秉持新聞專業主義精神，突顯現代報紙的專業化傾向

抗戰以來，桂林各報力求新聞報導的客觀，發展出一套相對成熟的新聞理念，特別是以《大公報》（桂林版）為代表的桂林媒體，其高質量的新聞報導和高效率的報導流程，體現了獨立的輿論立場、高尚的報格和強烈的社會責任感，昭示了戰時桂林新聞界在新聞報導上已經具備了現代專業化報紙的成熟特徵，有著強烈的新聞專業主義精神。

新聞專業主義於 19 世紀末開始形成，強調傳媒作為一個獨立的社會子系統的收集、整理、傳播信息的功能和責任。在此基礎上，它還包括一套關於新聞媒介的社會功能的信念，一系列規範新聞工作的職業倫理，一種服從政治和經濟權力之外的更高權威精神和一種服務公眾的自覺態度。

以《大公報》（桂林版）為例，該報在報導取向上體現了專業主義特色，在當時桂林的新聞界脫穎而出。《大公報》（桂林版）的新聞報導以「公眾需要」為目標。這種「公眾需要」不是簡單的受眾興趣，而是基於在社會動盪時期人們需要信息以助決策而導致的對硬新聞的普遍偏好。該報的長篇通訊堅持專業的角度，將個別事件聯繫到大的社會結構變化，鍥而不捨地為讀者提供多元的報導、精闢的分析，以營造豐富的思考空間。由於既有較強的說理性，又有豐富的情感和鮮明的立場，使得它更像今天的新聞特寫或調查報告，可以視為當時「深度報導」的典範，文筆優美，可讀性強，深得讀者喜愛。這一系列的文章不僅在當時引起了轟動，在今天看來仍有較強的史料價值。

《廣西日報》（桂林版）大力宣傳新桂系的抗日主張，特別是在抗日救亡的報導方面，緊隨著前方戰事，及時報導最新戰事信息，對鼓舞士氣，增強民眾信心起到了積極作用。同時，新桂系的政治、經濟、軍事、文化建設等方面的報導也是《廣西日報》（桂林版）報導的主要內容。這些報導不僅與抗戰的時代背景聯繫密切，同時也兼具廣西的地方特色。

《救亡日報》是一張在中共黨領導下的打著「上海文化界救亡協會主辦」名義、以「公正合法」的身份、在國統區出版的報紙，尤其是《救亡日報》（桂林版），更是在八路軍駐桂辦事處（隸屬中共中央南方分局）的直接領導下開

展工作。但是,《救亡日報》(桂林版)比之中共領導的其他報刊,尤其是中共黨的機關報刊,又有著自己的特殊使命。《救亡日報》(桂林版)除了中共黨領導的所有報刊都負有的「宣傳抗日、團結、進步」這個歷史使命外,還肩負著一些特殊的要求:「必須爭取公開合法」;「辦出一份左、中、右三方面都要看,都喜歡看的報紙」。因此,該報以超黨派的面目出現,報導兼容並蓄客觀公正。特別是對抗日民族統一戰線內部的各階級、各黨派的衝突糾紛,採取了客觀的手法,以第三者的姿態報導有關事實,以縮短與中間群眾的心理距離,擴大宣傳效果。

《掃蕩報》(桂林版)在抗戰時期擔任重要的角色,與其他報紙最不同的是戰況消息的報導。戰況報導作為《掃蕩報》(桂林版)的重要組成部分大部分被安排刊登在報紙第二版,主要報導國民黨軍隊與日軍作戰的最新戰況,其目的在於團結軍隊組織,教育軍人,以打破文盲和建立他們的價值觀,並且還給讀者提供訊息,以及教育讀者,鼓勵軍民,使民眾支持國民政府。

2、言論在選題和立意上以抗日為主

綜觀桂林各報的言論選題,可以發現有以下幾個特點:

第一,言論的選題注重新聞性。《大公報》(桂林版)言論的選題基本上來自當天或者近期的國際、國內新聞。特別是遇到重大的新聞事件,《大公報》(桂林版)除了專門的新聞報導外,通常配發社評。例如珍珠港事件後,《大公報》(桂林版)在 12 月 9 日的二版中,以大標題刊登了題為《暴日擴大侵略終於掀起太平洋上大戰!》的報導,同時刊登了社評《暴日自掘墳墓》。同時,各報還經常在社評中報導最新的消息,例如《廣西日報》(桂林版)1942年 8 月 17 日的短評《村街長民選》:「本屆村街長民選實施辦法,已經省□會通過,即將分頭實施了。……鄭重提出:村街民選是我們自治的基礎,是非常珍重的事,希望民眾諸位合政府宗旨,好生選去!(沖)」﹝註2﹞。

第二,言論選題的選擇主要以宣傳世界反法西斯戰爭為宗旨。無論是國際選題還是國內選題,桂林各報的言論多選取世界反法西斯戰爭的主要事件來評述。例如,《大公報》(桂林版)在國際選題中既關注太平洋戰爭的變化,也留意歐洲戰場和北非戰場的最新戰況。在國內選題中,《大公報》(桂林版)既積極評述中國遠征軍在緬甸的輝煌戰果,也以激情昂揚的文字呼籲國人為浙贛戰役中的國軍獻金。《救亡日報》(桂林版)在 1939 年英日談判持續的過

﹝註2﹞ 《村街民選》,《廣西日報》(桂林版),1942 年 8 月 17 日第 3 版。

程中，就發表了大量社論、時論，一再指出這是慕尼黑陰謀在遠東的重演，企圖製造中國的弗朗哥——汪精衛。1940 年前後，《救亡日報》（桂林版）又先後刊登了《張伯倫寂寞的春天》、《反共陰謀沒有死》、《賴伐爾的悲劇》等社論，犀利地揭示了英法當時妄圖假手德意「對蘇採取行動，從而期待以東線進攻來解決西線僵局」的陰謀。

第三，言論選題往往小中見大，通過選取小事件展開評述。這種由小見大、「一朵花中見天堂」的情況，在選題中比比皆是。例如，《大公報》（桂林版）1942 年 5 月 28 日的社評《由朝鮮徵兵說到消耗日本》，這篇社評從日本在朝鮮徵兵入手，從兵源的角度探討日本因常年戰爭，兵源枯竭，不得不在朝鮮實施徵兵政策，從而斷定日本必敗的命運。又如《救亡日報》（桂林版）分析日本政局的社論《論宇垣與板垣的內閣》、《破難船在怒海中》、《近衛「事物官」內閣》等，對於令人眼花繚亂的日本內閣的頻繁更迭，通過這些小事件、小事物來不斷揭示背後日本政壇派系的淵源、政見的紛紜、交織在其中的私人嫌隙等等，這種評述的豐富、精細、準確常常令人驚歎。

第四，言論的立意以抗日為主。立意，就是確定主旨即作者的主要意圖。總結抗戰時期桂林各報的言論立意，主要體現出四大主旨：第一，宣傳中國抗戰必勝，堅定軍民勝利的信心；第二，宣傳日本侵華必敗，揭露日本軍閥的罪惡；第三，爭取國際上的支持，強調中國與盟國共存共亡的關係；第四，密切關注民生，重視對國民政府的輿論監督。

3、副刊借助於桂林文化城的繁盛而別具特色

抗戰時期，桂林各報的副刊，內容豐富、形式多樣，既是聯繫、教育各階層廣大群眾的重要園地，又是對敵人口誅筆伐、對頑固派嘲諷兼施的堅強堡壘。特別是借助於桂林文化城的影響和幫助，桂林各報的副刊成為桂林文化城繁盛的縮影。具體來說，有以下幾個特點：

第一，各報的副刊版面基本固定，不受廣告影響。例如，《大公報》（桂林版）副刊《文藝》相比較同時期的《大公報》（重慶版）副刊《戰線》，由於《戰線》篇幅很不固定，常常被廣告擠到一角，使得讀者很不滿意。而《文藝》篇幅較大且固定，基本不受廣告影響。從 1941 年 3 月 16 日起，每一期均為半版，與地方通信欄目輪換在第四版見報。《救亡日報》（桂林版）副刊擁有素具盛名的眾多作者，其副刊為當時桂林出版的其他報紙所不及，成為《救亡日報》（桂林版）靚麗的風景。該報的副刊主要刊登在第四版，第三版

偶爾也會刊登一些副刊的內容。

第二，各報的副刊得到各文藝團體、各界知名人士的關心和幫助。以《救亡日報》（桂林版）爲例，該報有不少副刊，完全是借助社外文藝社團的力量編輯的。比如《漫木旬刊》就是由中華全國漫畫作家抗戰協會、中華全國木刻界抗敵協會合編的；《青年政治》是由廣西大學政治研究會主編的；《詩文學》是由詩文學社編輯、艾青主編的。通過這種合作，既豐富了副刊的內容，吸引了讀者，又達到聯合社外文藝社團共同抗戰的目的。經常爲副刊撰稿的各界知名人士主要有茅盾、田漢、張天翼、艾蕪、艾青、歐陽予倩、馬彥祥、焦菊隱、於伶、林煥平、孟超、宋雲彬、葉紫、王魯彥、何其芳、黃藥眠、谷斯範、楊朔、卞之琳、曾敏之、新波、李樺、胡玉枝、何家槐、秦似等人〔註3〕。他們爲《救亡日報》（桂林版）撰寫了大量高質量的稿件，使《救亡日報》（桂林版）富於文藝氣息。而《大公報》（桂林版）的副刊編輯楊剛也善於團結文藝界、文化教育界人士寫稿。老作家如老舍、田漢、茅盾、施蟄存、熊佛西、侯外廬等，青年作家如周爲、曾敏之等都爲《文藝》積極投稿。還有昆明西南聯大的知名作家如穆旦、汪曾祺、杜運燮、鄭敏（女）、陳敬容（女）等也常在《文藝》上發表作品。《掃蕩報》（桂林版）也借用其他社會力量來編辦副刊，比如廣西音樂會編的《抗戰音樂》雙周刊，桂林兒童座談會編的《抗戰兒童》，由廣西傷兵之友宣傳組編的《傷兵之友》，以及《抗戰戲劇》、《抗戰建國》、《現代戰爭》、《現代政治》、《現代文藝》、《現代經濟》等等。

第三，副刊內容豐富、亦莊亦諧。以《救亡日報》（桂林版）的副刊爲例，內容不但多姿多彩，而且亦莊亦諧。這一點尤其在《文化崗位》的《崗語》，《草地》〔註4〕的《小言》，《十字街》的《街談巷議》中得到鮮明的體現。這些專欄小言論往往運用旁敲側擊，借題發揮；以子之矛，攻子之盾的方式，嬉笑怒罵。有心人自能體察個中三味，被抨擊者亦心中有數。1940年4月18日《草地》刊《富與窮》一文在敘述了英國打了半年仗極力節省開支後，筆鋒一轉：「而中國呢？此番委座在《取締黨政軍人宴會辦法》裏面說：『酒食徵逐，日有所聞，一席所費，動逾百金，……或則溝通餐室，短取筵資，或

〔註3〕 劉曉慧：《抗戰時期桂林文化城的〈救亡日報〉及報人研究》，廣西大學科研基金項目，2007年。

〔註4〕 《草地》爲《救亡日報星期刊》一版上一個富於趣味性、知識性、通俗性的小副刊。

則珍錯滿前，詭稱便飯。』」借蔣介石的話把國統區後方吃的腐敗現象暴露無遺。〔註5〕《掃蕩報》（桂林版）副刊的內容也十分的豐富，欄目形式多樣。自該報 1938 年移桂出版後，一直存在的副刊是《瞭望哨》和《野營》。該報自編的《野營》主要是文藝週刊，《瞭望哨》屬於日刊，主要刊登小品雜文等。由於《掃蕩報》（桂林版）能宣傳抗日，得到進步人士的支持，且副刊內容充實，所以銷路在桂林各報中並不遜色，一般在 2 萬份以上。〔註6〕

（四）抗戰時期桂林新聞媒體內部重視創新，機制靈活多變

1、高度重視廣告發行工作

抗戰時期，桂林各報之間競爭激烈，為能在桂林的報業市場上取得一席之地，各報努力進行新聞改革，提高報紙質量，加強發行管理，擴大營銷市場。

《大公報》（桂林版）作為一份民營的綜合性報紙，創刊後，憑藉其出色的社評和新聞報導，數月之後，發行量便躍居桂林各報及西南各省之首，最高時可達 35090 份。〔註7〕隨著桂林市面的不斷繁榮，廣告收入也逐漸增加，第一年勉強能收支相抵，自 1942 年下半年起，大有起色，除去各項開支，每月略有盈餘。雖然在經濟上保持獨立，但在「四不」，即「不黨」、「不賣」、「不私」、「不盲」的辦報方針的引領下，其廣告還彰顯了「以受眾為中心」、「以公眾利益為最高準則」的經營方針，其刊佈的廣告在當時的戰時桂林亦獨具特色。

《廣西日報》（桂林版）除了擁有廣西各級黨政機關的訂戶，拿著省黨部和政府的撥款外，還積極開拓市場，運用各種手段籌集資金以此來發展和壯大自己。如《廣西日報》（桂林版）1938 年 5 月建成的新館除了政府部分撥款外，大多是通過積極開拓市場，增加發行量，搞好經營等方式籌集到的資金。另外，《廣西日報》（桂林版）既承擔黨政宣傳工作，又滿足市民對新聞信息的需求，並沒有使它走向沒落，變成一份沒人願意看的報紙。正是因為不斷的開拓市場，重視讀者受眾的影響，才讓《廣西日報》（桂林版）更貼近民眾，同時也加速了新桂系政府各項政策的傳播，使得民眾能積極支持和響應政府

〔註5〕 劉曉慧：《抗戰時期桂林文化城的〈救亡日報〉及報人研究》，廣西大學科研基金項目，2007 年。

〔註6〕 張鴻慰：《八桂報史文存》，廣西人民出版社，1995 年，第 89 頁。

〔註7〕 周雨：《大公報史（1902～1904）》，江蘇古籍出版社，1993 年，第 332 頁。

的號召。此外，正是由於前期的市場開拓，才使得《廣西日報》（桂林版）能在日後與《大公報》（桂林版）等大報紙同臺競爭，佔據一席之地。

《救亡日報》（桂林版）為了在報業市場上站住腳，積極樹立品牌意識，推出獨有的新聞產品──「本報特稿」。該報通過利用上海文化界救亡協會的老關係，分別約請在桂林和重慶、昆明、香港等地的文化界知名人士寫文章。為了引人注意樹立本報品牌，每篇文章的題目都加上一個「本報特稿」的標誌，以示本報獨有的新聞產品。這個獨有的新聞產品的推出，為桂林各報所無，深受讀者歡迎。不但提高了《救亡日報》（桂林版）的品味和質量，也迅速擴大了《救亡日報》（桂林版）的銷路。此外，爭取搶在《廣西日報》（桂林版）、《掃蕩報》（桂林版）等報之前出報，是《救亡日報》（桂林版）在桂林報業市場站住腳的經營策略之一。為了做到這一點，他們嚴格出報流程，密切編輯部與印刷廠之間的銜接，通過一系列的措施使《救亡日報》（桂林版）成為桂林報業市場上出報最早的報紙，使報紙的發行量迅速上升。

2、推行靈活多變的的管理制度

抗戰時期，桂林新聞事業的繁榮還來自於桂林各報在內部推行靈活多樣的管理制度，提高了媒體運行的效率。

《廣西日報》（桂林版）在管理方面採取的是比較開放和自由的管理模式，即「只管人，不管事」。該報三任社長對報社的具體事務很少直接插手，尤其是對編輯部的事務，幾乎不參與。廣西日報社採用社長制，社長在報社擁有最高權力，而這三任社長中有兩任是兼任，韋永成兼任社長時職務是第五路軍政主任，韋贄唐兼任時任廣西綏靖公署政治部少將副主任，後任廣西財政廳廳長。社長韋贄唐（兼職），對編輯工作表面上不大管，連編輯部每周例會，有時他也不參加。黎蒙雖沒有身兼他職，但黎蒙卻得到了李宗仁給的「辦事和任人自主權」承諾。黎蒙每天到報社批幾張條子，處理一些事務，便回家接待朋友。

《救亡日報》（桂林版）為提高報紙質量，建立每日批報制度和定期召開編輯部民主會議。每天一早報紙印出來之後，先由總編輯夏衍校看一遍，從版面安排到新聞內容、形式以及文字，如對當時新聞報導中常用的一些對讀者不負責任的語彙，如說「云」、「云云」之類，一一用紅筆劃出來進行批點，再張貼出來讓大家批點、議論，檢查這些差錯出現的原因，以便改正。或提出總編輯個人看法，徵求大家的意見和看法，予以糾正。同時，《救亡日報》

（桂林版）還確立每隔十天（有時半個月）召開一次編輯部民主會，檢查這段時間編報情況，有批評有表揚，並計劃下一步編輯工作。每次會議集中解決一兩個突出的問題。有關編報業務上的問題，也不是由總編輯一個人說了算，而由總編輯或值班領導集思廣益，以大多數人的意見爲準。

《大公報》（桂林版）在管理制度上的特點是經理負責制，經理有人事權、財權和經營權。總經理秉承董事會的決策辦事，各館秉承總經理的意旨辦事。總經理還與總編輯共商編輯業務，審新聞稿、撰寫社評，事必躬親。如抗戰時期，胡政之就往來於渝、桂、港、漢各館指導工作。

3、多渠道引進人才

媒介因人而產生，因人而變化，人才資源是報社生存發展的第一資源。桂林各報十分重視人才工作，多渠道引進人才，充實報社的力量，以期在激烈的競爭中佔據一席之地。

例如，《廣西日報》（桂林版）在當時就採取了三種進人方式：第一種是社長所熟知的人，能勝任的留下重用，不能勝任的辭退。如韋永成先後將自己的下屬蔣一生兼任編輯、後又調韋容生做總編輯，由於韋容生不能勝任，又調莫寶堅任總編輯。第二種是社長的朋友或是熟人介紹來。如莫乃群第二次進《廣西日報》（桂林版）就是經過俞頌華等人推薦。第三種是招聘考試進來的。如：嚴傑人、陳子濤、陳如雪、陸田君等四人就通過 1939 年 11 月的招考進入該報的。無論哪一種引進人才的方式，都以個人的能力爲標準。

《大公報》（桂林版）用人有方，眾口皆碑。早在 30 年代，新記《大公報》就培養了范長江、蕭乾等一批名記者。《大公報》（桂林版）創辦後不久，公開招考了一批編輯、記者如羅承勳、陳凡、錢慶燕、黃克夫、曾敏之等。這些人在《大公報》（桂林版）的培養扶植下先後成爲新聞界的領導者。如羅承勳是香港《新晚報》的總編輯，陳凡是香港《大公報》副總編，曾敏之去美之前是香港《文匯報》副總編。《大公報》（桂林版）的人員除自行培訓者外，有選聘的，有從投稿者中錄用的。即使通過人事關係介紹進館的，也要長期考驗其工作能力後才放置適當位置。任人唯賢是其用人宗旨，不稱職的人員隨時辭退，對有用的人才則愛護備至，積極培養，發揮其才能，放手讓其工作，在工作中繼續得到培養。另外，《大公報》（桂林版）任用新人，大多是經過嚴格的考試甄別的，在工作中縝密觀察發揮所長。

另外，新聞社團和新聞理論的開展提高了桂林戰時新聞工作者的業務技

能。抗戰爆發後,隨著桂林一批新聞刊物應運而生的同時,一些新聞社團也得到一定的發展。

當時出版的報紙多,加之新聞人雲集,桂林新聞界需要一個做聯絡協調團結工作的機構。在這種背景下,首先成立的新聞社團組織是中國青年記者學會南方辦事處,該學會由秘書陳儂菲負責主持,籌備成立中國青年記者學會桂林分會。這個南方辦事處利用交誼會、聚餐會、座談會等形式組織新聞界人士舉辦了一些活動,做了許多有益的工作,促進了新聞界的團結。隨後,「青記」遷到桂林,加之中國青年新聞記者學會桂林分會的成立,新聞社團的作用立即顯現了出來。

「青記」,1938 年 11 月中旬,范長江帶領「青記」和國際新聞社的成員從長沙退撤到桂林後,立即投入到進步新聞事業中去。范長江熱愛新聞工作,經歷充沛,富於號召力感染力,很快就組織了桂林文化界、新聞界、文藝界的交誼會,自由討論,交流經驗,同時也舉辦一些文娛活動,參加者越來越多,「青記」很快活躍起來,成為凝聚愛國文化人士的中心團體。在「青記」的倡導下,桂林新聞界舉行了多次聯誼活動。如 1940 年 5 月 26 日,桂林新聞記者第九次交誼會在廣西建設研究會舉行,會上於斌以「世界大戰與記者任務」,前方日報社社長王造時以「望遠鏡顯微鏡下的統戰觀」為題發表了講話。

這些相繼成立的新聞團體不僅促進了新聞界的溝通聯繫,還運用社團成員的實踐和理論優長,強化了新聞理論研究與探討。例如,為了培養新聞型記者,范長江要求「青記」創辦《新聞記者》、《救亡日報》(桂林版)副刊等刊物。「青記」桂林分會還主辦了多期(次)新聞講座、研究會、時事報告會和新聞講習班。當地報紙從培養人才、促進自身業務開展出發,拿出版面,甚至開設專欄,積極刊發有關新聞理論探討的文章,如《廣西日報》(桂林版)、《掃蕩報》(桂林版)、《救亡日報》(桂林版)都提供版面給「青記」編發《新聞記者》、《青年記者》等專刊。每逢九月一日記者節,桂林各報還發表了許多有關論述新聞工作的文章。一些刊物雜誌如廣西建設研究會編輯印行的《建設研究》、桂林文化供應社出版的《文化雜誌》等,也積極為新聞工作者提供新聞理論研究的論壇。多家出版社推出一批能反映當時研究水平的新聞學著作。比如桂林文化供應出版了柯天的《新聞工作基礎常識》、艾秋颸(即薩空了)的《科學的新聞學概論》,開明書局出版了吳好修的《戰時國際新聞讀法》、

章丹楓的《近百年來中國報紙之發展及其趨勢》，銘眞出版社出版了程其恒編、馬星野校訂的《世界報社現狀》等。這些著作在當時的中國新聞界具有一定的學術地位和影響。如此廣泛、深入的新聞理論探討活動，一定量的新聞學專著的出版發行，在廣西曆史上是前所未有的，即便在全國這種情況也是很少出現的。

　　以上是對桂林抗戰時期蓬勃發展的新聞事業的概述，本文將對其展開較爲詳盡深入的分析和研究。綜上所述，抗戰時期桂林的新聞事業蓬勃發展，影響巨大，成爲獨特的新聞現象，其經驗十分值得我們總結、研究和借鑒。

二、重視程度不夠，對桂林抗戰新聞事業史的研究缺乏廣度和深度

　　我國報業史研究以上世紀初戈公振的《中國報學史》爲發軔，經過無數學人的努力，終有《中國新聞事業通史》（方漢奇主編）、《中國近代報業發展史（1815～1874）》（卓南生著）、《百年報人》（鄭貞銘著）等代表性的新聞史著作相繼問世。其中 1996 年《中國新聞事業通史》（方漢奇主編）的問世成爲中國新聞史研究成果的里程碑，此後，我國的新聞研究熱點由新聞通史轉入新聞斷代史和新聞地方史或新聞專史的研究。

　　地方新聞傳播史是中國新聞傳播史的重要組成部分。在抗戰新聞傳播史的研究領域裏，重慶、上海、武漢、香港的抗戰新聞活動的歷史地位總能引起學界的高度重視，相比之下，作爲抗戰新聞史的一個非常重要的組成部分——廣西桂林抗戰新聞史的歷史地位一直以來都沒有得到足夠的重視，相比較而言，桂林抗戰新聞史的研究與上海、武漢、重慶等這些抗戰文化城的新聞史研究還有很大的差距，這與桂林這個蜚聲海內外的「抗戰文化名城」的文化繁榮的景象極不相稱。1978 年改革開放以來，桂林抗戰新聞史研究有了相當的進展，不少研究者參與了這項工作，收集挖掘了很多寶貴的資料，並在此基礎上作了初步的研究，取得了一些成果。如在《中國新聞事業通史》和彭繼良《廣西新聞事業史》中都對桂林抗戰新聞史進行了廣泛的或是有一定深度的研究，成果也較爲突出。但是，桂林抗戰新聞史的研究還有其明顯的不足，顯得比較滯後，戰時桂林文化城的研究多著眼於文學、藝術等方面，而對抗日戰爭時期桂林報業史研究顯得零散，缺乏研究的深入和系統。如研究重心側重向中國共產黨領導下的報刊傾斜，忽視對中間報刊和國民黨新聞

事業史的研究；孤立地研究中國新聞史，未能將其置於相關背景中加以考察；個案研究缺乏，在專史方面，研究領域較爲狹窄，如對報人的研究不夠深入等問題，以至於在抗日戰爭時期在新聞傳播事業方面有著光輝歷史的桂林至今仍然沒有一部研究桂林抗戰新聞史的專著。顯然，對桂林抗戰新聞史的研究廣度和深度之不足已經成爲它無法在中國新聞傳播史中獲得應有地位的最大障礙。因爲地利之便，近年來我們開始涉足這一領域。經過大量的檢索、重點翻閱史料及初步研究，對桂林抗戰新聞史特別是戰時報業史的研究現狀有了一定的瞭解與思考，現不揣淺陋，將之付諸文字，以求引起各方重視，共同推進這一工作。本課題擬通過對抗戰時期桂林新聞事業史的全面、系統研究，還桂林抗戰新聞史以眞實的歷史面目，以期其在抗戰新聞史的研究領域中得到應有的重視和應有的地位。

另外，我們借助於新的研究方法來研究桂林抗戰新聞事業史也會大有裨益。近年來，中國新聞史的研究方法不斷出新，其中顧頡剛提出的以文本考辨爲主要研究任務的史學研究方法對報業史進行研究具有重大的指導意義。桂林抗戰新聞事業史的研究成果之所以沒能與武漢、上海及重慶抗戰新聞史成果相提並論，其原因之一就是學者們沒能很好的利用桂林現有豐富的抗戰報紙史料的文本來進行全方位的研究。本研究著力通過文本研究桂林抗戰新聞事業史，更有利於對在國共合作背景下的桂林抗戰新聞事業史的深入研究。

三、本研究的設想與具體框架

本研究對抗戰時期廣西桂林新聞事業大發展背景下的媒介生態及當時主要傳播媒介 —— 報紙的運作與發展問題進行全方位的考察和審視，重點結合當時報刊原件和報人作品、傳記、回憶錄、論著等原始文本，限於篇幅和資料，本研究不可能也沒有必要對涉及桂林抗戰新聞史所有方面作深入全面細緻的研究，我們根據課題的設計，有重點地進行研究，對重要的報刊、通訊社、廣播電臺和報人（新聞人）做深入的考察，試圖挖掘在國共合作背景下報業（新聞事業）的經營與運作的一般規律和特殊規律。

廣西桂林抗戰新聞史是中國抗戰新聞史一個非常重要的組成部分，研究廣西桂林抗戰新聞史具有重要的意義。本研究涵蓋了對當時桂林的主要新聞刊物，如救亡圖存、推動地方建設的《廣西日報》（桂林版）、促進全民族抗日救亡的《救亡日報》（桂林版）、區域性抗戰輿論重陣《大公報》（桂林版）、

《掃蕩報》（桂林版），以及桂林的其他小報。除此之外，還有對當時桂林的通訊社和電臺以及當時在桂林積極抗戰的新聞界知名人物，包括范長江、夏衍、徐鑄成、胡愈之、俞頌華、莫乃群等進行分析研究。

　　本研究共分爲九章。每章所研究的內容，鑒於本書的前言中也有詳盡交待，這裡從略。

第二節　抗戰時期桂林新聞事業史研究掃描

　　桂林抗戰新聞事業史研究是著名的抗戰時期的「桂林文化城」研究領域裏的一個重要組成部分，它的時間斷限是桂林在 1938 年 10 月至 1944 年 9 月大撤退前，這已得到了學界的認可。事實上，桂林抗戰新聞事業史研究發端於二十世紀六十年代初，時見於《廣西日報》副刊《桂林文化城憶舊》專欄。夏衍、司馬文森等一批抗戰時期曾在桂林從事新聞工作的大家，都在專欄上發表過回憶新聞傳播活動的文章。眾所周知，這一研究工作在「文革」時期中斷。改革開放以來，隨著新聞傳播事業的繁榮，桂林抗戰新聞事業史也成爲學術界研究的熱點，相關的史料、研究著作和論文不斷湧現，並且取得了一定的研究成果。總體說來，有以下五個方面。

一、關於桂林抗戰時期新聞傳播活動時代背景的研究

　　因桂林抗戰時期新聞傳播活動空前繁榮的成因與抗戰「桂林文化城」的成因相近，因而備受學者們的關注，而其研究成果也相對較多，主要集中體現在《桂林文化城概況》（廣西社會科學院、廣西師範大學主編，廣西人民出版社 1986 年版）；《桂林抗戰文化史料》（灕江出版社，魏華齡編），《桂林抗戰文化研究文集》（1～8 集）等各類書籍文章中，其中彭繼良所著，由廣西人民出版社 1998 年出版的《廣西新聞事業史》（1897～1949）裏以「抗日戰爭時期廣西出版的報紙，建立的通訊社、廣播電臺」這一章對當時桂林新聞傳播活動的成因進行比較系統的論述，當然，鍾小鈺的《抗日戰爭時期桂林的報刊》、龔維玲的《試析抗日戰爭時期新桂系的報業活動》、王曉嵐的《喉舌之戰：抗戰中的新聞對壘》、靖鳴等的《抗日戰爭時期桂林新聞生態初探》等專論也對其成因進行了深入的探討。

二、對桂林抗戰時期主要報紙的研究

　　桂林抗戰時期出版的各種報刊雜誌達 300 多種，這對當時乃至現在的桂林來說都是非常罕見的，其中以《救亡日報》（桂林版）、《大公報》（桂林版）、《掃蕩報》（桂林版）、《力報》（桂林版）等報紙的影響力為最大，研究這些報刊的新聞活動的特色也是學者們研究的一個重點。如張鴻慰的《明燈照漓水　新華傲雪霜——〈新華日報〉建立桂林分館的鬥爭始末》；《榕城救亡曲　渝雁天下聞——〈新華日報〉桂林通訊研究》及文豐義的《進步文化的宣傳喉舌——〈新華日報〉與西南劇展》（見廣西師範大學出版社出版的八卷本《桂林抗戰文化研究文集》），葛敏的《新華日報是革命的燈塔》和盧傑《真理的聲音鎖不住——關於新華日報在桂林營業分處的點滴回憶》（桂林抗戰文化史料，第二十八輯）；關於《救亡日報》的研究著作有：《救亡日報的風雨歲月》（吳頌平編，新華出版社，198 年版）；收錄在《桂林抗戰文化研究文集》裏的論文有 3 篇，分別是高寧的《〈救亡日報〉的宣傳藝術》、《〈救亡日報〉的卓越領導者——夏衍》及張鴻慰的《團結的旗幟　抗日的號角——論桂林〈救亡日報〉的時代特色及其編輯風格》。此外，尚有幾篇相關文章散見於各類刊物，如《〈救亡日報〉介紹》、《夏衍與救亡日報》、《郭沫若與〈救亡日報〉》、《〈救亡日報〉留下短暫成永恒》、《〈救亡日報〉桂林版的言論特色》、《〈救亡日報〉、輾轉三地　團結抗日》等。除了對這兩大報紙的研究外，尚有如王小昆的《桂林版〈掃蕩報〉與抗戰音樂文化》、鄭炯兒《從掃蕩到和平——〈掃蕩報〉之研究（1931～1950）》、馮英子的《我和桂林〈力報〉》（文見《桂林抗戰文化史料》第二十八輯）等。由此可見，此類研究成果還是比較豐富的。

三、對桂林抗戰時期名人和新聞人新聞活動的研究

　　抗戰時期大批的從東北、華北、華東、廣東及香港等淪陷區來桂林的文化名人，如郭沫若、茅盾、巴金、田漢、陶行知、李四光、鄒韜奮、范長江、胡愈之、徐鑄成、俞頌平等文化和新聞界名人紛紛辦報辦刊，並在這裏深入工廠、農村，到戰地採訪，創作了大量優秀作品，在桂林彙集成一支強大的抗日文化隊伍。相比抗戰時期中國先後出現的其他文化中心城市，名人群體對桂林文化城的形成直接起著決定性的作用。因此文化名人及新聞人在桂林抗戰時期的新聞活動，也成為學者們研究桂林新聞史的焦點之一。現有的研究成果中，有關文化新聞界名人的個體在抗戰時期桂林的活動及其影響的研

究成果佔了相當大的比例。目前所見的近 400 多篇研究桂林抗戰新聞史的論文中有近 80 篇是對文化名人的個案研究，占論文總數的 1/5 強，如上文提到的《〈救亡日報〉的卓越領導者——夏衍》、《夏衍與〈救亡日報〉》、《郭沫若與〈救亡日報〉》都屬於這一類，學者們主要是從報人的辦報思路、政治立場、編輯思想等方面來進行探討。

四、對桂林抗戰時期新聞史史料的整理及其成果

桂林抗戰新聞事業史史料，是一座富礦，多年來被諸多學者進行不斷的挖掘和開發，特別是一些學者對實物資料和口頭資料的搶救性收集和整理，豐富了史料整理工作的成果，一系列的史料著作相繼湧現。現有最主要的史料著作有《八桂報史文存》（張鴻慰著，廣西民族出版社，1995 年版）、《桂系報業史》（張鴻慰主編，1998 年內部准印證號：11241）、《蕍蔚集》（張鴻慰著，2003 年內部准印號：0036071）、《救亡日報的風雨歲月》（吳頌平編，新華出版社，1987 年版）、《國際新聞社回憶》（吳頌平編，湖南人民出版，1987 年版）、《喉舌之戰：抗戰中的新聞對壘》（王曉嵐著，廣西師範大學出版社，2001 年版）、《抗戰時期桂林出版史料》（灕江出版社 1999 年出版，龍謙、胡慶嘉編，53 萬字）等。此外，廣西桂林市圖書館至今仍保存有一定數量抗戰時期主要報紙的原版或影印版，這些難得寶貴的文化遺產，對於我們研究桂林抗戰時期的新聞傳播活動提供了可靠的原始史料。當然，在此基礎上，有的學者研究桂林抗戰時期的新聞傳播活動也花費了很大的精力，形成一批成果，其中具有代表性的研究成果有《抗戰時期桂林文藝期刊目錄索引》（楊益群、王斌等編，36 萬字，廣西社會科學院主編）、《抗戰時期桂林文藝期刊簡介和目錄彙編》（萬一知、蘇關鑫編，30 萬字）、《抗戰時期桂林社會科學資料目錄索引》（桂林市政協文史資料委員彙編，62 萬字）等，這些文獻資料的索引也為研究者帶來了極大的方便。

五、對桂林抗戰新聞事業史影響力的研究

事實上，幾乎有關桂林新聞事業發展研究的每篇文章和每本著作都對新聞傳播活動的影響力進行或多或少的研究，而且學者們最後都把它的影響力歸結為兩個方面，一是有力的推動了抗日民族統一戰線的形成，加速了日本帝國主義滅亡的步伐，二是極大地促進了當時桂林乃至廣西新聞傳播事業和

文化事業的進一步發展。

此外，還有一些論文和著作對這個時期的新聞通訊社（如《國際新聞社回憶》（吳頌平編，湖南人民出版，1987 年版）和新聞理論以及一些報刊經營與管理（這兩個方面分別散見於彭繼良著、廣西人民出版社 1998 年出版的《廣西新聞事業史（1897～1949）》的「抗日戰爭時期廣西出版的報紙，建立的通訊社、廣播電臺」一章裏）也進行了適當的探討，只不過對這些方面研究較少且研究的深度略顯不夠。

事實上，在審視改革開放以來桂林的抗戰新聞史研究成果的大視野中，總是離不開一位學者和一本著作，這就是彭繼良和他的著作《廣西新聞事業史（1897～1949）》，其中「抗日戰爭時期廣西出版的報紙，建立的通訊社、廣播電臺」一章論及當時桂林新聞界的狀況，對戰時桂林的新聞事業發展進行了較為詳盡的疏理與研究。上面所提到的有關新聞史研究的五個方面它都一一涉及，而且有些方面通過在全國各地進行大量的資料收集整理，進行了詳細的研究，因而也成為這個研究領域當中的權威。為此，作為後來者，我們在被彭繼良先生孜孜以求的治學精神所感動之餘，也從中得到進一步探討和深究桂林抗戰新聞史的動力和勇氣。因為我們在學習過程中也發現，從嚴格意義上來說，彭繼良先生的大作雖然給我們展現了近代以來整個廣西新聞傳播史活動的全景圖式，卻缺乏專門對抗戰時期的桂林新聞傳播活動進行全面的、系統的探討，還留有很多的學術空白點，這對於影響力巨大的桂林抗戰新聞事業研究、桂林文化城研究來說不得不說是一個遺憾。

第三節　抗戰時期桂林的政治生態和新聞生態

抗戰時期，桂林作為一個抗戰文化名城為中華民族的抗戰勝利作出了卓越的貢獻，長期以來，對戰時桂林文化城的研究多著眼於文學藝術等方面，而對抗日戰爭時期桂林的新聞生態研究仍是一個空白。從學術的角度對抗戰時期的桂林新聞史實進行梳理，進行理論上的思考和分析，廓清各種傳媒之間關係的微妙之處，能為重新引起回憶和思索、填補中國新聞事業史研究工作創造積極意義。抗日戰爭時期桂林的新聞事業能得以順利發展，是新聞傳播學的一個有意義的重要現象，值得新聞史學家、新聞理論家、媒體管理者以及文化學、媒介文化學乃至政治學等眾多學科學者進行探究，我們感覺到

首先是桂林獨特的政治和新聞生態促使其得以生成與發展。美國新聞學者羅傑·菲德勒在《媒介形態變化》一書中說:「傳播媒介的形態變化,通常是由可感知的需要、競爭和政治壓力,以及社會和技術革新的複雜相互作用引起的。」這種政治壓力、技術革新、經濟發展和公眾需要以及媒介間的競爭就是媒介生存和發展的外部生態環境,而外部環境的變化給媒介造成壓力,能誘發媒介內部自發或被迫進行技術、管理體制、經營理念諸方面的變革,從而導致媒介內部生態環境的變化。

媒介因人而產生,因人而變化,人類賦予其生命,因此,用研究有機體及其與生活之地相互關係的生態學來觀照媒介,能給予人們研究相關問題以多維的視角、感受或發現。

生態系統一詞是由英國植物生態學家坦斯利(A. G. Tansley)提出的。生態系統(ecosystem)是指由生物群落及其生存環境共同組成的動態平衡系統。生物群落由存在於自然界一定範圍或區域內並互相依存的一定種類的動物、植物、微生物組成。生物群落同其生存環境之間以及生物群落內不同種群生物之間不斷進行著物質交換和能量流動,並處於互相作用和互相影響的動態平衡之中。這樣構成的動態平衡系統就是生態系統。

「新聞生態」則是指在一定社會環境中新聞各個構成要素、新聞之間、新聞與其外部環境之間相互良性制約而達到的一種相對平衡的結構。是實現受眾——新聞——政府——社會這一復合生態系統整體協調而達到一種穩定有序狀態的動態過程。對新聞生態系統「人為地施加有益的影響,調節生態系統的結構和功能達到系統最優結構和最高功能」。〔註8〕從而使整個傳媒實現和諧發展、共生共榮的良好生態效應。

一、全國與廣西抗戰概況

中國抗日戰爭歷時 14 年,經歷了一個由局部抗戰到全國抗戰,由戰略性防禦到戰略性相持,再發展到戰略性反攻的歷史過程。抗日戰爭是世界反法西斯戰爭的重要組成部分,為國際反法西斯統一戰線和聯合國的建立作出了重要貢獻。

(一)全國抗戰概況

1931 年,日本帝國主義悍然發動了「九·一八事變」。蔣介石下令「絕對

〔註8〕 桂林建設研究會:《桂林之建設》,1939 年,第 125 頁。

不抵抗」，東北軍一槍未發，即讓出瀋陽城。日軍得寸進尺，4 個多月內，遼寧、吉林、黑龍江三省全部淪陷。日本強佔東北後，中國人民就開始了武裝反抗日本帝國主義侵略的鬥爭。

1937 年 7 月 7 日夜，日軍在北平西南的盧溝橋附近，以軍事演習為名，突然向當地中國駐軍第 29 軍發動進攻。第 29 軍奮起抵抗，抗日戰爭全面爆發。

中國共產黨面對民族危亡的嚴重形勢，率先捐棄前嫌，主張國共停止內戰，一致對外，共同挽救中華民族。早在 1935 年 8 月 1 日，中國共產黨發表了《八一宣言》，提出建立抗日民族統一戰線的主張，並就此同國民黨進行了多次談判。1936 年 12 月 12 日，「西安事變」爆發，中共以國家民族利益為重，迅即確定「和平解決」的方針，並派周恩來等赴西安談判。事變的發生及其和平解決，不僅是中共由「逼蔣抗日」到「聯蔣抗日」策略方針的轉折點，而且為國共第二次合作創造了極為重要的條件，成為中國時局轉變的樞紐。〔註 9〕1937 年 8 月，中共中央在陝北洛川召開政治局擴大會議，通過了《抗日救國十大綱領》，作為領導全國人民爭取抗戰勝利的根本方針。在中國共產黨的倡議和督促下，1937 年 9 月，國共兩黨抗日民族統一戰線正式宣告成立。

抗日戰爭從 1937 年 7 月持續至 1945 年 8 月。整個戰爭主要分為三個階段。

第一階段是戰略防禦階段，從 1937 年 7 月盧溝橋事變到 1938 年 10 月廣州、武漢失守。盧溝橋事變揭開了全國抗戰的序幕。在全國抗戰初期，國民政府先後組織進行了平津會戰、淞滬會戰、忻口會戰、徐州會戰、太原會戰、武漢會戰等重要戰役，並取得了臺兒莊戰役的勝利，阻滯了日軍的推進，粉碎了日軍 3 個月滅亡中國的狂妄企圖。但是，由於國民黨在政治上實行單純依靠政府和軍隊的片面抗戰路線，在軍事上採取單純防禦的戰略方針，因此，儘管國民黨軍隊的許多官兵對日軍的進攻進行了英勇抵抗，但正面戰場的戰局仍非常不利，先後丟失了華北、華中的大片領土，國民政府亦遷都重慶。中國共產黨從中華民族的根本利益出發，提出依靠人民群眾的全面抗戰路線。1937 年 8 月下旬，中國共產黨領導的紅軍主力改編為國民革命軍第八路

〔註 9〕 劉庭華：《中國抗日戰爭論綱（1931～1945）》，軍事科學出版社，2005 年，第 10 頁。

軍，開赴華北抗日前線；10 月間，南方各省的紅軍游擊隊也改編爲新四軍，開赴華中前線。八路軍和新四軍深入敵後，開闢敵後戰場，大致形成了敵後制約日軍的戰場戰略格局，有力地支持了國民黨組建大後方的防線。同時，國民黨軍隊的大規模作戰，也支持了共產黨在敵後的戰略行動，從而使日本不能傾全力進攻和摧毀中國方面的任何一個戰場。〔註10〕

　　第二階段是戰略相持階段，從 1938 年 10 月至 1943 年 12 月。隨著戰局的擴大，戰線的延長和長期戰爭的消耗，日軍的財力、物力、兵力嚴重不足，已無力再發動大規模的戰略進攻。敵後游擊戰爭的發展和抗日根據地的擴大，使日軍在其佔領區內只能控制主要交通線和一些大城市，廣大農村均控制在以八路軍、新四軍爲主的中國軍隊手中。1938 年 9 月，中國共產黨召開了六屆六中全會，毛澤東提出了中國共產黨在民族戰爭中的地位問題，批判和克服了王明的右傾機會主義路線，堅持了獨立自主的原則，保證了抗日戰爭的勝利進行。在此階段，日本的侵華方針有了重大變化：逐漸將其主要兵力用於打擊在敵後戰場的八路軍和新四軍，而對國民黨政府則採取以政治誘降爲主、軍事打擊爲輔的方針。日本侵略軍集中了大部分兵力和幾乎全部僞軍，對中國共產黨領導的敵後抗日根據地進行了殘酷的「大掃蕩」。抗日根據地軍民開展了艱苦的鬥爭，堅決地進行反「掃蕩」、反「蠶食」鬥爭，敵後戰場逐漸成爲抗日戰爭的主要戰場。在日本政府的誘降下，國民政府內親日派頭子汪精衛公開投降，並於 1940 年 3 月在南京成立了僞國民政府，組織僞軍，協同日本侵略軍進攻抗日根據地。同時，國民黨的反共傾向也日漸增長，蔣介石採取「消極抗日，積極反共」的政策，掀起了三次反共高潮，妄圖消滅共產黨和敵後抗日根據地。中國共產黨堅持「發展進步勢力，爭取中間勢力，孤立頑固勢力」的方針，領導解放區軍民一面抗擊日僞軍的「大掃蕩」，一面打退了國民黨的三次反共高潮，鞏固和發展了抗日根據地。特別是 1940 年 8 月發動的中國共產黨領導和發動的「百團大戰」給侵華日軍以重創，極大地鼓舞了中國抗日軍民的士氣，也粉碎了日軍企圖截斷中國西北國際交通，極大地支持了正面戰場。〔註11〕至 1943 年 12 月，日軍在兵力嚴重不足的情況下，被迫收縮戰線，華北方面軍停止向抗日根據地的進攻。

〔註10〕郭汝瑰、黃玉章：《中國抗日戰爭正面戰場作戰記》，江蘇人民出版社，2002年，第 38〜44 頁。

〔註11〕王振德：《第二次世界大戰中的中國戰場》，社會科學文獻出版社，1995 年，第 169〜170 頁。

　　第三階段是戰略反攻階段，從 1944 年 1 月解放區戰場局部反攻至 1945 年 8 月日本宣佈無條件投降。1944 年，中國共產黨領導的敵後軍民在華北、華中、華南地區，對日偽軍普遍發起局部反攻。與此同時，國民黨正面戰場卻出現了大潰敗的局面，先後喪失了河南、湖南、廣西、廣東等省的大部分和貴州省的一部分。1945 年，八路軍、新四軍向日軍發動了大規模的春、夏季攻勢，擴大了解放區，打通了許多解放區之間的聯繫。當時，由於國民黨軍隊主力分散在中國的西南、西北大後方地區，日軍佔領的大部分城鎮、交通要道和沿海地區都處在解放區軍民的包圍之中，因此全面反攻的任務，自然地主要由敵後抗日根據地的人民軍隊來進行。1945 年 5 月，蘇軍攻克柏林，德軍正式向盟軍投降，第二次世界大戰歐洲戰場的戰爭宣告結束。1945 年 8 月，美國軍隊在太平洋戰場上對日作戰勝利，逼近日本本土。8 月 6 日和 9 日，美國在日本的廣島、長崎投擲了兩顆原子彈。8 月 8 日，蘇聯政府對日宣戰，出兵中國東北。8 月 9 日，毛澤東發表了《對日寇的最後一戰》的聲明，要求八路軍、新四軍及其他人民軍隊，在一切可能的條件下，對一切不願投降的侵略者及其走狗實行廣泛的進攻。1945 年 8 月 14 日，日本政府照會中、美、英、蘇四國政府，宣佈接受《波茨坦公告》。8 月 15 日，日本天皇裕仁以廣播「終戰詔書」的形式正式宣佈日本無條件投降。9 月 2 日，日本投降的簽字儀式在停泊於日本東京灣的美國戰列艦「密蘇里號」上舉行。9 月 9 日，在南京陸軍總部舉行的中國戰區受降儀式上，日本駐中國侵略軍總司令岡村寧次代表日本大本營在投降書上簽字。至此，抗日戰爭勝利結束。

　　抗日戰爭的勝利，是中國人民一百年來第一次取得反對帝國主義侵略戰爭的完全勝利。中國人民在抗戰中取得了巨大的戰績，中國軍隊共進行大規模和較大規模的會戰 22 次，重要戰役 200 餘次，大小戰鬥近 20 萬次，總計殲滅日軍 150 餘萬人、偽軍 118 萬人。戰爭結束時，接收投降日軍 128 萬餘人，接收投降偽軍 146 萬餘人。在抗日戰爭中，中國人民也付出了巨大的民族犧牲。據不完全統計，中國軍民傷亡共 3500 多萬人，其中犧牲 2254 萬餘人。中國軍隊傷亡 380 萬餘人（其中國民黨軍傷亡 321 萬餘人，解放區抗日武裝力量傷亡 58 萬餘人），中國官方財產直接損失和戰爭消耗達 1000 多億美元，間接損失達 5000 多億美元。〔註 12〕

〔註 12〕劉庭華：《中國抗日戰爭論綱（1931～1945）》，軍事科學出版社，2005 年，第

作爲第二次世界大戰的重要組成部分，中國的抗日戰爭是以國共兩黨合作爲基礎，有社會各界、各族人民、各民主黨派、抗日團體、社會各階層愛國人士和海外僑胞廣泛參加的全民族抗戰。

（二）廣西抗戰概況

「九・一八事變」、「華北事件」的相繼發生，民族危機進一步加劇，使得富有反帝反封建光榮革命傳統的廣西各族人民，表現出極大的愛國主義情感，共赴國難，掀起了波瀾壯闊、氣勢磅礴的抗日救亡的怒潮。1935 年 12 月，廣西學生開始聲援「一二・九」運動，南寧、梧州、桂林、柳州、百色、龍州、陸川等地的師生和社會各界團體民眾，紛紛舉行集會遊行示威，抗議日本侵略罪行，強烈要求蔣介石國民黨南京政府停止內戰，出兵抗日。廣西省學生救國會通電全國，敦促政府出兵抗日，聲援北平學生的愛國鬥爭。

中日矛盾上升爲中國社會的主要矛盾，也變動了國內的階級關係，使資產階級甚至軍閥都遇到了存亡問題，他們及其政黨內部逐漸地發生了改變政治態度的過程。〔註13〕以李宗仁、白崇禧爲首的國民黨新桂系集團提出「焦土抗戰」主張和聯合廣東陳濟棠發動「兩廣事變」，從客觀上促進了廣西救亡運動的發展，抗日救亡的思想得到廣泛的傳播，從省、行政區、縣，到鄉（鎮）、村、甲，抗日救亡的愛國團體紛紛建立，推動了廣西抗戰事業的發展。

國民黨新桂系主張「焦土抗戰」具有抗日到底的進步性，但同時又實行片面抗戰路線。中國共產黨以民族大義爲重，積極推動「兩廣事變」的和平解決，審時度勢，將原來的「反蔣抗日」方針向「逼蔣抗日」方針轉變，使中共的抗日民族統一戰線邁出了重要一步。中國共產黨積極爭取國民黨新桂系集團共赴國難，共同簽定了《紅、桂、川聯合抗日綱領草案》，這對推動全國抗戰起了積極作用。「兩廣事變」後，新桂系當局強化全省民團制度，成立全省民團和各區縣民團指揮部，訓練民團，組織省內民眾自保。興辦工廠，發展工農生產，改善民生。先後組織三屆廣西學生軍奔赴抗日前線及後方，開展戰地宣傳發動，籌備軍需物資等活動，積極動員和組織全省軍民堅持抗戰。同時新桂系當局還加速修建鐵路、公路，以保證抗戰時西南國際運輸線的暢通。

6 頁。
〔註13〕毛澤東：《毛澤東選集》（第一卷），人民出版社，1951 年，第 253 頁。

1937 年 7 月，全面抗戰爆發後，國共兩黨攜手合作，共同禦侮。蔣桂團結抗日，李宗仁任第五戰區司令長官，白崇禧任副總參謀長，新桂系集團積極出師抗日。8 月廖磊率主力二十一集團軍參加淞滬戰役。桂軍浴血淞滬，英勇殺敵，傷亡兩萬多人，取得了在談家頭、蘊藻洪等局部陣地戰鬥的勝利。隨後，桂軍主力第十一集團軍開赴華中抗日前線作戰。1938 年 3、4 月間，李宗仁與白崇禧協同指揮臺兒莊戰役。在這次戰役中，日軍第十、第五兩個精銳師團的主力被殲，日軍死傷 2 萬人以上，繳獲了大批武器和彈藥，取得了臺兒莊大捷，振奮了全國人民的抗日精神，取得了國民黨正面戰場自抗戰以來最重大的勝利，得到國內外的高度評價。〔註 14〕

1938 年 10 月廣州、武漢淪陷以後，廣西成為西南抗日的大後方，桂林成為聯接西南、華東及海外的交通樞紐。大批的文化人和文化團體彙集到桂林，彙成了浩蕩的抗日文化大軍，桂林也成為西南大後方抗日文化中心之一，是國統區抗戰文化的一面旗幟。

1939 年 12 月和 1944 年 9 月日軍兩次入侵廣西，全省有 79 個縣市淪陷。廣西軍民奮起抵抗。1939 年 12 月 17 日起，杜聿明指揮的第五軍在第四戰區 20 萬軍隊配合下，正面攻奪崑崙關。日軍拼死固守，雙方經過殘酷的地面和空中的劇烈拼殺，拉鋸般的爭奪，陣地得而復失，失而復得，持續近半個月。12 月 31 日，國民黨軍隊終於克復了崑崙關，擊斃敵旅團長中村正雄少將、聯隊長三木吉之助大佐、阪田元一大佐等日軍 4000 餘人，生俘 103 人，取得了崑崙關戰役的勝利，再次戳穿了「皇軍不可戰勝」的神話，增強了全國人民抗戰必勝的信心。八年抗戰，廣西各族人民同仇敵愾保家衛國，全省共徵兵 99.6 萬人，出兵之多，僅次於人口眾多的四川省，而按省內人口所佔比例則為全國第一。廣西軍隊主力五個軍出省抗戰，馳騁於華中、華東戰場，先後參加了正面戰場的淞滬、臺兒莊、徐州、武漢、隨棗等戰役。一部分留守廣西，參加了桂南會戰、桂柳會戰和收復廣西之戰。桂軍在正面戰場上英勇奮戰，發揚了頑強拼搏的鬥志和悲壯慘烈的犧牲精神，為挽救中華民族危亡建立了不朽的功績。廣西自行訓練和組建的兩個空軍教導大隊，編入國民政府空軍序列，隨即奔赴抗日戰場，先後參加了津浦、武漢、南昌、衡陽、禪寧與崑崙關等地的空戰。廣西以年輕的空軍與日軍老牌飛行員對陣而立下奇

〔註 14〕 袁競雄等：《國民黨桂系簡史》，《桂林文史資料》（第二十一輯），中國人民政治協商會議桂林市委員會文史資料研究委員會，1985 年，第 133 頁。

功，擊落敵機 46 架，擊傷敵機 5 架，取得輝煌的戰績。廣西空軍也蒙受重大損失，有 32 名優秀飛行員爲國捐軀。同時，廣西當局徵調了 200 萬民工參加各種戰時勞役服務，參加修築河岳公路（南丹縣車河至靖西縣岳圩），修整了越南北部重慶府至岳圩公路，建築了湘桂黔鐵路，保證了抗戰時期西南國際運輸線的暢通。廣西民工還參加修築省內多個軍用機場，使得盟國美國、蘇聯以及中國的空軍以廣西空軍基地爲依託，投入對日作戰，給日軍空軍以重創。廣西各族人民爲抗戰勝利作出了巨大犧牲，傷亡 141 萬人，財產損失達 250 億美元，房屋被毀近 30 萬間。廣西成了抗日作戰的重要戰場，也是全國著名的抗戰「模範省」。〔註15〕

到了 1944 年，歐洲戰場上的蘇聯紅軍反攻勢如破竹，德國侵略軍防線全部瓦解，處於形勢十分不利的日寇爲了打通中國大陸和南洋的交通線，在湘桂線上展開了大規模進攻，國民黨軍隊雖然也進行過一些抵抗，但抵擋不住，在廣西境內更是望風而逃，以致出現了桂林、柳州等城市大撤退、大陷落，這使廣西遭受嚴重破壞，廣大人民群眾流離失所，慌忙逃難。

全國抗日戰爭的發展，包括廣西特殊的戰時局勢，反而有力地促進廣西新聞事業的空前發展，尤其是使桂林成了僅次於國民黨陪都重慶的新聞事業得以大發展的中心城市。桂林的新聞媒體最大限度和有力地反映了全國和廣西抗日戰爭的實際，也在相當程度上反映了世界人民反對法西斯鬥爭的實際，促進了廣西抗戰和建設，也直接間接地推進了全國的抗戰。

二、抗戰時期桂林和廣西的政治生態有利於桂林新聞事業的發展

（一）桂系與新桂系的發展沿革

分析抗戰時期桂林和廣西的政治生態，有必要對桂系與新桂系的發展沿革有一個瞭解。桂系是中華民國時期以廣西省及當地人爲中心結成的一個軍政派系。依時間和代表人物可以分以下兩派：以陸榮廷等爲代表的舊桂系，以李宗仁、白崇禧等爲代表的新桂系。

辛亥革命後，陸榮廷先後任廣西副都督、都督。1913 年又兼任民政長，將省會由桂林遷往南寧，打著「桂人治桂」旗號，獨攬廣西軍政大權。1916 年 3 月乘護國戰爭之機，宣告廣西獨立，並向湖南進軍。7 月派兵入廣東，繼

〔註15〕《英勇悲壯的八桂戰》http://www.gxnews.com.cn/staticpages/20050812/newgx 42fbba1a-422477.shtml，2005.

而任廣東督軍。次年陸被北洋政府任命爲兩廣巡閱使，其部屬譚浩明、陳炳焜分別任廣西和廣東督軍。從此操縱兩廣軍政大權，把桂軍擴充到五萬人，成爲西南地區最大的一派軍事勢力。

1917 年 7 月，段祺瑞復任國務總理後，拒絕恢復國會與《中華民國臨時約法》。孫中山揭起護法旗幟時，陸榮廷等桂系軍閥一面利用護法名義對抗段祺瑞的「武力統一」政策，派兵入湖南參加護法戰爭；一面又與吳佩孚等直系勢力暗中謀和，並利用政學會分子等國會議員，改組廣州護法軍政府，排斥孫中山出廣東，把持了軍政大權。1920 年 8 月駐閩粵軍在孫中山號召下，回師廣東，到 10 月下旬，桂軍戰敗退出廣東。次年 6 月，孫中山動員粵、滇、黔、贛各軍入桂討陸。經過兩個多月的交戰，粵滇各軍佔領南寧和桂林，陸榮廷逃往上海。1922 年陸榮廷的舊部林俊廷、韓彩鳳等利用陳炯明叛變的時機，以「自治軍」的名義，佔據廣西的城邑和要地。9 月陸榮廷回龍州就任北洋政府任命的「廣西邊防督辦」，次年 12 月又到南寧就任「督理廣西軍務」，企圖恢復舊桂系的統治。但此時桂系內部分裂加劇。1924 年 1 月，國民黨「一大」後，廣東革命形勢日益發展，廣西人民也掀起了反軍閥的鬥爭。駐在梧州一帶的桂軍首領李宗仁和黃紹竑，接受廣州革命政府的領導，分別就任「廣西討賊軍總指揮」和「定桂軍總指揮」的職務，通電討陸，率部於 6 月佔領南寧和左右江各縣。不久陸榮廷再次通電下野，逃離廣西。次年沈鴻英部也在桂林等地被擊潰。至此，以陸榮廷爲首領的舊桂系軍閥統治結束。

此後，以李宗仁、白崇禧爲代表的桂系勢力控制了廣西全境，其勢力又被史學界稱爲「新桂系」，以區別於陸榮廷的「舊桂系」。

新桂系統一廣西後，與廣東的國民政府聯合，桂軍改編爲國民革命軍第七軍。於 1927 派出鍾祖培率領第七軍建制一個旅的部隊，北上支持受到北洋軍閥攻擊的湖南軍閥唐生智，促成了北伐的進行。

1926 年 7 月，北伐開始，桂系第七軍作爲主力部隊北上湖南、湖北。經過汀泗橋、賀勝橋戰役後，作爲北伐軍的主力之一，第七軍消滅了北洋軍閥吳佩孚主力，圍困武昌。9 月，因爲戰局變化，第七軍進入江西戰場作戰。經過德安戰役等幾場戰鬥，擊破軍閥孫傳芳的主力部隊，爲國民政府控制江西奠定了基礎。

到 1927 年初，第七軍轉戰江南，攻下安慶，江南、兩湖已經基本爲國民政府所有。

1927 年 4 月 12 日，新桂系聯合蔣介石發動「四·一二政變」，同時亦在

廣西進行「清黨」，處決大批共產黨員、國民黨內部的左翼人士和工農群眾，此舉使新桂系與共產黨結下政治仇恨。武漢汪精衛方面仍然繼續孫中山的聯共政策，宣佈開除蔣介石國民黨黨籍及一切職務。導致南京和武漢出現兩個「國民政府」，史稱「寧漢分裂」，但很快汪精衛政府亦進行了「分共」，共產黨至此在全中國被迫轉入地下活動。

　　1927 年 8 月，新桂系成功通過逼迫蔣介石下野，達成南京國民政府與武漢國民政府的合流，史稱「寧漢合流」。隨後，第七軍相繼擊敗了孫傳芳和唐生智，新桂系勢力從廣西擴展到兩湖，並且由於與粵系首領李濟深的聯合，使得新桂系勢力還進入廣東。

　　1928 年 4 月，李宗仁被國民政府任命為國民革命軍第四集團軍總司令兼武漢政治分會主席。第四集團軍由新桂系嫡系部隊和改編的原唐生智兩湖部隊所組成，共轄十六個軍又六個獨立師。共有兵力約二十萬，勢力範圍為兩廣、兩湖。1928 年中，國民黨內部蔣介石、閻錫山、馮玉祥、李宗仁四大派別聯合北伐，史稱「二次北伐」，出兵 40 萬進攻以東北軍閥張作霖為首的北方各軍閥，張作霖則帶領北方大小軍閥出兵 60 萬迎戰。戰鬥至 6 月，國民革命軍攻佔河南、河北。6 月 4 日，因張作霖敗相已露，日本軍國主義決定更換其在東北之代理人，關東軍將張作霖炸死。張作霖之子張學良不顧日本之壓力，宣佈東北服從國民政府，史稱「東北易幟」。國民政府形式上統一全國。新桂系勢力隨著「二次北伐」擴展至河南和河北。

　　1929 年，蔣介石與新桂系因爭奪國民政府領導權爆發了「蔣桂戰爭」。河北新桂系部隊原為唐生智舊部，蔣介石利用唐生智的影響力將河北的新桂系部隊瓦解，白崇禧隻身逃離河北。在湖北，蔣介石利用新桂系內部矛盾，成功控制了原新桂系人物李明瑞，俞作柏倒戈。最後，蔣介石發動各方政治勢力和大小軍閥圍攻廣西，新桂系被擊敗。李宗仁、白崇禧等新桂系人物逃往國外，新桂系部隊損失慘重，蔣介石隨後任命原新桂系人物俞作柏、李明瑞主政廣西。不久，鄧小平、張雲逸、俞作豫等人在百色和龍州舉行了起義，史稱百色起義和龍州起義，建立了左右江根據地和紅七軍與紅八軍。李宗仁、白崇禧等人趁廣西一片混亂的局勢返回廣西，並且掌握了一部分武裝。蔣介石又命粵軍進攻廣西，但新桂系聯絡張發奎部搶先進攻廣東，「桂張攻粵之戰」爆發，雙方激戰。後因蔣介石扣押粵系首領胡漢民，與粵系發生矛盾，粵桂息兵。

1930 年，新桂系開始進攻左右江根據地，將紅七軍、紅八軍擊敗。紅八軍被迫編入紅七軍，番號取消。紅七軍隨後也離開廣西，前往中央蘇區。此後，廣西境內之共產黨活動逐漸陷入低迷，除了在滇桂、滇黔、粵桂邊境保留有一定的游擊武裝外，廣西已無共產黨勢力。隨後，新桂系參加了「中原大戰」，然而新桂系、馮玉祥、閻錫山三大派別在此戰中都被蔣介石擊敗。蔣介石自此戰後，徹底削弱了國民黨內部其他軍事派別，基本上獲得了國民政府內的中央名義，其嫡系部隊被稱為「中央軍」。然而，在中原大戰中的失敗並沒有動搖新桂系重新取得廣西的控制權的雄心。可是，新桂系第二號人物黃紹竑脫離了新桂系，在允諾不出賣新桂系團體以及取得李宗仁、白崇禧的諒解之下，投向蔣介石。新桂系「李白黃」三人體系瓦解。此後，新桂系內部的黃旭初逐漸取代原黃紹竑的地位，是為「後李白黃」體制。

自 1932 年至 1936 年，新桂系經營了廣西，短暫地消除了廣西境內的匪患，並且完善了民團制度。民團制度一方面使廣西治安有大幅度好轉，亦能最大幅度的徵集後備兵員支持新桂系軍隊作戰。新桂系的治理使得廣西從邊遠落後省份逐漸近代化，其主要政策有「三自」和「三寓」政策，殘酷掃蕩廣西境內以共產黨為首的左派政治勢力和少數民族。

新桂系在「剿共」作戰中，既不允許紅軍入境，亦不允許蔣介石的中央軍和其他軍系部隊入境。新桂系部隊還將尾隨紅軍，進入廣西的中央軍一部繳械，在得到蔣介石不進入廣西的承諾後，才將這批部隊人槍交還。

1936 年，新桂系聯合粵系的陳濟棠，發動了「兩廣事變」。「兩廣事變」中，陳濟棠粵系因部下余漢謀等人被蔣介石收買倒戈而失敗。蔣介石並調動部隊準備進攻廣西，新桂系則利用民團制度動員 20 萬兵力準備應戰。後在全國人民強烈呼籲停止內鬥，以及各方政治勢力的斡旋下，新桂系與蔣介石達成協議：新桂系擁戴蔣介石為領袖，並在全面抗戰開始之時，出兵抗日。而蔣介石允諾不再動搖新桂系在廣西之統治地位。「兩廣事變」得以和平解決。

1937 年，日軍全面侵華。新桂系部隊立即編成國民革命軍第十一集團軍、第二十一集團軍北上抗戰。新桂系部隊在華東參加了松滬抗戰、淮河戰役等等。在松滬抗戰中，因首次與現代化的日本軍隊作戰，新桂系部隊損失很重，被迫轉移到蘇北休整。李宗仁出任第五戰區司令長官，負責淮河流域、山東南部的軍政事宜。抗日戰爭中，李宗仁、白崇禧參與指揮了徐州戰役、武漢會戰、隨棗戰役、桂南會戰、豫湘桂戰役等等。新桂系部隊之第三十一軍參

加了臺兒莊會戰的外圍作戰。在臺兒莊會戰中，李宗仁親臨前線督戰，並嚴令中央軍湯恩伯軍團南下側擊日軍，對臺兒莊會戰國民革命軍的勝利有直接貢獻。抗戰期間，新桂系部隊長期留駐安徽的大別山區，實質上控制了安徽省。新桂系對安徽的統治，除了把省政府的大權牢牢控制在自己手中之外，還改組了省以下各級政權組織，實行對安徽的全面統治。新桂系爲了適應重建安徽地方政權的需要，還積極進行了幹部訓練工作。同時，新桂系在治皖期間，大力推行整頓財政，改革稅制，設立地方銀行等，以推進安徽的財政經濟建設。〔註16〕

在桂南會戰中，新桂系部隊和廣西地方民團發揮了一定的作用。1945 年的豫湘桂戰役中，在桂平等地與日軍爆發激烈戰鬥。在隨後的桂林防守戰中，新桂系守軍與廣西民團與日軍發生了激烈的戰鬥，日軍使用了毒氣，其中發生了七星岩（桂林）八百壯士擊斃三倍來犯日軍，最後全員殉國的壯烈事迹。桂林被攻佔後，幾乎全城被毀壞。

1945 年抗戰勝利後，在安徽的新桂系部隊與共產黨的中國人民解放軍發生了戰鬥。尤其是中國人民解放軍第二野戰軍部隊進行「千里躍進大別山」戰略進攻後，國民政府調集中央軍與滇軍、新桂系、粵軍等部隊與解放軍進行了多次戰鬥。由於解放軍避開戰鬥力較強的中央軍和新桂系部隊，不停地打擊戰鬥力較弱的粵軍、滇軍，使得國民政府對大別山地區的進攻多次失利。隨著解放軍勢力的不斷增強和華東、中原戰場上國民革命軍的逐漸失勢，新桂系部隊逐漸退出安徽省。

1947 年，李宗仁獲選爲中華民國副總統。隨後，白崇禧被任命爲華中剿總司令，控制了近 30 萬部隊。1948 年冬，三大戰役之後，蔣介石的中央軍系受到嚴重打擊。蔣下野，李以中華民國代總統的身份與共產黨展開談判，此時，中共已基本控制長江以北的大片土地，中共調集了 100 多萬兵力部署於自武漢至上海的長江北岸，準備渡江進攻。最終國共談判未成，中國人民解放軍發起渡江戰役，國民政府的長江防線崩潰。在隨後的半年時間內，中國人民解放軍攻佔了江南地區。

1949 年 10 月，解放軍第四野戰軍發動衡寶戰役，消滅新桂系主力部隊第七軍和其他部隊約五萬人。白崇禧指揮新桂系部隊退入廣西。隨後第四野戰

〔註16〕袁競雄等：《國民黨桂系簡史》，《桂林文史資料》（第二十一輯），中國人民政治協商會議桂林市委員會文史資料研究委員會，1985 年，第 153～154 頁。

軍以長距離迂迴追擊作戰，聯合第二野戰軍、第一野戰軍在雷州半島、貴州等地對新桂系部隊進行大包圍，最後攻入廣西，將新桂系 10 餘萬部隊消滅。新桂系首領李宗仁在衡寶戰役後，對時局徹底失望，加之蔣介石復出，於是避居美國；白崇禧則在中國人民解放軍攻佔廣西後，前往臺灣；黃紹竑參加了「中國國民黨革命委員會」，並參加了中共召開的「政協」，投向中共；黃旭初則前往香港，接受了國民政府的任職，組織國共兩黨之外的「第三勢力」進行活動，但並無成效。新桂系軍閥至此最終失敗並逐漸消亡。

（二）新桂系和蔣介石及中國共產黨之間微妙的關係

桂系與蔣系之間的關係，總體上是四分合作六分不合作。北伐戰爭時期合作，北伐結束後的整編運動不合作，直接導致 1929 年的蔣桂戰爭（國民黨內部派系之間的第一次戰爭），1930 年的中原大戰及戰後長期不合作，1936年更爆發了「兩廣事變」；抗戰時期兩派之間呈現出基本合作態勢，但也並非鐵板一塊；第三次國內革命戰爭期間，兩派之間基本不合作，主要表現爲李宗仁競選中華民國副總統、淮海戰役中白崇禧不肯發兵淮海戰場而坐視蔣系力量被消滅、三大決戰結束時桂系掀起和平運動、李宗仁當上代總統後蔣介石處處掣肘。在這樣的基調下，新桂系對待共產黨的態度就自然要有別於蔣介石：出於國民黨的天然立場和根本利益，他們當然不希望中國共產黨坐大也擔心中共過於發展壯大，但同時又希望利用共產黨制約國民黨，因此比較注意和共產黨緩和關係、拉近距離。這一點可以證諸於皖南事變期間新桂系對左派與中國共產黨的容納。有學者對此有過明晰的評論：「『皖南事變』時，桂系參與了反共、破壞統一戰線的反革命行動。但是，桂系在廣西並沒有把事情做絕，對外來共產黨人及進步文化人，不是採取公開逮捕而是採用暗中送走的辦法……當然，桂系的這種做法，也是與反蔣自存的目的相關聯的。桂系認爲，這批共產黨員與進步人士，是請來爲擴大自己的勢力和影響的，今後反蔣或許還得借助他們。因而施行『好來好往』的政策。」〔註17〕

三、抗戰時期桂林新聞傳媒發展的外部生態環境

（一）中國共產黨正確的領導和推動是抗戰時期桂林新聞傳媒得以較快發展的根本原因

抗日戰爭以前，我國的文化中心首先是在上海，其次是在北平。北平、

〔註17〕李建平：《桂林文化城成因初探》，《社會科學家》，1988 年第 3 期，第 15 頁。

上海相繼淪陷以後，大批文化人和文化事業機構撤至武漢、南遷廣州。1938
年 10 月，武漢、廣州相繼失守，許多文化人和文化機構又往桂林、香港轉移。
1941 年 11 月，太平洋戰爭爆發，香港隨即淪陷，當時聚集在香港的文化人和
文化事業機構除了極少數人去了重慶，絕大部分又內遷到了桂林。隨著這些
地區的相繼淪陷，一些受戰火威脅的報紙輾轉內遷桂林，一些知名報人也被
迫流亡桂林，使得桂林成為這一時期國民黨統治區新聞出版事業發展得最為
蓬勃的一個城市，成為西南大後方的文化中心。這一局面的出現，是中國共
產黨成功地運用了抗日民族統一戰線這一法寶，有效領導和積極推動下逐步
發展而形成的。

　　早在抗戰前夕，中國共產黨就正確地分析了我國社會各階級的政治情
況，提出了抗日民族統一戰線政策。為了爭取中間勢力中的地方實力派，中
共中央在抗戰前夕就已同新桂系當局保持著聯繫。1937 年 5 月，中共中央派
張雲逸為代表，專程到桂林會晤了李宗仁，密商國共第二次合作大計。1938
年 12 月到 1939 年 5 月期間，周恩來還三次來桂林，對統戰工作和抗日文化
宣傳工作作了重要指示和具體部署。周恩來代表中共中央在國統區和新桂系
領導人進行多次接觸，對他們做了許多工作。使新桂系成為當時國統區當中
與中共比較緊密的一支政治力量。同時，中共黨組織還有意識地從武漢、廣
州撤退了一部分中共的幹部和新聞工作骨幹來桂林。如在廣州出版的《救亡
日報》，在武漢、長沙成立的國新社、「青記」等。以郭沫若為領導的國民政
府軍事委員會政治部第三廳自武漢撤退往重慶，路過桂林的時候，也留下一
部分中共的文化方面的骨幹力量，安置在以白崇禧為主任的桂林行營政治
部，組成第三科（宣傳科），張志讓為科長，其黨小組長為劉季平，大家稱之
為「小三廳」。這些中共直接領導下的新聞團體和宣傳機構，轉移到桂林後成
為了抗戰新聞傳播運動的骨幹力量。同時，中共還在桂林的新聞、出版、文
藝等單位裏建立黨的組織，加強中共的領導。隨著新聞戰線上的統一戰線的
形成和發展，桂林的抗戰新聞傳媒力量一天天加強，為抗戰服務的新聞文化
活動一天天高漲，最終成為國統區抗日民主運動的主要陣地和戰鬥堡壘。

　　抗戰時期桂林成為著名的文化城，抗日文化運動蓬勃發展，是抗戰形勢
造成的，是中國共產黨正確執行抗日民族統一戰線方針的結果。桂林抗日文
化運動是中國共產黨的現代文化革命運動的一個重要組成部分。〔註18〕

〔註18〕參見《建設研究》，1939 年 4 月 15 日，第 130 頁。

（二）桂林文化城的形成集聚桂林新聞事業發展的人才、豐富抗日救亡傳播內容

桂林自古享有「山水甲天下」之美譽，歷史上長期爲廣西省會，是當時西南和東南的交通樞紐。無論是出重慶到東南各省及港澳，還是由東南各省前往重慶、昆明乃至陝北，都需由桂林中轉。加上接近香港和澳門，使得桂林成爲內地與海外聯絡的主要通道。內外物資交流，各方人文薈萃，比之當時的陪都重慶，更是凸顯其獨特的地理區位優勢。

全面抗戰爆發後，隨著北平、上海的相繼淪陷，大批文化人和文化事業機構撤至武漢、南遷廣州。1938 年 10 月，武漢、廣州又相繼失守。1941 年 12 月，太平洋戰爭爆發，香港淪陷。聚集在香港的文化人除少數去了重慶和陝北外，絕大部分內遷到了桂林。這批文化人，在中國共產黨的領導和影響下，掀起了轟轟烈烈的抗日文化運動，桂林一度成爲抗日戰爭時期大後方的文化中心，享有「文化城」的美譽。

「桂林文化城」文人薈萃，形成了一支強大的抗戰文化運動隊伍。據統計，當時集結在桂林的文化人有 1000 多名，其中聞名全國的近 200 人。[註19] 其中，文化界的有：柳亞子、胡愈之、馬君武、陳望道、陶行知、千家駒、陳翰笙，李四光、楊東蓴等；文學界的有：巴金、郭沫若、茅盾、胡風、王魯彥、谷斯範、陳殘雲、艾青、艾蕪、邵荃麟、周立波、司馬文森、王西彥、穆木天、聶紺弩、姚雪垠、秦牧等；戲劇界的有：歐陽予倩、洪深、熊佛西、田漢、蔡楚生、周鋼鳴、呂復、焦菊隱等；美術界的有：張大千、關山月、豐子愷、徐悲鴻、劉建庵、賴少其、李樺等；音樂界的有：陸華柏、吳伯超、滿謙子、姚枚、胡然、張曙、任光、林路等；新聞界的有：廖沫沙、陳同生、王文彬、徐鑄成、夏衍、范長江、金仲華、馮英子、儲安平等。

來自五湖四海的文化人，在愛國主義這一具有強大凝聚力的旗幟下，迅速地建立起各種組織。當時桂林進步文化團體的出現，宛如雨後春筍，據不完全統計，當時全市有文化團體、機構近 200 個，涉及文學、美術、音樂、教育、新聞、出版、社科等文化各門類。其中，較爲著名的有以王魯彥、夏衍、巴金爲首的中華全國文藝界抗敵協會桂林分會，以李樺、劉建庵、賴少其、黃新波爲首的中華全國木刻界抗敵協會和中華全國漫畫家抗敵協會桂林

[註19] 吳頌平：《桂林文化城的報紙綜述》，《廣西新聞史料》（第 22 期），廣西新聞史志編輯室，1991 年，第 2 頁。

分會，以田漢、瞿白音、杜宣爲首的新中國劇社，以歐陽予倩爲首的廣西省立藝術館，以李文劍、孟超等爲首的國防藝術社，以范長江爲首的國際新聞社，以陳同生爲首的中國青年記者協會，以陶行知爲首的生活教育社，以及新安旅行社、孩子劇團、抗敵演劇隊等，還有以日本反戰作家鹿地亙爲首的在華日本人民反戰同盟西南支部等。

文化名人創建的進步文化團體眾多，開展的抗日宣傳活動卓有成效。這些團體經常開展各種形式的抗日救亡宣傳活動，如舉辦講座、研究會、展覽會、紀念會、聲討會、演出會、朗誦會、街頭畫展、街頭話報劇、訓練班等活動。「皖南事變」前，幾乎每周都有報告會、音樂會和文藝晚會，每月都有新的劇目上演，每季都可以看到新的展出。1938 年 10 月至 1944 年 4 月，桂林市計有各種演出包括戲劇、曲藝、音樂、舞蹈等 900 餘場次，舉辦美術展覽 240 餘次，舉辦各種文學活動 123 次，學術活動 80 餘次，科技講座等活動 50 餘次，體育比賽（籃球、排球、足球、長跑等）2000 餘場次。

這些活動主要是宣傳抗日，鼓舞民眾鬥志，特別是以音樂方面的萬人大合唱、戲劇方面的西南劇展和文化界組織的國旗獻金大遊行規模最大，群眾參與廣泛，影響擴及全國。如 1944 年 2 月 15 日至 5 月 19 日舉辦的爲期 3 個多月的「西南第一界戲劇展覽」（簡稱西南劇展），「集中了當時國統區 6 省 30 多個劇團（隊）近千名戲劇工作者，演出了 60 多臺節目；同時還舉辦了戲劇資料展覽，召開了戲劇工作等大會。這是國統區抗戰劇活動的依次大檢閱。」〔註20〕

大量文化名人的到來還使得當時桂林媒體激增，出現了文化繁榮之勢。特別是一些受戰火威脅的報紙和知名報人輾轉內遷到桂林後，使得桂林成爲國民黨統治區新聞出版事業發展最爲蓬勃的地區。

（三）新桂系開明的文化政策是戰時桂林新聞傳媒發展的客觀需要

抗戰爆發後，大敵當前，新桂系與蔣介石集團的矛盾有所緩和，但沒有根本消除，新桂系爲了自身的利益，暗地裏借助進步勢力同蔣介石集團抗衡。因此，廣西當局的政治態度大有轉變，李宗仁、白崇禧等人由原來的堅決反共轉變爲和共產黨合作抗日。同時，也是爲了自身的發展，新桂系當局在各方面採取了相應的進步措施，在文化政策上體現了其最大的開明性。強

〔註20〕　《回憶西南第一屆戲劇展覽會》（一）（原載《話劇運動五十年史料集》第二輯），1958 年。

調「要使本省文化工作，與當前抗戰任務相配合」〔註21〕。新桂系地方當局當時所執行的較爲開明的文化政策和國民黨中央的鞭長莫及，桂林新聞界在言論上所遭受的禁錮和迫害，其程度也遠遠低於重慶和大後方的其他省份，使得廣西成爲這一時期國民黨統治區內稍稍有點生氣的一小片新聞傳播文化綠洲。

在此之前，新桂系當局對於推進地方新聞工作並不十分重視，在其施政方針、文化建設計劃中從未提及，而在此之後卻有了明顯轉變：1939 年 7 月 2 日，當時的省長黃旭初在桂林召開的時事座談會上談到「將來桂林文化建設」的時候，強調辦好報紙的重要作用，並第一次比較詳細地談到「每縣自辦小型日報」等問題，他說報紙的價錢須很低使人買得起、運送報紙不遲滯避免新聞變舊聞，這兩點是目前需要解決的困難。如何解決呢？「補救的辦法，似可由各縣自辦小型日報，使得就近發送，減少原來寄遞的遲滯」。至於消息材料的來源，「（子）報館應與收音聯繫，每日的重要國際國內省內新聞，由省廣播電臺播送，各縣均可收取。（丑）省政府現正籌設全省無線電網，較特異的消息，可由省政府或軍政黨務高級機關交省臺發送，亦可迅速到達各縣。（寅）現已達半數，欲各區全通，亦非甚難；至區與各縣電話，早已相通，如有廣播及無線電發送不及的消息，尚可由電話網傳遞。（卯）本省地方新聞，可指定各鄉鎮村街供給，更非困難；其次報紙的印刷，可因地制宜，鉛印石印油印均無不可，這樣各鄉村便可以很快地得到便宜的報紙來看。」〔註22〕同年 10 月 10 日，黃旭初在《草擬廣西省建設計劃之意見》中，於「文化建設計劃」這一部分，又專門有一項談到發展地方報紙的問題。他說：「桂林、南寧、梧州應有較大報館各一家，造成爲標準言論之報紙，其距桂、邕、梧較遠，當時寄遞不易到達之各縣，應由縣辦小型日報，其消息可利用收音機、無線電報、長途電話收取，再加本縣各鄉村供給之新聞，其印刷可就現地酌量採用鉛印、石印，或油印。如此則各鄉村可以廉價購得消息快捷之報紙閱讀。」〔註23〕於是，以《廣西日報》（桂林版）（這裏需要交待的是，對於抗戰時期在桂林復刊以及在桂林創刊後來又有其他地方版的報刊，本文均標明「桂林版」）爲龍頭，創辦了大大小小鉛印、石印和油印

〔註21〕 彭繼良：《廣西新聞事業史》，廣西人民出版社，1998 年，第 271 頁。
〔註22〕 鍾文典：《廣西通史（第三卷）》，廣西人民出版社，1999 年，第 405 頁。
〔註23〕 廣西省政府建設廳統計室：《廣西經濟建設統計提要》，1943 年，第 32 頁。

的報紙，各報的宗旨從主要方面來說都是宣傳抗日。據統計當時廣西總共有 212 種報紙，較抗戰爆發前增加了兩倍。

（四）受眾激增是抗戰時期桂林新聞事業發展的另一原動力

受眾是媒體的上帝，沒有受眾的媒體就失去了存在和發展的必要。受眾多少是衡量一家傳媒好壞的重要標準。抗戰時期的桂林是當時國內外所來人口、流動人口所佔比例最大，人員構成最爲複雜多樣的城市之一（抗戰時期，桂林人口最多時超過 60 萬，而國民政府陪都重慶的人口也就是 80 多萬——筆者注）。既有大量受過高等教育、高學歷、高收入階層，又有大量只有中等文化、低收入的打工一族；既有相當一部分受西方文化影響，追求現代生活品位的人士，又有不少受中國文化薰陶，留戀傳統的市民。這些人共同構成了抗戰時期桂林傳媒的受眾生態系統，也由此決定了其多元化的形態。

對桂林傳媒來講，由於其自身的地理位置、文化氛圍等因素的影響，受眾對媒體的要求更加高，一方面傳媒需要滿足其最初的作用——信息傳播。另一方面，受眾要求傳媒有自己的品味、能夠表現受眾自身的地位和個性，使左、中、右派都能找到自己需要的報紙。這一需求客觀上也刺激了抗戰時期桂林報業傳媒以幾何數量增加。原有的老牌報業傳媒，例如《廣西日報》（桂林版）等也開始慢慢適應受眾的要求，紛紛做出相應的改變，而且這種變化是明顯的。通過這些媒體的變化，我們也不難看出受眾對傳媒生態環境的影響。桂林報業傳媒——這一特定區域的媒體，在受眾生態要素上有自己的優勢。因爲作爲其根據地的桂林擁有眾多讀者，這些讀者的文化素質相對較高，更容易接受傳媒。而且桂林作爲廣西當時的政治、經濟、文化中心，在許多重大決策上，其傳媒會更快得到消息，可以在最短時間內做出應對，從而更加適應受眾的要求。這兩點優勢同時也爲桂林報業傳媒提出了更高的要求，因爲人口眾多，素質相對較高，對傳媒就具有多樣的選擇性，而且這些受眾更容易接受新事物，所以桂林報業傳媒迅速發展起來了。

（五）新聞傳播發展的物質條件是抗戰時期桂林新聞事業發展的利器

抗戰前新桂系就比較重視工業建設，創辦工廠，開辦企業，初步形成了省營工業的規模。但由於桂林工業基礎落後，財力和技術有限，工業建設成就甚微。抗戰軍興，戰區多省工廠遷入桂林，促進了桂林乃至廣西工業的發展，廣西造紙試驗所就是在這種背景下誕生的。1941 年，廣西企業公司正式

接辦省營印刷廠。廣西企業公司名義上是商辦形式，實際上是新桂系官僚資本的重要企業機構。〔註 24〕廣西企業公司對省營印刷廠進行了整頓，增加資金，擴充設備，使當時的省營印刷廠成爲西南最大的印刷廠之一。

桂林是廣西當時的省會和西南重鎮，民營工業發展也較快。1939 年，科學印刷廠、三戶印刷廠、中國印刷廠先後成立，1940 年，建設印刷廠、青年印刷廠成立。據 1942 年上半年統計，桂林登記註冊的民營工廠中從事印刷業的就有 6 家。〔註25〕而同一時期在桂民營工廠中從事碾米業及電工器材業僅 3 家。〔註26〕

從新聞文化事業發展所需要的印刷、紙張等物質因素看，桂林也具有較好的條件。抗戰以來，內地許多廠家遷來桂林，桂林的印刷業飛速發展。抗戰前，桂林只有印刷廠 10 餘家，而且大部分屬於手工印刷，工效低，質量差。抗戰後，據 1943 年 7 月的統計，全市共有大小印刷廠 109 家，排字能力每月可達 3000 萬字到 4000 萬字，有關印刷工人、技師在 1 萬人以上。紙張的來源渠道也較多。當時多用湖南邵陽、瀏陽及廣東南雄土紙，數量充足，價格便宜，運輸也很方便。桂林生產的黑色油墨就能滿足桂林印刷業的需要。這些條件在整個大後方來說都是較理想的。它們是桂林文化事業尤其是新聞傳媒事業盛極一時的強大的物質基礎。

四、良好和諧、競爭激烈的媒介內部生態環境

抗戰時期，桂林報界和新聞界同仁的共同努力是抗戰時期桂林新聞事業發展的源泉，營造了良好和諧、緊密合作的媒介內部生態環境。

抗日戰爭時期，桂林新聞事業是逐步發展起來的。抗戰前，桂林本地出版報紙的數量不多，不過五六種。抗戰爆發後，省外遷到桂林出版的報紙逐漸增多，1939 年前後出現了一個辦報高潮。同時給桂林新聞傳播事業帶來了極大的促進。此時人們思索的最大問題是怎樣爭取最後的勝利。毫無疑問，許許多多的有識之士，包括新桂系當局、省內外的新聞工作者都懂得：抗日戰爭是全民族動員起來的反對日本侵略者的戰爭，要取得反對日本侵略戰爭

〔註24〕〔美〕戴維・阿什德，邵志擇譯：《傳播生態學：文化的控制範式》，華夏出版社，2003 年，第 8 頁。
〔註25〕同上。
〔註26〕《廣西經濟建設統計提要》，廣西省政府建設廳統計室，1943 年，第 32 頁。

的最後勝利，不但要在軍事上、經濟上、政治上、外交上作全面的努力，也要在宣傳上作全面的努力，即要使全國每一個軍民都能正解地認識這一場反侵略戰爭的性質、目的和任務，隨時瞭解戰爭的情況和發展，深刻地懂得自己應盡的義務和承擔的責任，從而自覺地樹立堅持抗戰必勝的信念，全力支持和參與抗日戰爭的活動。爲此，就迫切需要推進地方新聞工作，在桂林乃至廣西各地開展強有力的抗日宣傳。即使是當時的蔣介石，也強調「宣傳重於作戰」，把宣傳工作提到很高的地位。

隨著淪陷區的一些新聞機構和新聞工作者陸陸續續轉移到桂林，特別是在桂林恢復出版報紙，設立新聞通訊社，從各方面開展抗日宣傳，充分顯示出新聞工作的威力。同時，採取多種方式方法開展新聞學的理論及其實踐的學術研究，並發表其研究成果，介紹工作經驗，培訓和提高新聞工作者的理論水平和業務技能。這大大地開拓了人們的眼界，認識到在抗戰期間多辦、辦好報紙的重要性與必要性。這不能不觸動新桂系黨政當局應當有所作爲。

其中尤值一提的是中共優秀的新聞工作者范長江爲抗戰時期桂林新聞傳播事業所作的貢獻。1938 年 11 月，范長江從長沙撤退到桂林以後，其中一個最重要的活動就是以文章形式，提出怎樣推進桂林地方新聞工作的意見。這個意見主要包含了 6 點：一是從抗戰形勢的發展和人民群眾的要求，說明推進桂林新聞工作的重要性與必要性。二是要有一個通盤的計劃和有組織的活動，要求桂林各個縣，每縣辦一張石印或油印報；各個鄉，每鄉辦一張小型的油印報或複寫報；各個民團指揮區，每個區辦一張鉛印四開報；《桂林日報》成爲桂林新聞界的領袖，領導下面的報紙進行活動。三是以不動用地方經費爲原則，勤儉節約解決辦報所需的經費問題。四是通過自力更生、內部調整來解決印刷機器、紙張和油墨不足的問題。五是通過兼職和培訓等辦法，來解決新聞幹部不足的問題。六是通過無線電廣播、利用收音機收錄等辦法，加上當地新聞，來解決新聞來源的問題。〔註27〕范長江這一篇文章發表之後，桂林建設研究會文化部專門爲此開會商討。商討結果，一致認爲「茲事體大，應請黨省部、綏靖主任公署政治部及省政府教育廳等有關機關，指定人員，先加討論。業已錄案函請上列各機關查明，俟得覆後，再爲繼續討論」〔註28〕。足見新桂系當局對此相當重視。

〔註27〕廣西省政府建設廳統計室：《廣西經濟建設統計提要》，1943 年，第 32 頁。
〔註28〕〔美〕戴維·阿什德，邵志擇譯：《傳播生態學：文化的控制範式》，華夏出

　　這裏特別需要指出的是，抗戰時期桂林新聞事業發展和中國共產黨報刊與國民黨報刊的緊密合作有著重要的關係。

　　抗戰時期的桂林作為一個國統區，一方面有原來新桂系當局主辦的國民黨報刊，另一方面還有內遷過來的原國民黨中央報刊，這兩者加起來的數量是非常之多的。中國共產黨認為，不同的職業，不同的年齡，不同的階級，都可以作為確定對象類別的標準。不僅如此，在同一對象群體內，還可以根據有關標準劃分出若干不同的部分，而對於這些不同的對象，可以分別採取不同的措施予以爭取。因此，對於這些國民黨的黨報，中共也採取了一些特別的措施來與國民黨報刊進行緊密合作，共謀抗日救亡大計。如對於當時新桂系當局的機關報《廣西日報》，中共先後派金仲華、傅彬然、張錫昌、秦柳方擔任該報的主筆，分別撰寫時事、政治、文化、教育和經濟方面的社論。記者陳子濤也為中共黨員。1944 年 11 月 1 日昭平版創刊，四開一張。胡仲持任總編輯。千家駒、張錫昌為社務委員會成員，社論主要由此二人和莫乃群等執筆。據蕭雷回憶：該報有些文章是中共廣西地下黨省工委研究起草的，一些中共黨員還以該報推銷員身份到處活動，組織抗日武裝。〔註29〕

　　以《救亡日報》（桂林版）為代表的一批報紙以統一戰線方式，採取靈活的宣傳藝術策略，以超黨派面目出現，兼容並蓄客觀公正地報導左中右三方面的抗戰言論和活動：對蔣介石突出報導其抗戰言行，大力報導其表示團結進步的姿態；同時又以三民主義和「三大政策」籲請團結抗戰和全面抗戰，接過蔣介石小勝為大勝、以空間換時間的口號，宣傳持久戰的思想，組織討汪的輿論攻勢打擊投降派，還在 1939 年組織《國慶紀念特刊》，發表了國共雙方認同的文章，以誌兩黨「聯合一體」等等。「利用蔣介石的抗戰言論去作動員人民和孤立頑固派的武器」，懂得鬥爭的策略，並在實踐應用中得心應手。〔註30〕對中間派的抗日言論、抗日活動加以廣泛報導，充分肯定新桂系的自治、自衛、自給的「三自」政策和「招賢納士」政策，僅 1939 年 2 月，《救亡日報》（桂林版）就發表了 18 篇相關的消息、報告、評論，讚揚廣西是實施民主政治模範省。1941 年元旦，《救亡日報》增刊，又特地發表

版社，2003 年，第 8 頁。

〔註29〕蕭雷：《堅持廣西地下鬥爭的錢興同志》，見《革命回憶錄（11）》，人民出版社，1984 年，第 217 頁。

〔註30〕高寧：《〈救亡日報〉的宣傳藝術》，參見魏華林，劉壽保主編：《桂林抗戰文化研究文集》（三），灕江出版社，1992 年，第 271 頁。

李宗仁、白宗禧、黃旭初、李濟深、張發奎等人寫的文章。對李任仁、陳此生、黃琪翔、馮玉祥等中間派和民主人士，特別是對宋慶齡、何香凝、陶行知等左派，更是作為親密朋友和依靠力量，通過刊出他們的文章說出報紙編輯們想說而不便說的話。對中國共產黨的抗日言論和中共領導下的抗日活動，擇其精粹加以報導。通過宣傳中共最高領導人的言行，如 1939 年 5 月 12 日《文化崗位》頭條發表毛澤東的《序〈論持久戰〉的英譯本釋抗戰與外援》、1939 年 5 月 21 日發表的《葉劍英將軍談戰局》和《二期作戰之敵我新戰略周恩來在國際宣傳處向中外記者講話》，報導根據地欣欣向榮的景象。如消息《晉察冀的村鎮選舉》、特稿《晉察冀邊區概觀》，介紹人民軍隊的光輝戰績及其勝利原因，為國統區人民樹立民主改革的範例和抗戰到底的旗幟。另外，還報導國際工人運動和反法西斯鬥爭的情況，如 1939 年 7 月 8 日登載《中英人民站在一條戰線上》，同年 11 月 7 日刊出《蘇聯利益與人民利益的一致》等。還有及時和廣泛地報導人民的抗日救亡運動，及時發現和關心幫助群眾解決鬥爭中的問題。〔註 31〕

　　當時桂林各報彼此「相處得很好」，即使是國民黨中央社桂林分社社長陳純粹、國民黨軍事委員會機關報《掃蕩報》總編輯鍾期森，都分別向他保證要「一視同仁」，不會「發表不利於團結的言論」。改版時「還虛心地聽取所有有辦報經驗的同行：如大公報的王文彬乃至掃蕩報的鍾期森）的意見」。《救亡日報》與《廣西日報》之間也「一直維持了友好的關係」。〔註 32〕《救亡日報》在桂林復刊的時侯，作為廣西省國民黨政府的機關報《廣西日報》，在 1939 年 1 月 11 日第三版，便刊出了題為《新聞之新聞－救亡日報昨日復刊》的消息，說：「《救亡日報》為軍委會政治部第三廳廳長郭沫若氏所創辦。前年『七七事變』起，郭氏拋妻離子，歸國參戰，到滬後，深以爭取抗敵勝利，必須鞏固全國團結，乃於『八一三』之際，創刊《救亡日報》，集中救亡言論，鼓吹到底，極為讀者們歡迎。嗣我軍撤退上海，又移廣州出版，所刊佈言論，輒為海內外報紙雜誌轉載。廣州失守，該社以桂林為我西南抗戰重心，亟謀在桂復刊，得各界讚助，該報已於昨日（十日）復刊，所特刊之《十日文萃》，仍繼續出版云。」《廣西日報》的報導充滿了團結抗日的氣氛。

〔註31〕唐正芒：《中國西部抗戰文化史》，中國共產黨黨史出版社，2004 年，第 217 頁。
〔註32〕《新聞研究資料》第二輯，1981 年，第 8〜13 頁。

　　即使是國民黨軍方主持的《掃蕩報》（桂林版），也曾刊登進步人士的文章，如 1938 年 12 月 7 日、11 日第三版，就分別刊登了郭沫若的《抗戰新階段的前途》、《復興民族的眞諦》等文章。1939 年 6 月 5 日，刊登了周恩來的演講稿《二期作戰寇我新戰略》。值得一提的是《救亡日報》（桂林版）於 1940 年 7 月 21 日在同版轉載了兩篇呼籲團結、反對摩擦的社論。頭條是《大公報》的社論《由七七書告看政治進步》，下面是《新華日報》社論《鞏固各黨派的團結》，運用這種客觀報導的手法，反映了廣大人民，包括《大公報》所代表的那部分力量都要求團結、進步的強大呼聲，在輿論上孤立了製造摩擦、分裂的頑固派。在宣傳的調子上，各報發表大大小小的新聞、通訊、評論，開辦的各種各樣專刊、副刊、專欄，不管形式與內容如何豐富多彩，一般地都能圍繞抗戰這個中心，顧及國家民族的利益，很少有互相謾罵攻擊的現象。

　　當然隨著「皖南事變」後國共關係的惡化所帶來的媒介生態的變化，影響著進步報業的生存與發展，也是必須正視的事實。

第二章　救亡圖存、推動地方建設的《廣西日報》（桂林版）

第一節　《廣西日報》（桂林版）的源與流

　　《廣西日報》（桂林版）作爲國民黨廣西省黨部、廣西省政府的機關報，長期以來，一直以宣傳國民黨新桂系的政治理念，服務地方經濟建設爲主要目的。抗日戰爭爆發後，民族矛盾上升爲主要矛盾，《廣西日報》（桂林版）呼籲救亡圖存，團結禦侮，在抗戰宣傳中發揮了積極作用。

　　1937 年 4 月 1 日，《廣西日報》（桂林版）在桂林創刊。1944 年 9 月，爲防日軍侵佔，桂林實施緊急疏散。廣西日報社隨省政府外遷，《廣西日報》（桂林版）停辦。後在宜山、昭平、百色等地復刊。抗戰勝利後，廣西日報社遷回桂林，直到 1949 年 11 月 23 日停刊。瞭解《廣西日報》（桂林版）的發展歷程，可以從該報的「源」與「流」入手。其「源」就是《南寧民國日報》和《桂林日報》。該報原由《南寧民國日報》遷入桂林的部分人員和設備併入《桂林日報》，後改名爲《廣西日報》；而該報的「流」則始於創刊之時，發展流變直到桂林解放該報停刊。

　　需要說明的是，由於戰亂等原因，我們經過對國內外相關機構的查詢，包括廣西日報社方面的各種努力，1937 年 7 月 1 日至 1939 年 2 月 21 日的《廣西日報》（桂林版）報紙一直未能查找到，這給我們的相關研究帶來缺憾，只能有待查找到缺失的始料，再行彌補。

一、《廣西日報》（桂林版）的源

《南寧民國日報》和《桂林日報》是《廣西日報》（桂林版）的前身。《南寧民國日報》是廣西省府遷入桂林前的國民黨廣西省黨部和廣西省政府機關報，創刊於 1921 年 8 月，1922 年 5 月停刊。〔註 1〕新桂系主政廣西後，《南寧民國日報》於 1925 年 9 月復刊，首任社長黃紹竑，總編輯黃華表；後由黃華表任社長兼總編輯。主筆由國民黨廣西省黨部執行委員、青年部部長、共產黨員陳勉恕擔任。發行人為黃楚。〔註 2〕

《南寧民國日報》報名為李宗仁題寫，社址在南寧市共和路 76 號，機器設備比較齊全。1932 年 5 月新置了一臺無線電臺收報機後，每天可以收錄北平、上海、南京、廣州和香港等地的電訊 4000 字以上。〔註 3〕在版面的安排上，除廣告外，設有社論、中外要電、特訊、專訊、國內新聞、本省新聞、本市新聞、社會新聞、專載、常識、南寧學生和南寧文藝等專欄，以及以文學為主的《浪花》副刊、《銅鼓》副刊，以建設學術研究為主的《出路》副刊、《新地》副刊；每星期出版的《民俗周刊》、《社會問題周刊》、《經濟周刊》等等；還有《婦女》、《國民基礎教育》等專刊。內容比較豐富多彩，發行量原來只有兩三千份，到 1935～1936 年間行銷範圍已擴展到廣東、香港、南洋等地。該報還兼出《畫報》，隨報紙附送，不另收費，已知 1936 年 4 月 5 日出版了第 10 期。〔註 4〕1936 年 10 月，廣西省省會遷入桂林，南寧民國日報社大部分職員和設備遷往桂林，小部分留在南寧，繼續辦《南寧民國日報》。

《桂林日報》是《廣西日報》（桂林版）的另一前身，原是桂林縣黨部的機關報。1936 年，廣西省政府遷入桂林後，為適應新形勢的需要，將隨省政府遷來的《南寧民國日報》併入《桂林日報》，因刊名無法適應形勢的需要，於 1937 年 4 月 1 日改名《廣西日報》，《桂林日報》停刊。

〔註 1〕 彭繼良：《廣西新聞事業史 1897～1949》，廣西人民出版社，1998 年，第 152 頁。

〔註 2〕 彭繼良：《廣西新聞事業史 1897～1949》，廣西人民出版社，1998 年，第 152～153 頁。

〔註 3〕 彭繼良：《廣西新聞事業史 1897～1949》，廣西人民出版社，1998 年，第 209 頁。

〔註 4〕 彭繼良：《廣西新聞事業史 1897～1949》，廣西人民出版社，1998 年，第 209～210 頁。

二、《廣西日報》（桂林版）的流

（一）《廣西日報》（桂林版）的發展沿革

在廣西的新聞事業史上，曾出現過多份《廣西日報》。第一份是 1909 年 5 月至 6 月間創刊於廣西梧州的《廣西日報》，該報經理爲梧州藥房的股東甘紹相，[註5] 甘紹相秘密地參加了同盟會。1913 年，廣東省督軍龍濟光，誘捕甘紹相殺害於肇慶。報社其他人員聞訊逃命，隨即停止出版。[註6]

第二份《廣西日報》創刊於 1937 年 4 月 1 日，也就是本文所研究的《廣西日報》（桂林版）。1936 年 10 月，廣西省政府由南寧遷至桂林，《南寧民國日報》大部分職工、機器設備等隨政府遷入桂林，後併入《桂林日報》，經改組和擴充後更名爲《廣西日報》。報社有兩部每小時印刷 2000 份的平板機，使用土紙，日出兩大張，八個版面，發行量五六千份，是當時廣西發行量最大的報紙之一。社內有收電股，設主任一名，可收錄和編發中央社發佈的電訊。該報在省內各縣遍設特約通訊員網，負責報導各縣的新聞。該報設有國際新聞、國內新聞、省市新聞、評論及論文等專欄，以及《桂林》副刊，還有定期出版的《農村經濟》、《國際周刊》、《鄉村建設專刊》、《兵器知識》、《經濟周刊》等。

創刊之初，廣西日報社社址在桂林市榕樹樓，社長由第五路軍政訓處處長韋永成兼任，總編輯莫寶堅。1937 年 9 月 6 日，《廣西日報》（桂林版）奉令改版，即日起發行對開一大張，取消副刊。1938 年 5 月，廣西日報社搬至桂林市環湖北路 7 號。

《廣西日報》（桂林版）採用社長制，下設編輯、經理兩個部門，實行的是三級管理模式。第一級是社長，第二級是編輯部的總編輯和經理部的經理，分別負責報紙編輯工作和報社經營工作，第三級是編輯部之下的編輯、外勤記者，以及經理部下轄的營業股、收電股、工場、出納、會計等。

1944 年 9 月 11 日，爲防日軍侵佔，桂林實施緊急疏散，《廣西日報》社部分人員撤離，14 日停刊。15 日其餘人員隨省政府遷宜山（今宜州市），10 月下旬出版《廣西日報》（宜山版），這是第三份《廣西日報》。《廣西日報》（桂林版）撤至昭平縣的人員與一部分文化界人士於 1944 年 11 月 1 日聯合出版《廣西日報》（昭平版），成立社務委員會，主任陳劭先，副主任歐陽予

[註5]　彭繼良：《廣西現代新聞事業史》，廣西人民出版社，1998 年，第 36 頁。
[註6]　彭繼良：《廣西現代新聞事業史》，廣西人民出版社，1998 年，第 97 頁。

倩，總編輯胡仲持，總主筆莫乃群，經理徐寅初、張錫昌。1945 年 1 月 27 日休刊。這是第四份《廣西日報》。

1945 年 10 月 15 日《廣西日報》（桂林版）在桂林復刊，社長石兆棠，總編輯莫乃群，社址西門外牯牛山腳自由路 1 號。這是第五份《廣西日報》。

第六份《廣西日報》，則是桂林解放後復以《廣西日報》之名創刊的中共廣西省委機關報。1949 年 11 月 22 日，桂林解放。12 月 2 日，桂林市軍管會接管《廣西日報》桂林分社。12 月 3 日，中共廣西省委機關報《廣西日報》在桂林創刊，後隨廣西省委省政府遷入南寧，發行至今。〔註 7〕

（二）《廣西日報》（桂林版）的子報及其他

抗戰時期的《廣西日報》（桂林版）還辦過晚刊、晚報、增刊。《廣西日報》晚刊，1937 年 9 月 15 日出版，1938 年 6 月 2 日停刊，後改出《廣西日報》第二版繼續出版，1938 年 10 月 15 日停刊，銷數在 2000 份以上。

《廣西晚報》1943 年 2 月 25 日創辦，由黎蒙兼任社長，發行人陳雪濤，社址在桂林市環湖北路 7 號。日出四開一張。1944 年 6 月 30 日停刊。創刊晚報是為求迅速報導時事於社會。一版為新聞與評論，闢有《烽煙零訊》、《都會的窗眼》、《國際小品》專欄；二版為副刊《十字街》，其中有小說連載。廣告占去全部版面的三分之一或二分之一。星期日增刊，對開四版一大張，其中一版有《每周國內大事彙編》，二版有《歷史小品》，三版有《八桂掌故》，四版有《娛樂之頁》、《人物志》等專欄。〔註 8〕

《廣西日報星期增刊》，每周一期，係對開小報，共四版，於 1943 年 1 月 10 日發行。現所見最後一期的時間為 1944 年 6 月 11 日。《廣西日報星期增刊》採取隨《廣西日報》贈送的方式發行。除了隨刊附送自辦的《廣西日報星期增刊》外，1942 年英國駐華大使館新聞處桂林分處創辦的《國際新聞周刊》也隨《廣西日報》（桂林版）贈送。

第二節　及時全面反映廣西抗日救亡與建設發展的新聞報導

《廣西日報》（桂林版）創刊三個月後，抗戰全面爆發。《廣西日報》（桂

〔註 7〕 張鴻慰：《八桂報史文存》，廣西民族出版社，1995 年，第 83～86 頁。
〔註 8〕 彭繼良：《廣西現代新聞事業史》，廣西人民出版社，1998 年，第 282～283 頁。

林版）大力宣傳新桂系的抗日主張，特別是在抗日救亡的報導方面，緊隨著前方戰事，及時報導最新戰事信息，對鼓舞士氣，增強民眾信心起到了積極作用。

同時，新桂系的政治、經濟、軍事、文化建設等方面的報導也是《廣西日報》（桂林版）報導的主要內容。這些報導不僅與抗戰的時代背景聯繫密切，同時也兼具廣西的地方特色。

一、與日本有關的新聞報導

日本發動全面侵華戰爭後，各種形式的抗日救亡運動在全國範圍內興起，抗日救亡報導也成為各報報導所關注的焦點。1936年，新桂系為「拒蔣自治」，與廣東實力派陳濟棠一起公開打出「抗日救亡」的旗幟，逼蔣抗戰。《廣西日報》（桂林版）作為國民黨新桂系的報紙，時刻與新桂系的政治立場保持一致，對當局抗日救亡的政治立場積極進行宣傳報導。

（一）全面抗戰爆發前夕（1937年4月1日至1937年7月7日）

《廣西日報》（桂林版）創刊於1937年4月1日，此時日本已經侵佔東北三省數載，並處心積慮謀求華北利益，圖謀吞併華北，為全面侵華做準備，不斷挑起、製造事端。政府和民眾對此極為關注，各報亦是如此。《廣西日報》（桂林版）在創刊之時就密切關注日本動向。這一時期該報與日本有關的報導主要有以下幾類。

1、關注日本國內政治

1937年4月2日，《廣西日報》（桂林版）在第二版（頭版只刊登官方公告和廣告）重要位置刊登題為《日皇下詔解散議會後　林首相發表談話　申述議會經過及其理由　請求日人為良心正常之判斷》的新聞。4月3日該報刊登《東京日日新聞　鼓動強硬對華　竟謂我離國日人》等。4月9日刊登《日總選期中　黨政白熱戰　林銑昨訪近衛文麿　交換組織新黨意見》，該報導如下：

> 上海八日電：據同盟社東京電，林首相今晨九時訪問貴族院議
> 長近衛文麿，說明解散議會之政策之理由，與政府國家實行之政策，
> 及對時局之決意後，關於補任文部省道拓務三相，同時交換意見。
> 東京七日電：林內閣因……〔註9〕

〔註9〕《日總選期中　黨政白熱戰　林銑昨訪近衛文麿　交換組織新黨意見》，《廣

　　由於日本國內的政治動向與日本的對華政策密切相關，因此這方面的新聞成為關於日本新聞中最重要的組成部分。

　　2、關注日本在華的活動

　　《廣西日報》（桂林版）關於日本在華活動的報導大多是揭露日本野心、謀求在華利益等內容。如1937年4月2日第三版頭條的《國我方反對　日艦停止在青操演　各艦員兵萬人昨登陸瀏覽市容　一部官佐由吉田率領赴濟參觀　決定明日離青他去》，4月3日第二版的《日企圖　在察北成立僞組織　命名西北人民自治委員會　將以德王李守信等爲委員　軍心渙散寶山部又在康保主□□》、《日謀壟斷華北紗業　積極擴充津濟青紗區廠　北洋恒源兩紗廠極力掙扎》、《察北日僞匪軍　準備大舉犯綏》，4月8日第二版的《滬廈日人活躍異常》，4月9日第二版的《大角昨晨抵滬　檢閱駐滬艦隊》等。

　　3、追蹤中日關係變化

　　《廣西日報》（桂林版）及時報導中日關係的變化。如1937年4月2日第四版頭條的《跛行狀態中之　中日國交新局面　我以停止援助冀東爲解決端緒　日仍以廣田蚝原則爲調整外交》，其中包括「官僚獨善主義」、「現在日本對華」、「林閣深知南京」、「日德防共協定」等幾個部分。同年4月9日第二版的《日藏相重申前議　調整中日友好關係　爲發展日本經濟原則　一方固須雙方顧及彼此立場　尤須日方改變以往對華情感》、《兒玉訪楊雲竹　表示誠摯謝忱》等。這些報導通過追蹤中日關係的變化，揭露出中日關係變化的實質，證明日本的對華友好只是口頭上名不副實的謊言。

　　4、關注國民黨高層對日態度與動向

　　國民政府高層官員對日本的態度及其如何處理與日本的關係，對中日關係發展影響巨大，相關的活動也就成爲了較爲重要的新聞。如1937年4月8日《廣西日報》（桂林版）第二版的《經蔣挽留打消辭意後　許世英晉京謁外王請示　定期五月下旬赴日返任　在滬會與桓島交換中日外交意見》、《綏東抗日將軍　傅作義飛平　訪宋秦交換情報　因蔣在靜養中不擬南下請謁》；1937年4月8日該報第三版的《當前的幾個問題□□總司令對柳州駐軍少校以上官員及公務員的講話》；4月11日該報第二版的《傅作義談　救國工作認眞作去自能達到圓滿成功　得著無形式之勝利方有價值》；4月12日該報的

西日報》（桂林版），1937年4月1日第2版。

《許世英接見日記者談　必須先除政治障礙　然後中日邦交調整　互忍互信互助實貴爲基本精神》。這篇報導反映了國民政府在外交上表達了中國的立場，從而使國人瞭解和支持國民政府的政策。其報導如下：

> 南京十日電：我駐日大使許世英，今日下午四時在總部接見駐日本記者，由外部科長邵毓麟任通譯，□□，本人年過力衰，此次回國請辭，迭承中央□勉，已決定下月返任、調整中日關係、個人以爲必須先除去政治障礙、判中日經濟提攜問題、亦同此觀念，本人以爲欲改善中日關係，須具三種基本精神，第一爲互忍，第二爲互信，第三爲互助、希望諸君能本此方針盡力、本人處理外交、當然悉遵政府命令□□、□□□領事裁判權問題、本人尚未聞及、惟本人曾在國內司法界任事，對此問題頗爲關切、當以此問題可分爲（一）法律、（二）司法、（三）監獄、三項處理，我國經三十餘年來不斷之努力、司法種種改善、已頗關注、諒爲諸洞悉云、□氏現定明日赴滬、十三日赴奉化、十七日再來京城、二十日左右赴黃山小住十日、□□休息、約五月上旬返任。〔註10〕

5、關注歐美各國與日本關係

歐美各國對日本態度一定程度上影響著日本的對華政策。此外，國民政府希望借助國際力量來解決日本侵華問題，也是新聞媒體關注這方面新聞的一個主要原因。《廣西日報》（桂林版）在關於歐美各國與日本關係方面的報導上抗日傾向十分明顯。如 1937 年 4 月 9 日《艾登在下院宣稱　英絕無修改海約意　日拒絕接受主力艦炮徑限制　此舉並不足使　海約失其價值》這篇報導這樣寫道：

> 倫敦七日路透電：英外相艾登，今日在下院答覆工黨議員質問時稱，日外務省已於三月二十八日通知英駐日大使，拒絕授受主力艦炮徑限制十四寸，日方此項決定，已由英通知倫敦海約之其他各國，有詢艾登以日本此舉，是否將使海約而失其價值者，艾登答稱，彼不作此項評判，並確英政府目前絕無修改條約之意云云。〔註11〕

〔註10〕　《許世英接見日記者談　必須先除政治障礙　然後中日邦交調整　互忍互信互助實貴爲基本精神》，《廣西日報》（桂林版），1937 年 4 月 12 日第 2 版。
〔註11〕　《艾登在下院宣稱　英絕無修改海約意　日拒絕接受主力艦炮徑限制　此舉並不足使　海約失其價值》，《廣西日報》（桂林版），1937 年 4 月 9 日第 2 版。

6、關注國內民眾對日態度

國內民眾對日態度的報導主要報導民眾的反日態度和立場。如 1937 年 4 月 11 日該報第二版的《滬市商會　請懲日本浪人》，明確地表達了我國民間對在華日本人的態度。

綜上所述，這些涉日的報導，包括政治、外交、軍事、經濟等多個方面，多角度全面地揭露了日本的陰謀企圖。《廣西日報》（桂林版）這一積極宣傳抗日的做法，不僅符合中華民族的根本利益，也符合新桂系以「抗日拒蔣」扭轉弱勢局面的策略。

（二）抗戰全面爆發至桂林失陷（1937 年 7 月 7 日至 1944 年 9 月 14 日）

盧溝橋事變後，日本發動大規模的侵華戰爭，妄圖一舉吞併中國，全民族進入生死存亡的關鍵時刻。有關抵抗日軍侵略，特別是前線的戰況備受後方民眾關注。因此，前線的軍事報導也就成為《廣西日報》（桂林版）涉日報導的重要內容。

《廣西日報》（桂林版）除了接收中央社的電訊和境外廣播外，曾向第五戰區派出過通訊員，與前線戰事有關的新聞大多放在報紙的重要位置刊登。在所有較大規模的前線戰事報導裡，最受廣西民眾關注的是發生在廣西的「桂南會戰」（1939 年 11 月中旬至 1940 年 2 月下旬）。本文以這次戰役中最受世人矚目的「崑崙關戰役」為例，選取相關的報導來分析《廣西日報》（桂林版）抗日救亡報導的特點。

崑崙關戰役屬桂南會戰中比較著名的一次戰役，從 1939 年 11 月 15 日日軍在欽州、防城港、北海登陸始，至次年 1 月 11 日中國軍隊攻佔崑崙關，雙方進入對峙階段止。

《廣西日報》（桂林版）關於此次戰役的報導有以下幾個特點。

1、積極發動和組織民眾參與抗日行動

崑崙關戰役期間，面對強大敵人的入侵，《廣西日報》（桂林版）發動民眾積極參加到破壞公路、空室清野的行動中，較好地配合了前線抗敵。宣傳發動民眾的內容主要有三個方面：第一，傳達政府的抗敵方略。如 1939 年 11 月 20 日的報導《大敵壓境　白主任、黃主席令　給予敵以迎頭痛擊　立即召開村民大會動員民眾　徹底破壞公路實行空室清野　屬行國民公約軍民合作公約》，以及同月 22 日的《保衛大西南　省黨部省政府　發動民眾抗敵　派

員赴各地督促推動　組織各縣戰時工作團》等。第二，動員民眾積極配合前線抗敵。如立即召開村民大會動員民眾，徹底破壞公路，實行空室清野。第三，組織民眾抗日。如爲了達到組織民眾抗日的目的，《廣西日報》(桂林版)在同月 24 日專門刊登了由保衛西南運動桂林各界工作委員會宣傳委員會編的《保衛西南運動特刊》，其中孟超的《怎樣保衛西南》和於束聘的《如何實施空室清野》等文章，詳細地敘述了保衛西南的方式和方法，對組織民眾抗戰起到了積極作用。

2、講究報導方式與技巧

在報導敵人入侵桂南時，對既有的事實做出報導，同時又不能讓後方民眾產生悲觀情緒，所以，正確的報導方式顯得極爲重要。《廣西日報》(桂林版)比較注意報導技巧，如在同月 16 日的對日寇在北海活動的報導《敵軍昨在北海附近蠢動》中就是這樣處理的。該報導內容如下：

〔中央社四會十五日下午四時電〕敵艦向金沙（防城東南）炮擊甚烈，下午三時許，汽艇十二艘，滿載敵兵，在龍門附近登陸，現與我激戰中。

〔中央社昭關十五日急電〕敵艦三十餘艘，附汽艇二十餘艘，今向防城欽縣間之龍門港地方發炮轟擊，企圖登陸，又北海地之□所泊敵艦十餘艘，亦有同樣動作，我防軍早有準備，將予敵□□。

〔註12〕

以上兩條消息較客觀地反映敵人炮擊、登陸等情況，告訴民眾敵我激戰的消息，以示我軍的抵抗，尤其是第二條消息「我防軍早有準備……」具有安定民心、鼓舞士氣的作用。還有同月 18 日的《敵犯防城欽縣　遭我痛擊死傷遍地》、19 日的《欽縣北敵犯小董附近不逞》、20 日的《欽防北大寺南一帶激戰　敵軍傷亡甚重勢漸不支　法對敵軍行動傳將有所表示　敵在北海登陸遭我軍痛擊》等消息都很好地體現了這種意圖。

3、消息來源多樣化

《廣西日報》(桂林版)抗日戰事報導消息來源渠道多樣。1940 年 1 月 3 日該報頭版頭條新聞就有三個來源：

〔註12〕《敵軍軍昨在北海附近蠢動》，《廣西日報》(桂林版)，1939 年 11 月 16 日第 1 版。

崑崙敵屍遍山野　此次殲滅俘獲無算　敵高級軍官傷亡甚重（標題）

〔本報二日本市訊〕崑崙關被我攻克後，敵遺死屍漫山遍野，殘餘之慘重，爲前所未有，在□□山下，並獲敵野山炮四門，戰車炮一門，輕重機關槍步槍及炮彈無線電器材無數。

〔本報二日賓陽訊〕此次我軍在崑崙關作戰，完全爲極其嚴密之殲滅戰，步步緊迫，使敵無一竄逃可能，其次敵見我層層圍困，大起恐慌，聯隊長率領殘部向外猛衝，企圖逃出，我方迎頭掃射，敵殘傷極眾，聯隊長及大隊長二名中少佐四名亦同被擊斃云。

〔中央社桂南前線二日電〕我軍此次攻擊崑崙關，已徹底達到殲滅戰之目的，敵軍傷亡之慘重，爲歷次戰役所罕見……〔註13〕

《廣西日報》（桂林版）同時注重自己的第一手消息來源。崑崙關大捷後，桂林各報聯合會組織記者赴前線採訪，該報派記者韓北屏參加了此次採訪，期間發表了《縱目崑崙關》（1940 年 1 月 7 日）、《南路戰場的點線與面》（1940 年 1 月 8 日）、《崑崙關大笑了——桂林文藝界新聞界前線慰勞紀》（1940 年 1 月 15 日）等視角獨特的報導。

這些戰地通訊都是該報記者韓北屏從前線採寫的，具有強烈的現場感。如《縱目崑崙關》分爲：戰場新痕、崑崙關的形勢、奮戰經過、將近黃昏的太陽、勝利中的插曲、文件中反映出的□情等六個部分，寫出了作者的親歷感受，給讀者以身臨其境之感，加深了讀者對崑崙關戰役的認識和瞭解。

4、注重戰果報導

在戰爭中己方軍隊獲勝的信息經報導後，對鼓舞士氣、增強民眾信心十分有益。因此，《廣西日報》（桂林版）十分注重報導我軍在抗戰中所取得的戰績和戰果。如 1940 年 1 月 8 日的《我連克八塘七塘　敵旅團長被擊斃》這樣報導：

〔本報今晨一時　二十分□江電〕我某某精銳部隊，自沿邕賓線向南寧，……佔領九塘等地，□接前線某部電話，我軍經兩晝夜激戰，……六日午夜時分將八塘收復，……此次敵軍傷亡之眾，較

〔註13〕《崑崙敵屍遍山野　此次殲滅俘獲無算　敵高級軍官傷亡甚重》，《廣西日報》（桂林版），1940 年 1 月 3 日第 1 版。

　　崑崙關爲尤甚，旅團長亦爲我擊斃去。〔註14〕
　　此消息包含我軍經過激戰成功收復失地、擊斃敵方高級軍官等信息。

二、聲討汪精衛的報導

　　1938 年 12 月 18 日，時任國防最高會議副主席、國民黨副總裁、國民參政會議長汪精衛從重慶出走，經昆明，潛逃至越南河內，發表「豔電」，公開投降日本。1939 年 5 月，汪精衛等赴日，與日本當權者直接進行賣國交易。回國後於同年 8 月在上海秘密召開僞國民黨第六次代表大會，宣佈「反共睦鄰」的基本政策。同年 12 月，與日本特務機關簽訂《日華新關係調整綱要》，以出賣國家的領土主權爲代價，換取日本對其成立僞政權的支持。1940 年 3 月，汪僞「國民政府」在南京正式成立，汪任「行政院長」兼「國府主席」。他支持日本的侵略戰爭，並追隨日本參加德、意、日《國際防共協定》，爲日本建立「大東亞共榮圈」效力，汪精衛的叛國行徑受到全國一致聲討。

　　在媒體對汪逆聲討中，《廣西日報》（桂林版）從 1940 年 3 月到 5 月下旬，刊登了大量聲討汪逆的報導。內容主要集中以下幾個方面。

（一）及時反映各地對汪逆的聲討

　　如 1940 年 3 月 30 日，汪僞國民政府在南京成立。當日，《廣西日報》（桂林版）在第一版用頭條、第二條、第三條位置分別刊登《林主席向全國廣播痛斥汪逆背叛黨國　汪逆即無黨籍又爲漢奸罪犯　妄稱繼承法統殊屬淆亂視聽》、《汪逆自知失敗　內心深感痛苦　某觀察家謂其必死敵軍刀下》、《國府明令通緝漢奸七十七名》等三篇報導。除了報導外，還配有陸一遠所寫社論《汪逆組府的面面觀》。同時在第三版還登載了《討汪鑄奸運動宣傳大綱》和陶希聖所寫的《日汪所謂〔中央政治會議〕（昨續）》。

　　在次日第一版的題爲《討汪！殺汪！鑄奸！》的新聞中，分別從「程潛通電聲討　全國各地聲討」、「杏黃三角小旗　賣國特別標誌」、「本省各界昨開討汪鑄奸大會」等三個方面展開，充分展現了《廣西日報》（桂林版）和廣西省政府對汪精衛組織成立僞政府的聲討。第二版中關於《學生抗戰會　第五屆代表大會　議決打擊汪逆漢奸等案》的省內新聞，也能充分反映新桂系

〔註14〕　《我連克八塘七塘　敵旅團長被擊斃》，《廣西日報》（桂林版），1940 年 1 月
　　　　　8 日第 1 版。

對汪精衛組織成立偽政府的立場和態度。

4月1日，該報刊登《汪逆成立偽組織　海外一致聲討　我駐外使節聯銜通電致討》的新聞。

4月3日，該報第一版頭條《參政會昨開首次會議　蔣議長主席各部長均有報告　一致通過聲討汪逆偽組織案》中報導「參政會討汪通電　一班傀儡喪盡天良不知愧悔　明明消滅獨立而曰獨立　明明喪失自由而曰自由」。

4月4日至28日《廣西日報》（桂林版）用較多篇幅詳盡連續報導國民黨中央及各地方汪精衛行為的聲討和譴責，達到了良好的宣傳效果。

（二）反映各國對汪偽政權的態度

《廣西日報》（桂林版）在及時反映各地對汪偽聲討的同時，刊發多篇反映各國對汪偽政權態度的報導。如4月1日刊登《英美各國堅決聲明　不承認汪逆偽組織　斥倭導演一切偽組織均屬侵略行為　繼續民重慶之國民政府為中國政府》。

4月2日刊登《華德門聲援赫爾宣言　決不承認汪逆偽組織　並主張美即對倭斷絕邦交》。

4月4日刊登《美報認對付汪偽組織　主張唯對日禁運　蘇報遍載外部照會使節全文　傀儡戲劇引起蘇方人士憤慨》。

4月5日刊登《英當局嚴正重申態度　不承認汪逆偽組織》。

4月6日刊登《墨西哥政府　拒絕承認汪逆偽組織　英法不與傀儡有所往還　蘇反倭宣傳工作有復燃勢》。

4月7日刊登《汪逆偽組織舉世共棄　德方對之極為冷淡　蘇聯廣播再度予以來歷抨擊　教皇表示決繼續支持我政府》。

5月12日刊登《英外次再度強調聲明　絕不承認「汪組織」在遠東準備採取極強硬立場　決不容許倭方改變荷印現狀》等。

《廣西日報》（桂林版）將世界各國不承認汪偽組織的外交政策進行廣泛的宣傳，讓民眾更加清楚地認識到聲討的正義性，以增強聲討的效果。

（三）揭露汪偽組織的漢奸本質，幫助人們看清汪偽政權的面目

《廣西日報》（桂林版）還刊發一些揭露汪偽組織的漢奸本質，幫助人們看清汪偽政權面目的報導。這方面的報導包括揭露汪偽組織內部的矛盾和汪偽之間的關係。如1940年4月12日的《倭刺刀下的南京傀儡　陳逆汽車

被敵阻攔　周梅之妻亦遭搜檢　海外僑胞□□討汪》、27 日的《汪逆黨部內鬨日劇》、29 日的《汪逆所向碰壁　赴粵徵求兩事　均已落空　僞報證實無著將停辦　僞省市黨部亦已解體》、30 日的《汪逆爲虎作倀　懸賞屠殺愛國志士　周林兩逆摩擦益烈》以及 5 月 7 日的《對汪逆要求　敵酋置之不理　汪逆在華北碰壁而□》等。

三、抗日救亡運動的報導

抗戰時期，國民政府爲了統一全民抗日思想開展過多項運動，其中包括新生活運動、國民精神總動員、文化建設運動和戰時服務運動等。除了國民政府的各種運動之外，廣西省政府根據廣西的實際情況，在桂林等地也開展了多種抗日救亡運動。對這些運動的報導也是《廣西日報》（桂林版）新聞報導的主要內容之一。

（一）新生活運動的報導

新生活運動是指 1934 年至 1949 年國民政府推出的公民教育運動，橫跨 8 年抗戰，歷時共 15 年。1934 年 7 月至 1937 年抗戰爆發爲全面推行時期。抗戰爆發後，新生活運動很自然地演變爲戰地服務、傷兵慰問、難民救濟、保育童嬰、空襲救難、徵募物品和捐款等等與戰時支持有關的活動。《廣西日報》（桂林版）對新生活運動的報導大都從每年舉行的新生活運動週年紀念開始。由於受《廣西日報》（桂林版）報紙缺失不全的影響，我們收集到的有關新生活運動的報導主要集中在 1940 年至 1944 年之間，具體報導概述如下。

1、1940 年新生活運動的報導

1940 年 2 月 8 日《廣西日報》（桂林版）出版由「廿九年春節桂林新生活運動籌備大會」編的《春節新生活暨體育運動特刊》，特刊中的文章包括《舉行春節新生活運動暨體育運動告同胞書》、梁寒操的《新時代與新生活》、陽叔葆的《抗戰建國的基本運動》、程思遠的《與違背抗戰建國的思想生活鬥爭》、李郭德潔的《戰時婦運與推行新生活》等文章。另外還有政府要員的題詞。如廣西省主席黃旭初所題「生活務新　體育務強　保身衛國　日進無疆」、李任仁所題「正心身自強不息　驅除□虜保衛家園」等。

2 月 9 日的報導有《新生活運動與體育運動　新生活運動是改造國民生活

的方法　體育運動爲新生活運動實施所必要──梁主任寒操在春節運動大會中講》、《本市各界昨晨舉行　春節運動大會　梁主任寒操主席致詞》等。

2 月 19 日第一版的新聞爲《新生活運動六週年紀念　蔣委員長廣播演講》，包括「新運本旨是要大家認識國家的危機　實行戰時生活洗雪我們共同的恥辱」、「一般說起來我們的生活　實在不夠刻苦，我們要改善生活與社會　以期轉移風氣」〔註15〕等內容。第二版還有《紀念新運六週年　舉行擴大宣傳　體運會明日開幕》等報導。

2、1941 年新生活運動的報導

1941 年 2 月 19 日《廣西日報》（桂林版）第一版《新生活運動七週年紀念　蔣會長廣播演詞》，包括「新運眞義是明恥教戰的運動　各方面的進步均受新運影響，『我們的國家已實現眞正的統一，新運工作人員，蔣會長昨邀聚餐，即席廣播全座肅然恭聽，禮義廉恥，爲立國的基本，全國同胞將認新生活運動爲救國必由途徑』」〔註16〕等內容。

2 月 20 日刊發的《新運七週年紀念　蔣會長廣播演詞（續昨）》，包括「怎樣實踐四維、劃除六大病根，煙賭徒盜娼爲社會□事，奢惰貪怯爲個人劣性，今後新運實際工作第一切戒除賭博、第二徹底肅清煙毒、第三普及節約儲蓄、第四推進衛生體育，醫治惰與怯的病根，今後對新生活運動、工頭敷衍應實事求是」〔註17〕等內容。

3、1942 年新生活運動的報導

1942 年 2 月 18 日《廣西日報》（桂林版）的《加強全國總動員　徹底實行戰時生活　新運八週年　蔣委員長告勉勵同胞》，包括「有志氣的國民應犧牲個人的自由，把一切奉獻給國家，每一國民須竭誠效忠，切實奉行全國總動員，同共養成力行風尚，深入社會廣爲勸導，實行戰時生活，要從明禮尚義崇廉知恥做起」〔註18〕等內容。

同年 2 月 19 日的報導有《新運八週年　陪都舉行盛大紀念會　有張繼等

〔註15〕《新生活運動六週年紀念　蔣會長廣播演詞》，《廣西日報》（桂林版），1940 年 2 月 19 日第 1 版。

〔註16〕同上。

〔註17〕《新生活運動七週年紀念　蔣會長廣播演詞（昨續）》，《廣西日報》（桂林版），1941 年 2 月 20 日第 1 版。

〔註18〕《加強全國總動員　徹底實行戰時生活　新運八週年　蔣委員長告勉勵同胞》，《廣西日報》（桂林版），1942 年 2 月 18 日第 1 版。

演講及各種比賽》等。

4、1943 年新生活運動的報導

1943 年 2 月 19 日《廣西日報》（桂林版）的第二版頭條《新生活運動九週年前夕　委座廣播勖勉同胞》包括「兩點感想：一是興奮快慰，一是恐惟警惕，希望同胞無論對人對事，依照新運準則」〔註19〕等內容。第三版《新生活運動綱要》包括「新生活運動的綱要如下：甲，新生活運動的主旨、乙，新生活運動的認識（一）什麼是「生活」？（二）什麼是新生活（三）什麼是新生活『運動』」等內容，消息頭為「重慶十八日中央社電」。〔註20〕

次日的報導有《新運九週年紀念　林主席廣播訓詞　對過去工作人員表示嘉勉　對全國各界同胞殷切期望》等，《新生活運動綱要（續昨)》（第三版）包括「丁，新生活運動的內容」等內容。

5、1944 年新生活運動的報導

1944 年 2 月 17 日《廣西日報》（桂林版）第三版刊登了《新運大檢閱　辦法已決定　將於紀念日開始實行》等新聞。

2 月 19 日的第二版刊登了《新運十週年紀念　蔣兼會長廣播　希望同胞能徹底覺悟　祛除私欲不投機自私》、第三版刊登了《新運十週年　各界舉行紀念大會》。當天的報紙還配發了《新運十年感言》的社論。

總而言之，上述《廣西日報》（桂林版）關於新生活運動的報導幾乎都集中在新生活運動週年紀念日之時，每逢週年紀念日，《廣西日報》（桂林版）都把蔣介石的紀念日講話放在頭條的位置，表明新桂系地方政府在宣傳工作上對國民黨中央的認同和支持，也表明了廣西地方政府對此項工作的態度。

從內容上看，除了每年全國開展新生活運動紀念活動和紀念日的報導外，與新生活相關的體育活動和本省的紀念活動、積極推行新生活運動的過程、本省將新生活運動落到實處的成果等內容的報導，也是《廣西日報》（桂林版）關注的焦點。

（二）國民精神總動員的報導

1、國民精神總動員概述

〔註19〕《新生活運動九週年前夕　委座廣播勖勉同胞》，《廣西日報》（桂林版），1943年 2 月 20 日第 2 版。

〔註20〕《新生活運動綱要》，《廣西日報》（桂林版），1943 年 2 月 20 日第 3 版。

　　國民黨爲了在抗戰的形勢下加強對全國人民的思想統治，於 1939 年上半年在全國開展了一場國民精神總動員運動。3 月 11 日，國民政府在國防最高委員會下設立精神動員總會，蔣介石任會長。次日，國民政府公佈了《國民精神總動員綱領》，提出：現代戰爭爲全民動員的戰爭，故不僅動員國內的一切物資與人力，也必須動員「全國國民之精神」，它是「抗戰制勝之主要條件」和「救國建國之最新武器」。國民精神總動員就是集中一切意識、思維、智慧、精神力量於一個方向，即：國家民族之利益應高於一切，「在國家民族之前，應犧牲一切」。在「解決國族存亡之軍事期中，國家民族之最大利益爲軍事利益」。「今當國家民族緊急自衛之時，凡爲國民，所有意志，均當集中，所有力量，均當集中」。國民黨推行「國民精神總動員」運動的目的，一方面是爲抗日，另一方面則是爲防共。其內容，對於動員和組織民眾，增強抗戰力量起了一定的積極作用。國民精神總動員運動，從形式上看涵蓋了 1939 年以後的整個抗戰時期，但實際上精神動員開展得較爲積極、較有生氣的時段，僅限於 1939 年 3 月至太平洋戰爭爆發時的兩年多時間〔註 21〕。實際運動，名類繁多，一般而言有獻金、徵募慰勞品、慰勞出征軍人家屬、慰勞傷員、徵募寒衣、提倡戰時文化、屬行早起、禁煙、除奸、肅仇貨、節約儲金等〔註 22〕。這些運動與新生活運動有重複之處，國民精神總動員與戰前民族復興運動有著一脈相承的聯繫，新生活運動促進總動員會就把該運動與國民精神總動員的聯繫性概括爲「一、國民精神總動員是戰時的新生活運動，新生活運動是平時的國民精神總動員。二、新生活運動是國民精神總動員的基礎，國民精神總動員是新生活運動的運用。三、新生活運動旨在恢復民族固有道德，國民精神總動員旨在發揚民族精神。四、新生活運動注重合理生活之養成，由外形的調練而達到內心建設，國民精神總動員注重奮發精神之培植，由內心的奮覺而達到於外形的整飭。五、新生活運動要把『禮義廉恥』表現在『衣食住行』，國民精神總動員要把『禮義廉恥』表現在『管教養衛』。」〔註 23〕可見，國民精神總動員基本就是以新生活運動一部分的面目出現的，與新生

〔註 21〕谷小冰：《抗戰時期的國民精神總動員》，《抗日戰爭研究》，2004 年第 1 期，第 58 頁。

〔註 22〕谷小冰：《抗戰時期的國民精神總動員》，《抗日戰爭研究》，2004 年第 1 期，第 53 頁。

〔註 23〕蕭繼宗：《革命文獻，第 68 輯》，中國國民黨中央委員會黨史史料編纂委員會，1975 年，第 326 頁。

活動運動聯繫緊密。

2、國民精神總動員的報導

《廣西日報》（桂林版）對國民精神總動員的報導數量不多，主要報導如下。

1940 年 3 月 13 日第一版頭條《總理逝世第十五週年　中樞舉行聯合紀念　林主席講　紀念　總理當貫徹精神總動員綱領》、第二條《國民精神總動員週年紀念　蔣會長對全國廣播　我們能徹底能持久能堅忍　就必能實做苦做硬做快做》。

1941 年 3 月 12 日是國父孫中山逝世十六週年紀念日，《廣西日報》（桂林版）刊登除蔣介石國民精神總動員的講話外，並沒有其他相關的報導。同年 3 月 13 日的《精神總動員二週年紀念　蔣會長廣播常說　精神總動員是起死回生運動　敵我勝負決於雙方精神力量》，提出「確立精神信仰　發揮集體意識」、「提高科學精神　普及科學技術」、「普及音樂體育　發揚民族精神」幾個方面。同年 6 月 10 日，《廣西日報》（桂林版）推出《廣西省國民精神總動員協會成立二週年紀念》特刊，其中包括黃旭初所寫的《改造精神發揮潛力》、《廣西省國民精神總動員協會成立二週年告民眾書》和李宗仁題「集中意志　集中力量　爭取勝利　實現主義」、白崇禧題「痛自檢討　猛加鞭策」、李任仁題「廣西省府國民精神總動員會成立二週年紀念　喚醒國魂」等內容。次日，該報還刊登了《精神總動員協會昨舉行　二週年紀念大會　黃主席蒞臨致詞》。

1942 年 3 月 12 日《廣西日報》（桂林版）第二版刊發《紀念「三一二」大會　今晨舉行　並檢閱本市黨員團員》，第三版推出《三一二紀念特刊》，主要文章有《加強精神動員》（孫啓明）、《紀念三一二》（張貞）、《我對於本年三一二紀念感想》（王澤民）、《植物造林增加生產》（陳思元）、《國父與今日之廣西》等。李宗仁題「一年之計在於春　三一二紀念特刊」、黃旭初題「遵崇遺教喚起四民訓農講武主義常新」、劉士衛題「國民精神動員三週年紀念特刊　動員基礎　首在精神　群策群力　必勝必成」等。

1944 年 3 月 12 日《廣西日報》（桂林版）在刊登了《國民精神總動員四周紀念　委座廣播訓勉同胞　集中精神力量克難關達成勝利　才對得起國父與抗戰先烈》的報導外，還配發了社論《國民精神總動員四週年 —— 我們應當以天下為公的精神普及於全世界》。

3、國民精神總動員報導的特點

從上述報導看，國民精神總動員開展得比較積極的時間為 1939 年至太平洋戰爭爆發的兩年間。在 1940 年和 1941 年，廣西根據全國推行較積極的情況也成立了相應的廣西省國民精神動員協會，並在這兩年的 6 月 10 日發表社論，而進入 1942 年之後對與國民精神總動員相應的工作不再報導。這從一個側面說明，此時國民精神總動員方面的工作，在廣西已經不積極了。

作為國民政府適應抗戰需要發起的一項運動，《廣西日報》（桂林版）對它的報導與新生活運動的報導比較相似。從政治立場來看，該報對這些運動的報導執行了國民黨中央的宣傳政策。如 1942 至 1944 年間每逢 3 月 12 日紀念日，《廣西日報》（桂林版）都會將國民政府首腦蔣介石的講話放在頭版頭條的位置，用較大篇幅，全文刊登講話內容。

《廣西日報》（桂林版）對國民精神總動員的宣傳報導，與當時政府對此事的態度基本一致，即政府積極、各項活動較活躍的時候，該報的宣傳報導力度也較大，而政府不積極的時候，相應的報導也就減少了。

總之，從黨報的輿論導向意義來看，《廣西日報》（桂林版）對國民精神總動員的宣傳報導與政府保持高度的一致，它滿足了當時政府對黨報宣傳工作的需要，符合國民政府對黨報的要求。從對國民精神總動員宣傳對抗戰的意義來看，《廣西日報》（桂林版）宣傳國民精神總動員是以全民族抗戰為基礎的，因此對促進民族抗戰起到的作用應該是積極的和值得肯定的。

四、廣西四大建設方面的報導

《廣西日報》（桂林版）成立之初，其社長韋永成就直言不諱的表明了它的任務：第一，宣傳「焦土抗戰」的思想，第二，宣傳新桂系的「建設廣西、復興中國」的政治理想及實現理想的切實路徑「三自」政策和「三寓」政策。

作為《廣西日報》（桂林版）重要的任務之一——關於建設廣西的報導，也幾乎構成了《廣西日報》（桂林版）對本省報導的全部內容。

《廣西日報》（桂林版）早期八個版面中有兩個版面是本省新聞，後來報紙縮減為四版時，本省新聞縮減至半版。如遇本省重大事件時，會適當增加本地報導的數量，有時會將重要的本省新聞放到頭版顯著位置或是單獨出版特刊。從報導的數量和內容來看，該報帶有十分明顯的地方政府機關報特色，積極宣傳地方政府的各項政策措施，配合政府工作的開展。我們從以下該報

徵求通訊員啓事中也能看出它對政府各項政策措施的關注：

　　　　本報爲充實省聞內容廣佈各地消息起見，擬於每縣設置特約通
　　訊員。通訊內容：一、黨務之情況。二、三民主義青年團之活動。
　　三、基礎教育及成人教育之實施近況。四、村街民大會縣參議會記。
　　五、各地救亡動態。六、歡送徵兵入伍之情況。七、衛生行政設施。
　　八、各地民情風俗之特種調查。九、學校之課外活動。十、各地特
　　產之調查。十一、各地手工業機器業之生產及銷售之調查，例如（甲）
　　在手工業上：都安、隆安、那馬之紗紙業。邕、柳、平樂、賀縣、
　　北流之油業。邕、柳之糖業。邕、柳、桂林、玉林之紡織業。賓陽、
　　北流、橫縣之瓷器業。（乙）在機器工業上：……。十二、各地農林
　　水利蓄牧，墾務之新設施。十三、各地礦廠之經營調查，礦區之生
　　活素描。〔註24〕

由該啓示可知，該報通訊員的稿件必須與廣西各方面的建設有關，這從一個
側面也反映了《廣西日報》（桂林版）對本地新聞的重視程度和廣西政府對省
內各領域建設的關注。

（一）《廣西建設綱領》提出的歷史背景及內容

　　《廣西建設綱領》是新桂系基於時代環境，爲了維持和鞏固自身統治而
提出的發展廣西的計劃。從 1931 年秋起，李宗仁、白崇禧、黃旭初便著手整
頓廣西政治、經濟、軍事、文化。1932 年第一次公佈建設總方案——廣西施
政方針及計劃，其要旨在於統一政令，澄清政風，整頓行政系統，安定社會
秩序，恢復社會生產，重振廣西教育，藉以排除障礙，奠定建設基礎。1934
年初，由廣西省主席黃旭初主持制定了《廣西建設綱領》（草案）。同年 3 月，
廣西省黨政軍首腦舉行聯席會議，對「草案」進行審定，並於當月公佈。廣
西建設綱領分爲四大部分即政治建設、經濟建設、軍事建設、文化建設，全
文共 16 條。在政治方面，要使廣西政府成爲「發動整個建設計劃之總樞紐」，
以便強化其統治；在經濟方面，實施全省的經濟統制，補救廣西的不足，實
現廣西經濟的自給自足，抵制外來的經濟侵略，以加強其割據廣西，同蔣介
石對抗的實力；文化教育方面，培養爲其政治服務的人才；軍事方面，「完成
寓兵於團計劃」，鞏固和發展軍事實力，以實現同蔣介石爭雄的目的。

〔註24〕　《本報社徵求各縣通訊員啓事》，《廣西日報》（桂林版），1939 年 6 月 2 日第
　　　　1 版。

　　《廣西建設綱領》提出後，廣西各方面的建設都嚴格地按照《廣西建設綱領》要求來實施。1937 年 4 月 1 日原《桂林日報》改名爲《廣西日報》，在銜接出版之時，其社長、第五路軍政訓處處長韋永成就明確它「爲全省中心言論機關」，「對於建設廣西復興中國之宣傳工作，應負之責任甚巨」，要爲貫徹李宗仁、白崇禧、黃旭初制定本省之「焦土抗戰主張」，「加緊推行三自（軍事上自衛、政治上自治、經濟上自給）三寓（寓兵於團、寓將於學、寓徵於募）政策」，「喚起國人團結一致，共赴國難」而積極努力〔註25〕。這種對《廣西日報》今後工作的論述，也表明它作爲全省中心言論機關，除了宣傳新桂系的抗戰主張外，另一項重要的工作就是對廣西建設等各項政策的宣傳，促進新桂系所制定的各項政策的貫徹和實施，推動廣西各項事業的發展。

（二）政治建設方面的報導

　　《廣西日報》（桂林版）政治建設方面的宣傳報導主要是宣傳本省政府的各項政策。本省新聞平均每天半版，位於國際、國內新聞之後，一般位於第二版。該報刊登新聞的順序依次是頭版最重要位置爲國內外最爲重要的新聞，包括廣西本省重要新聞。頭條之外依次刊登國際新聞、國內新聞和本省其他新聞。

　　從宣傳報導內容看，由於政治建設方面的報導與政治宣傳報導有所不同，單純的政治宣傳側重對綱領性文件和政治措施的報導，而忽視對具體政治事件的報導，但政治建設類報導多體現在各種活動中，即以政治活動的形式體現。所以，可以將《廣西日報》（桂林版）所報導的政治建設類新聞分爲以下四類：第一類爲政府機關發佈的各種行政法規、辦事的通知，行政公告等。第二類爲政府要員的活動、講話等。第三類爲各種會議內容的宣傳，主要是每年的行政參議會議等。第四類爲地方抗日救亡或其它政治動員等活動的宣傳。

　　《廣西日報》（桂林版）政治建設方面的報導隨著社會政治環境和報人對政治理解的變化而變化。例如《廣西日報》（桂林版）成立初期，在報頭下方有「總理遺囑」和「省新訂標語」等內容，帶有十分明顯的政治宣傳色彩。在第一次改版後，報紙經歷了報頭下的內容簡化，去掉「總理遺囑」和「省新訂標語」等，只刊登基本的日期、刊號、星期、報價及報社聯繫方式等信息，以此從表面上弱化報紙的政治傾向性。黎蒙上任後的「第一把火」，就是

〔註25〕彭繼良：《廣西新聞事業史》，廣西人民出版社，1998 年，第 335 頁。

把《廣西日報》（桂林版）報頭的「李宗仁題」這四個字取掉，藉此掩飾《廣西日報》是新桂系機關報。〔註26〕其實出現這一現象的原因是多方面的，更主要的是因爲當時環境的變化。早期桂林報紙較少，《廣西日報》（桂林版）又是政府的官辦報紙，主要面向各黨政機關發行，做好宣傳工作就行了。1938年後，武漢等地先後淪陷，大量人口遷往後方，桂林人口陡增，市場需求和外地報紙的大量遷入桂林，促使桂林報界競爭出現。由人口變化帶來了報紙的讀者群發生變化，《廣西日報》（桂林版）爲應對這種變化不得不採取一些相應的措施。否則僅靠地方政府機關的訂閱，其報紙的影響力是相當有限的。因此，它刪掉了顯性政治標誌，把政治觀念和政治意圖融入報導中，也是滿足市場需求，保持自身發展的需要。

1、對各種政策的報導

　　《廣西日報》（桂林版）所報導的官方政策性文件和內容比較多，從1937年4月至1944年9月，報導的政策包括：1937年7月13日廣西省政府頒佈《廣西耕地租用暫行條例》；同年8月17日，國民政府財政部下達《維持廣西金融六項辦法》；同年11月國民政府財政部再次下達《整理桂鈔辦法》。1938年3月26日，兵役法實施條件頒佈，同年7月1日起實行。1939年2月4日，廣西省政府公佈《廣西成人教育實施方案》；同年12月6日，廣西省政府制定《戰時縣政辦法》，規定各區縣長不得退出縣境辦公。1940年9月，廣西省政府修正《廣西國民基礎學校辦理通則》。1941年4月14日，《廣西省政府安定本省金融暫行辦法》頒佈；同年8月1日，廣西省政府頒佈《廣西建設計劃大綱》〔註27〕。1942年11月，廣西省政府公佈《廣西各縣縣政府組織規程》。1943年9月2日，廣西省政府公佈《廣西剿辦盜匪辦法》。同年11月13日，廣西省政府公佈防治天花、霍亂、瘧疾等辦法。

　　以1941年8月1日廣西省政府頒佈《廣西建設計劃大綱》爲例，關於這一政策的新聞刊登於8月2日第二版，標題爲《省府昨日公佈　廣西建設計劃大綱》，全文200餘字。次日第一版右下角第一條新聞，篇幅較大，標題爲《省政府頒佈　廣西建設計劃大綱》，正文爲「宣言」部分，文後標注「（未完）」。同月4日，在報紙第二版登載《省政府頒佈　廣西建設計劃大綱》（續），

〔註26〕張鴻慰：《桂系報業史》，廣西新聞史志編輯室發行（內部發行），1997年，112頁。

〔註27〕鍾文典：《廣西通史（第三卷）》，廣西人民出版社，1999年，689頁。

將《廣西建設計劃大綱》第一部分「總綱、第一節建設根據、第二節建設層次、第三節建設部門」；第二部分「各級建設要項、第四節省建設要項」等大綱條款刊登出來，一直持續到同月 6 日。同月 5 日，在當日地方新聞中還有《黃主席解說　廣西建設大綱》的報導。總體上講，這次宣傳完全配合了當時政策性文件宣傳的需要，8 月 1 日公佈，次日見報。同月 3 日第一版重要位置刊登《廣西建設計劃大綱》正文宣言部分，可以視爲突出宣傳重點的特意之舉，加深讀者的印象，吸引讀者未來幾天繼續關注大綱後面的內容。同月 5 日報導了廣西省政府主席黃旭初解說《廣西建設計劃大綱》的新聞，《廣西日報》（桂林版）報導了政府一號人物關於重要政治性文件的解說，對傳達政府施政綱領，加深讀者理解，起到了很好的作用。

2、對主要政治人物的報導

政治人物歷來是政治報導的中心，通常政治建設開展應該由政治人物推動，《廣西日報》（桂林版）本省報導的中心人物是新桂系中留守廣西的省主席黃旭初，李宗仁和白崇禧的新聞也會有，但由於他們大多數時間都在外任職，因此報導稍少。本文選取《廣西日報》（桂林版）1940 年 6 月至 1943 年 7 月報導黃旭初的主要新聞進行具體分析。

（1）1940 年 6 月至 12 月有關黃旭初的新聞

1940 年 6 月至 12 月報導黃旭初的新聞主要有以下幾方面內容：

第一，關於政策和當前形勢認識的報導。如 1940 年 6 月 25 日的《三自政策的新認識 —— 黃主席在綏署政工研究班講》；同月 26 日的《三自政策的新認識（續）—— 黃主席在綏署政工研究班講》；7 月 23 日《黃主席在省府紀念周中　報告當前局勢》，8 月 6 日的《省府紀念周　黃主席報告　本省行政新態》，9 月 3 日《黃主席講：歐戰與我國抗戰》等。這些報導從官方角度來解釋政府的政策，闡述政府對時局的認識，可以起到解疑釋惑的作用。

第二，發佈政府行政命令式的新聞。如 1940 年 7 月 30 日的《省政府紀念周　黃主席勉僚屬多注意下情》，8 月 13 日的《黃主席宣佈　公務員綏役免繳綏役金　從本年起》，同月 15 日的《黃主席電飭　恢復南寧樂群社》。通過媒體的宣傳擴大行政命令的執行力度，保證政府各項政策措施的實施。從媒體代表官方發佈行政命令來看，《廣西日報》（桂林版）已經成爲推動廣西政治建設和政策實施的重要組成部分。

第三，政治活動的報導。如 1940 年 8 月 28 日的《本市教育界　昨晨紀

念教師節　黃主席親臨致慰勞詞》，12 月 8 日的《黃主席視察歸來　宣撫流亡指示善後　歷時一月後極賢勞》。政治人物參與政治，表明了政府對這些活動和相關事情的關注。

（2）1941 年 1 月至 1943 年 7 月刊發的黃旭初文章和新聞

1941 年 1 月 1 日刊發的文章有《一年來之廣西建設》（黃旭初署名）、《一年來的廣西黨務》（黃旭初署名），6 月 25 日的《廣西省政府最近半年來施政概況》（黃旭初署名）。關於黃旭初的報導有 1 月 8 日的《特師丙一班畢業禮　黃主席親臨訓話》，6 月 10 日的《黃主席在紀念周報告　八中全會重要決議》，6 月 18 日的《省參大會第二日　黃主席出席報告　半年來施政概況》，6 月 27 日的《籌儲實發會□招待各隊長　李主任黃主席親臨主持》，12 月 9 日的《軍區特黨委會昨就職　黃主席監誓致訓》等。

1942 年關於黃旭初的報導有 4 月 7 日的《省府紀念周　黃主席報告改善兩項問題　修正職員獎懲章程　輔導地方自治工作》，5 月 5 日的《財建新廳長宣誓就職　黃主席監誓致詞》，6 月 8 日的《省糧政局長　昨日新舊交接　黃主席致訓勖勉努力》，6 月 9 日的《昨省府紀念周　陳委員嚴局長等就職　黃主席監拆並致訓詞》，6 月 16 日的《蘇市長新民　昨視事　黃主席訓勉努力》，6 月 17 日的《黃主席手令　省府職員進修　擬定辦公時間內讀書一小時　各單位每周舉行工作檢討會》，7 月 21 日的《省府紀念周　黃主席勉幹部　要以身作則　實行有計劃的建設　加強政治領導力量》，7 月 28 日的《省府紀念周　黃主席　檢討各科室報告》，8 月 4 日的《省府紀念周　黃主席訓示》，9 月 1 日的《省府紀念周　黃主席講民生主義》，9 月 5 日的《本省考選　統計人員　主席任考委　本月五日開始報名》，10 月 6 日的《黃主席開會討論建設》，10 月 24 日的《黃主席致閉幕辭　檢討大會經過情形》，11 月 22 日的《本省冬令救濟會　委員聘定　黃主席任主任委員》，12 月 12 日的《省臨參會　黃主席出席　報告施政概況　今晚舉行聯席談話會》等 10 餘篇。

1943 年關於黃旭初的報導有 1 月 25 日的《今晨省府紀念周　黃主席專題演講》，3 月 23 日，《省府紀念周　黃主席報告　最近戰局》，4 月 13 日的《省府紀念周　黃主席報告義員經過》，5 月 25 日的《黃主席　改期出巡》，7 月 4 日的《黃主席返桂　明日報告出巡經過》，7 月 10 日的《省臨參會　請政府切實政進　婦女就業待遇　黃主席今午報告出巡經過》等 10 餘篇。

綜上所述，黃旭初政治活動的報導與廣西政治建設有著密切聯繫。說明對以黃旭初爲代表的政治人物的報導，對推動廣西政治建設的開展起著極爲重要的作用，政治人物的活動也是政治建設活動的一部分，成爲政治建設類報導的重要組成部分。

3、對政治活動的報導

政治活動是以政府爲主導開展的一些與政府管理社會相關的活動。其中由政府發起的爲達到某種目的的運動也自然成爲政治活動的一部分。作爲廣西政治建設一部分的各種運動必然是《廣西日報》（桂林版）宣傳報導的重要組成部分。來看 1940 年爲迎接「六三」禁煙大會而發起的「禁煙運動」的報導。

民國時期，廣西是鴉片的重災區。新桂系統一廣西後，雖然實行嚴厲的管理政策，禁止民眾吸食鴉片，但對經過廣西境內運至廣東的鴉片還是允許的，由於廣西經濟不發達，鴉片的入境，可以爲廣西帶來豐富的財政收入。所以，廣西實行的政策是「明緊暗鬆」，煙毒屢禁不止。允許鴉片過境，那麼民眾吸食也就無法完全禁止。1940 年的禁煙紀念會是在這種背景下召開的。

《廣西日報》（桂林版）有關禁煙紀念會的報導有：

1940 年 5 月 27 日，刊發《本市各界　籌備「六三」禁煙大會　請各長官名流訓話講播　沒收毒具（藥）料當眾焚燒》，對這次運動所作的報導內容包括桂林各界籌備禁煙大會所做的事情、請長官訓話和沒收毒具等當眾焚燒等。

6 月 3 日，刊發《本市各界今日舉行「六三」禁煙紀念會　擴大紀念周國民月會同時舉行　市府組織煙毒檢查團挨戶檢查》，這條新聞則報導政府將運動擴大化，組織煙毒檢查團挨戶檢查。

6 月 4 日刊發的《爲」六三」禁煙紀念　蔣委員長頒發訓詞　倭寇與鴉片爲我國最大仇敵　抗戰與禁煙兩事同其重要》，則是國家最高元首關於此事的講話。

4、對地方行政會議的報導

會議報導，在任何時期都是政治報導的主打內容。政府召開的會議不僅反映政治建設的成果，也代表著政府政治建設的水平。所以，會議的報導也從一個側面反映廣西當局政治建設的一些情況。

地方行政會議廣西政府每年舉辦一次，1943 年這次行政會議歷時 10 天，

從 11 月 1 日至 10 日。報導此次會議的時間從 10 月 30 日的《地方行政會議秘書處人集中辦公》和由外勤記者陸君田採訪的《地方行政會議前夕　各區專員訪問記》兩則新聞開始，至 11 月 12 日結束。最後一則新聞是與此次行政會議相關的報導《各專員縣長等　日內離桂返任　張次長昨茶會招待》。《廣西日報》（桂林版）共刊發 53 篇會議報導，平均每日 4 篇多。此次會議報導除了上面提到的集中辦公、會議前夕的各區專員訪問記等內容外，還包括以下幾個方面的內容：

一是與會議提案有關的新聞。如《地方行政會議　昨收到提案八十餘件　會員今日可到齊》（10 月 31 日）、《分組討論議案》（11 月 2 日）、《青年團幹工會議　昨檢討提案》（11 月 10 日）、《桂青年團　幹工會議閉幕　昨通過舉辦團員互助會等案》（11 月 11 日）等。

二是中央電報及政治領袖表態的新聞。如《地方行政會議　今晨隆重開幕　中樞各部長均來電致賀》、《賀電一束》（11 月 1 日）、《國府蔣主席頒電訓勉勵行政會議　昨檢討建設工》（11 月 7 日）等。

三是對參會人員的介紹與採訪。如《地方行政會議前夕　各區專員訪問記》（10 月 30 日）、《地方行政會議前夕　各區專員訪問記》（10 月 31 日）、《三十二年度本省各縣縣長履歷統計》（11 月 1 日）等。

四是會議主要議程、領導講話及政治建設相關的報導。如 11 月 1 日的《兩年來驛運　水陸兩方面均有進步　粵桂聯運積極籌備中》，11 月 2 日的《行政會議昨開幕　李主任張長官均蒞臨致訓　黃主席今日報告施政方針》等，11 月 3 日的《各區專員報告　一》、《行政會議第二日　黃主席在朝會中作精神訓話　專員及桂市長報告施政概況》、《昨午專題演講　雷沛鴻講國申與縣政建設　馬博廠講縣政建設之途徑》、《黃主席在朝會講　現時的行政官要認識自己的地位　努力完成訓政工作》，11 月 4 日的《各區專員報告二（續完）》、《地方行政會議第三日　檢討民政工作　黃主席闡述行政官應備條件》、《朱廳長報告　民政總檢討》等，11 月 5 日的《省府施政總報告　黃主席昨在行政會議報告》、《行政會議第四日　黃主席作施政總報告　民政提案討論結束檢討財政工作》、《王廳長逸志　報告財政工作　明年縣概算討論熱烈》，11 月 6 日的《地方行政會議　昨檢討田賦糧政工作》、《王兼處長報告　田賦施政概況》、《西大政系學生　組團出席旁聽》、《裁併縣田管處　徵糧收儲撥交力求簡便化　田賦工作檢討得具體結論》、《省府施政總報告（一

續）》，11 月 7 日的《經濟建設　收穫頗多　闞廳長報告建設施政》、《加強督導機構　實行普及多耕　充實人材開發邊區水利》、《黃廳長報告　教育施政概況》、《省府施政總報告（續二）》，11 月 8 日的《省府施政總報告（續三）》等，報導持續到 11 月 12 日。

　　《廣西日報》（桂林版）的政治建設宣傳是通過每次具體的政策宣傳、政治人物宣傳、政治活動宣傳和政治會議宣傳來體現的。其政治報導促進了廣西政治建設，爲政治建設營造了良好的輿論環境，充分發揮了媒體的宣傳優勢。

（三）戰時統制經濟下的廣西各項經濟建設的報導

　　在《廣西建設統綱》的經濟建設綱領部分提出的「實行統制經濟」是國民政府統制經濟政策在廣西的直接體現。所謂統制經濟，就是在資本主義生產關係的前提下，國家財政爲服從戰爭需要，依靠行政的法律手段，直接干預或管制生產、流通、分配等社會再生產的各個環節和國民經濟各個部門，它是一種高度專斷集權的資本主義戰時經濟模式。廣西政府的經濟建設除了統制經濟外，還有民族資本在統制經濟政策下，保育民族資本，獎勵私人投資；用累進稅率，徵收所稅、營業稅及遺產稅；施行社會政策，依法保障農工利益；整理土地，獎勵墾荒，振興水利，以發展農村經濟；推行合作事業，並興辦農業銀行，嚴禁一切高利貸；籌措資本，革新舊式農業，振興與農業相適應之工業，使工業農業平行發展，以達到工業化爲目的等等。涉及廣西建設的經濟方面的報導以廣西政府的經濟政策爲主，具體包括稅收、農村經濟、金融、工商業等方面的政策性宣傳。

1、關於經濟政策方面的報導

　　這一方面的報導主要是指廣西地方政府爲了經濟建設的開展所提出的政策和制定的各種行政法規進行的宣傳和報導，作爲廣西政府的機關報，《廣西日報》（桂林版）對經濟政策相關信息的宣傳報導，爲各級政府和民眾理解省政府的政策，支持經濟建設的開展，提高經濟建設政策的執行力度，具有特殊的效果。

　　《廣西日報》（桂林版）宣傳政府各項經濟政策措施、報導農村經濟相關政策的新聞主要有以下幾方面內容：

　　一是有關農田水利，保護農業生產工具，推進農業技術，提供資金支持的報導。如 1940 年 2 月 2 日的《省令各縣　嚴禁宰殺耕牛　保持畜力維護農

作》，2 月 8 日的《省府飭令各縣　注意舉辦農田水利》，2 月 22 日的《省令推廣　優良豬種》，3 月 8 日的《省府修正　農貸規則》等。

二是對桂南戰區恢復農業生產的各項政策和措施的報導。如 1940 年 4 月 2 日的《救濟戰區農民春耕　省撥發十五萬元》，4 月 24 日的《救濟被難農民　省訂頒移墾辦法》，4 月 28 日的《復興戰區農村　省政府　續貸五十萬元　合作管理處派員貸放》，9 月 9 日的《省令信用合作社　經營多季公耕》，10 月 23 日的《增進農民福利　臨桂縣創辦耕牛保險》等。政府出臺一系列的措施，幫助和恢復桂南會戰後被破壞的桂南農村經濟，通過報導，有助於信息的公佈和各項措施的落實。

三是糧食問題的報導。糧食生產是農業經濟的重要部分，廣西受桂南戰爭的影響，糧食產量下降，供給不足，加上遷入廣西的人口數量的陡增，使桂林糧食供應不足的問題更加突出，廣西政府採取的調控措施必成民眾關注的焦點。《廣西日報》(桂林版) 報導了這些情況。如 1940 年 2 月 2 日的《本省糧食　可告無虞》、3 月 17 日的《□□食糧　防止資敵　限制糧食出口　如需大量者須先呈准》、5 月 22 日的《調節糧食統一運銷　組織糧食管理處　糧食出口無照不得放行　開倉救濟米糧奇缺各縣》、5 月 25 日的《廣西省　糧管處下月成立》等，報導了政府為應對糧食供應不足的問題所作的努力和採取的措施，一定程度上起到了穩定民心作用。另外，也反映出當時糧食供應問題的形勢不容樂觀。

四是桐油種植、生產、銷售的報導。由於桐油是當時廣西重要的出口物質，當局對油桐的種植十分重視，在 1935 年廣西省政府就頒佈各縣植桐推廣辦法。對油桐種植、銷售等政策和信息的報導自然受到《廣西日報》(桂林版) 的重視。如 1940 年 4 月 19 日的《本省實行　統制桐油出口》、11 月 17 日的《本省三十年度　切實擴充植桐》、11 月 19 日的《維持桐油生產　請增加桐油買價》、11 月 23 日的《貿易委員會劉主任談　本省桐油產銷情形》和 12 日 9 日的《全國桐油　統購統銷辦法　財部訂定省府轉飭進行》等。這些報導主要反映政府鼓勵擴充植桐，採取統購統銷，提高價格，維持桐油生產等情況，既有效地貫徹了政府宣傳報導方面的工作，又引導農民看好植桐前景，增強農民擴大植桐的信心。

2、關於稅收方面的報導

稅收作為政府收入的重要來源，戰時軍費的主要支柱，調節經濟的主要

手段，備受政府重視。省政府調整政策或頒布新的法規需要各職能部門、下級政府和民眾充分理解，並予以支持和配合。以 1940 年為例，《廣西日報》（桂林版）報導的稅收方面新聞有 2 月 27 日的《省府解釋　契稅疑義》、3 月 20 日的《加強稅收力量　增設稅警總隊部》、4 月 28 日的《所得稅費縣區分處　本年度徵獲百餘萬元》和 8 月 30 日的《無交易貨物　嚴禁課徵營業稅》等 4 條消息。

3、關於金融方面的報導

金融業對經濟建設起著至關重要的作用。《廣西日報》（桂林版）關於金融方面的報導表現出廣西經濟建設政策調整的金融業方面的變化，主要是銀行、合作金庫等問題，此類報導主要有以下幾方面內容：

一是與銀行相關的報導。如 1940 年 2 月 1 日的《廣西農民銀行　食鹽平沽　約在本月中旬實行》和同年 5 月 31 日的《廣西農民銀行　歸併廣西銀行》。

二是與貨幣有關的報導。如 1940 年 2 月 3 日的《省府轉發　各行法幣清單》、1940 年 6 月 9 日的《省令商民不得拒使　湘粵桂及中行鈔票》和同年 12 月 4 日的《省府令收繳　散在民間敵偽鈔》等。

三是與金融政策相關的報導。如 1940 年 2 月 26 日的《安定本省金融　省府制頒暫行辦法》和同年 10 月 21 日的《建設廳合管處擬定　合作社認儲辦法》等。

四是與合作金庫相關的報導。如 1940 年 4 月 8 日的《農本局桂分局　積極推廣合作金庫》、4 月 18 的《省府派員籌設　全省合作金庫　黃金暫定一千萬元》和 1940 年 9 月 12 日的《桂平將成立　合作金庫》等。

五是與建國儲蓄有關的報導。如 1940 年 9 月 29 日的《本省積極進行建國儲蓄運動》和同年 10 月 17 日的《本省積極推行　節約建國儲蓄》等。

六是貸款信息。如 1940 年 10 月 22 日的《小本貸款處　擴大組織》和同年 11 月 29 日的《桂南各縣收復後　普設小本借貸處》等。

4、關於廣西現代工商業方面的報導

在新桂系的統制下，廣西現代工業開始出現，並得到了一定的發展。商業方面，由於廣西採取的是戰時統治經濟，經濟活動基本都受官方統制，較重要的商業活動幾乎全部被政府控制。

《廣西日報》（桂林版）所報導的工商業活動基本也是以政策和管理措施的宣傳為主。以 1940 年為例，工業方面報導了共兩條，即《官商合資　籌設機器

麵粉廠 總資本三十萬元 機器一部已到桂》（2 月 12 日）和《桂林電力廠擴充電力供給》（12 月 25 日）。商業方面的報導主要是與貿易有關的一些規定。如 1940 年 3 月 21 日的《南場迫切需要 統一商貨檢查 減少運銷阻滯 優惠商民運貨出口》、3 月 28 日的《各縣委會討論 油鹽柴米公賣》、6 月 12 日的《木炭禁運出口 違以資敵論罪》、10 月 4 日的《省府通知 物准進口特種類》、10 月 24 日的《鹽場暢通 本市鹽價回跌》和 12 月 14 日的《本省驛運管理處 制定水陸運輸線》等。工商業方面的新聞以報導官方的政策和規定為主，專門反映市場信息的報導極少。

從上述經濟建設方面的報導來看，《廣西日報》（桂林版）扮演了政府決策發佈者的角色，成為處於政府統制經濟執行中的一個重要環節，有效地促進了經濟建設工作的開展。

（四）兼具建設綱領特質和戰時屬性的軍事建設報導

1925 年，以李宗仁、黃紹竑、白崇禧為首的新桂系在統一廣西後，將其統一於國共合作的廣州革命政權領導之下。新桂系認為要保持廣西的自治，必須有一支龐大的軍隊作為後盾，而廣西的財政收入無法養活過多的軍隊。據此，1934 年《廣西建設大綱》中提出了「改革軍訓，由寓兵於團達到國民義務兵役」，成功地解決了維持數量龐大軍隊與有限財政之間的矛盾。一年後增加了「厲行寓將於學政策」，又成功地解決了將領不足問題。

《廣西日報》（桂林版）作為廣西政府的官方宣傳機構，在軍事建設中及時發佈政府信息、宣傳新政策。當時廣西軍事建設類報導主要是徵兵政策和抗戰的政策性宣傳，如慰勞軍隊、優待軍屬等。

徵兵類的報導基本集中在某一時間段內，為配合徵兵工作需要而開展的宣傳。例如始於 1940 年 7 月的兵役報導一直持續到次年 2 月，報導時間伴隨著整個徵兵期，報導內容涉及徵兵工作的各個方面，題材較廣泛。從報導的內容來看，基本按時間順序配合了整個兵役過程。如兵役初期的報導有 1940 年 7 月 15 日的《學生暑假兵役宣傳問題》、7 月 27 日的《本市本屆徵兵 決剷除往昔弊端》、8 月 25 日的《擴大兵役宣傳 九月一日舉行大會》、9 月 4 日的《桂林市府 解答兵役疑問》等。兵役過程中的報導有 9 月 22 日的《本市兵役抽籤 定廿六日舉行》、9 月 25 日的《公務人員 須參加徵兵抽籤》、9 月 26 日的《軍政黨飭屬 切實施行兵役宣傳》等持續報導數目。以上三個時段基本配合了徵兵工作的全部過程，較好地完成了對兵役工作的新聞宣傳工

作。

慰勞軍隊是戰時後方民眾對前線將士支持的一種表現，是抗戰時期民眾支持前方抗戰的常用形式，種類多樣。《廣西日報》（桂林版）刊登慰勞軍隊的報導和啓事。如 1942 年 6 月 12 日飛虎隊擊落日機八架。次日，《廣西日報》（桂林版）就在報上刊登《本報徵集　慰勞空軍禮物》的文章，全文如下：

> 昨天本市的可喜的勝利，使我們感覺到每一個市民應該立刻做一件重要的工作以表熱誠的感謝，於是，我們發起〔慰勞空軍禮物〕的徵集，不論是物品或金錢，請歸類送交本報，當堂集轉獻，並隨時登報公告。此啓。〔註28〕

除了兵役類報導和勞軍類報導外，《廣西日報》（桂林版）還在報上刊登其它有利於抗戰的軍事建設類報導，對傳達政府態度，鼓舞前方士氣，維持軍隊穩定起到了十分重要的作用。如 1940 年 2 月 27 日的《教育陣亡將士遺孤　李長官撥鉅款》、3 月 7 日的《桂省籌建　模範傷兵醫院》和 1941 年 7 月 7 日的《出征軍人未婚妻鄧芝蓮自動過門奉親》等。

（五）帶有強烈文化城性質的文化教育建設報導

《廣西日報》（桂林版）的文化教育類報導內容十分豐富，基本都與廣西建設綱領的指導性作用相關。在《廣西建設綱領》中，關於文化部分提出「提高民族意識，消滅階級鬥爭爲一切教育、思想、藝術、道德、風俗之最高原則，以發揚前進的民族文化」，關於教育部分提出「實施適應政治、經濟、軍事需要的教育，注重建設人才之培養；中等以上學校實施軍事教育。國民教育、基礎教育、強迫普及中等教育，注重職業、高等教育」。

此外，抗戰爆發，國土淪陷，大量文化人內遷桂林，促進了桂林的文化活動興盛，教育事業的發展。《大公報》（桂林版）王文彬在《抗日戰爭時期桂林的新聞業》一文中認爲「桂林呈現的戰時繁榮主要是日寇入侵導致許多文化、教育、戲劇、藝術、工商界人士先後集中到桂林，加之國民黨政府『軍事委員會桂林行營』設立，廣西省政府遷桂，大量的學校設在桂林等因素，使得桂林人口數量從 1938 年的 10 多萬上升到 1944 年的 50 多萬，且大多是 1942 年以後來的。國共團結抗戰使桂林的新聞出版事業有了較大的發展，因此，桂林被譽爲『戰時文化城』」。

由於上文所提及的原因，廣西各地的文化活動變得活躍起來，這些活動

〔註28〕　《本報徵集　慰勞空軍禮物》，《廣西日報》（桂林版），1942 年 6 月 13 日。

受到人們的關注，也爲《廣西日報》（桂林版）提供了豐富的報導素材。大體可以分爲這樣幾類：一是新聞文化出版類（即以新聞界爲主，兼顧文化和出版界）的報導。二是藝術類（主要包括戲曲、音樂、美術、電影等）的報導。三是體育方面的報導。四是衛生等方面的新聞。

1、有關新聞界的報導

抗戰爆發帶來了桂林新聞事業的繁榮，報紙從 1938 年 10 月前的《廣西日報》（桂林版）等幾家發展到十餘家。廣西省主席黃旭初在 1939 年 7 月 2 日桂林召開時事座談會，談到《廣西日報》（桂林版）之外又有《掃蕩報》和《救亡日報》在桂林出版，提出「報紙數量的增長，銷路擴大，對民眾教育啓發宣傳，裨益至大」〔註29〕。後來，國新社、中國青年新聞記者學會、戰時新聞社、中央社桂林分社等新聞團體和新聞機構紛紛來到桂林。眾多媒體同城競爭，各種新聞事件自然成了競相報導的新聞素材，而同時新聞界也成爲了報導的對象。

《廣西日報》（桂林版）登載的與新聞界相關的報導主要有：

（1）與《廣西日報》（桂林版）有關的新聞信息。如 1940 年 4 月 1 日的《本市外勤記者　今晚聚餐四月十八日本省慰問團歸來　昨招待新聞界　報告此行工作經過》、同年 8 月 19 日的《本社音樂亭落成　全體職工開會慶祝》和 1942 年 10 月 26 日的《美記者團　昨參觀本報》等。

（2）對記者學會、桂林記者公會等新聞界團體的報導。對記者學會的報導有兩類，分別是記者學會的活動和星期新聞講座的通知。如對記者學會活動的報導有：1940 年 5 月 22 日的《記者學會桂分會　致電　領袖祝捷》、7 月 21 日的《記者學會會員大會》、7 月 25 日的《桂記者學會歡迎美記者》、7 月 26 日的《桂林記者學會　歡迎　奧斯丁氏　奧氏報告旅途親感》、8 月 23 日的《記者學會總發動　紀念「九一」記者節》。

關於「星期新聞講座」等「通知」的報導有 1940 年 5 月 22 日的《桂林記者舉辦　星期新聞講座》、6 月 15 日的《星期新聞講座　今晚在青年會開講》、7 月 20 日的《新聞講座　胡愈之主講》、8 月 31 日的《新聞講座　今日開講》、10 月 21 日的《星期新聞講座　今晚行結業式》等。

關於桂林新聞記者公會的報導有 1940 年 6 月 26 日的《桂林記者公會下月十日成立》、6 月 30 日的《記者公會　展期成立》、7 月 16 日的《記者公

<hr>

〔註29〕張鴻慰：《八桂報史文存》，廣西民族出版社，1995 年，第 61〜62 頁。

會積極籌備》、7 月 28 日的《桂林記者公會今日成立》、7 月 29 日的《桂新聞史上的新紀元 桂記者公會昨成立》等。

（3）對新聞界義賣獻金活動的報導。如 1940 年 11 月 23 日的《新聞等團體 擴大書報徵集運動》、12 月 22 日的《各報義賣 今日舉行》、12 月 28 日的《報紙義賣費 一部帳目結出》、1941 年 1 月 15 日的《本市新聞界獻機義賣 工作會定期結束》、1 月 21 日的《本市新聞界獻機義賣 工作委員會結束 實收共一萬六千餘萬元》、1942 年 11 月 26 日的《桂各報定期舉行 聯合義賣》、1943 年 5 月 25 日的《良心獻金 報紙義賣 報紙聯合派報公會 定本月廿九日舉行》和 5 月 30 日的《報紙義賣 昨日冒雨出動 共獲一萬餘元》等。

（4）對廣西廣播方面的報導。如 1940 年 3 月 26 日的《ZOGX 桂林廣播電臺 即將恢復播音》、5 月 6 日《桂林廣播電臺 今日起正式播音 每晚七時起至十時止》和 1942 月 2 月 6 日的《粵西廣播電臺 定農曆元旦間成立》等。

2、有關文化界的報導

由於歷史原因形成的桂林文化城，文人雲集，文化活動種類繁多，自然也成為了當時報導的熱點。《廣西日報》（桂林版）作為當時桂林諸報中的一家以本地報導見長的報紙，對桂林文化界重要的人和事件較為關注。具體說來其文化界的報導主要有以下幾方面內容。

（1）對文化團體和文化團體活動的報導。如 1940 年 8 月 6 日的《中蘇文化協會 桂林分會》、12 月 30 日的《東方文協會 舉行成立大會》、1941 年 6 月 2 日的《中山學社 改期召開座談會》、4 月 25 日的《歐美同學會舉行晚會 梁漱溟先生演講》和 1944 年 2 月 23 日的《地政學會第七屆學會 決定在桂開會》等。

（2）對政府參與文化界的活動和文化建設類政策的報導。如 1941 年 2 月 27 日的《昨文化界座談會 何廳長蒞臨講》、4 月 10 日的《獎勵學術研究 省府訂定辦法公佈》、8 月 5 日的《省府積極推行 推廣文化運動》、8 月 25 日的《省立桂林圖書館 積極擴充設備》和 12 月 21 日《溝通文化食粹 建文藝書刊供應流通網》等。

（3）對文化界參與勞軍等抗日救亡活動的報導。如 1942 年 2 月 6 日的《文化界宣傳周 工作分配就緒》、2 月 7 日的《文化界宣傳周 今日開始舉

行》、2 月 13 日的《文化運動委員會 告全國文化界書》等。

（4）對戲劇方面各種活動的報導。抗日戰爭時期，廣西主要有話劇、平劇（即京劇）、桂劇、粵劇等劇種。30 年代時期，廣西戲劇活動比較活躍的是話劇〔註 30〕。隨著文化城的形成，桂林的戲劇活動日益繁盛，戲劇方面的報導也就比較多了。其戲劇方面的報導主要有以下幾方面內容：

一是對政府的戲劇政策性的報導。如 1940 年 4 月 22 日的《取締平劇研究班》、5 月 21 日的《桂林戲院 阻撓節約運動》、8 月 24 日的《省令組織戲劇審查委員會》、8 月 4 日的《本省籌組 歌詠戲劇工作隊》等。

二是對國防藝術社的報導。如 1940 年 3 月 14 日的《國防藝衛社 〈寄生草〉公演第一天》、5 月 22 日的《國防藝術社 出發湘南工作》、12 月 2 日的《國防藝術社 昨公演名劇〈雷雨〕》和 1941 年 2 月 15 日《國防藝術社 今晚公演〈魔窟〉》等。

三是對戲劇界的公演、響應獻機等活動的報導。如 1940 年 9 月 1 日的《本市戲劇界 熱烈響應獻機運動》，1941 年 1 月 17 日的《為多賑及獻機籌款 仙樂桂劇社定期義演》，3 月 8 的《各平劇團名角 為贊助〔婦女號〕獻機 明日聯合義演》等。

四是對西南劇展的報導。如 1944 年 2 月 4 日的《首屆西南劇展》、2 月 11 日的《劇展期近 參加團隊紛抵桂 大會設招待所七處》和 3 月 7 日的《西南劇工大會 歐陽予倩講述 話劇運動史》等。

（5）對音樂方面的報導。音樂方面的報導以音樂會等音樂活動為主。如 1941 年 1 月 10 日的《音樂演奏會》，1 月 16 日的《新運女工作隊 演講歌詠賽揭曉》，2 月 4 日的《柳青年團體 舉行音樂會》等。

（6）對美術方面的報導。1936 年夏，徐悲鴻來到南寧，被聘為廣西省政府顧問和廣西美術會名譽會長。徐悲鴻積極提倡「美術教育要為振興廣西美術服務」〔註 31〕。1936 年 10 月，徐悲鴻和廣西美術會隨省會遷到桂林，廣西美術運動中心從南寧移到了桂林〔註 32〕。在徐悲鴻等藝術家的推動下，廣西的美術事業得到了較大發展。1938 年 1 月，國防藝術社和廣西美術會聯合舉

〔註30〕 鍾文典：《20 世紀 30 年代的廣西》，廣西師範大學出版社，1993 年，第 830 頁。
〔註31〕 盧漢宗：《徐悲鴻與廣西》，廣西文史資料，第 27 頁。
〔註32〕 鍾文典：《20 世紀 30 年代的廣西》，廣西師範大學出版社，1993 年，第 838 頁。

辦「廣西全省美術展覽」，展出作品有油畫、漫畫、版畫、攝影、書法等近 1000 件〔註33〕。此後，各種美術類的展覽一直持續，體現了廣西美術事業的發展。因此，各種美術展覽等活動也成爲人們關注的焦點，報紙對美術展覽的報導也成情理之中的事情。具體的報導有 1940 年 5 月 2 日的《本市各藝術團體籌備戰時美術展覽》，8 月 8 日的《省立藝術館舉辦　暑假美術講座》，11 月 13 日的《抗戰詩畫展覽會》，1941 年 2 月 1 日的《繪畫展覽　最後一天》，1942 年 6 月 10 日的《廣西美術協會書畫展覽》和 1944 年 3 月 26 日《美術節慶祝大會　昨晨隆重舉行》等。

3、有關體育活動的報導

30 年代初，新桂系推行「三寓」政策，在全省實行軍事訓練，軍訓「替代學校體育及民眾體育」〔註 34〕。後來，新桂系感到開展體育活動有利於軍訓的實施，於是提倡開展田徑、國術、爬山、射擊、游泳和各種球類競賽〔註 35〕。此後，廣西的體育逐漸發展起來。體育類的報導也相應地多起來。當時，《廣西日報》（桂林版）還有專門的體育記者（如謝落生），負責報導體育類新聞。其體育報導主要有以下幾方面內容：

（1）對籃球比賽的報導。主要有勞軍義賽和以諸如某某杯的形式舉辦的籃球賽。

勞軍義賽的報導有 1940 年 4 月 19 日的《響應勞軍籃球義賽　第五軍籃球隊抵桂》、4 月 24 日的《籃球義賽第三日　桂中女生大敗「桂聯」隊「五軍」「機械化」三次告捷》、4 月 25 日的《籃球義賽第四日》、4 月 26 日的《籃球義賽第五日》、4 月 27 的《籃球義賽第六日　機校桂流一場惡鬥》和 1941 年 3 月 17 日《響應婦女號籌款獻機　籃球勁旅大會戰》等。

以某某杯的形式舉辦的籃球賽主要有樂群杯、旭初杯、中正杯三種。如 1941 年 1 月 5 日的《樂群杯籃球賽　今有七場比賽》、1 月 6 日的《樂群社籃球賽　第三日盛況空前》、1 月 19 日的《樂群杯籃球賽》、1 月 20 日的《樂群杯籃球賽　昨日戰況激烈》、2 月 23 日的《樂群杯籃球賽　昨紅隊勇克銀光》、3 月 2 日的《樂群杯籃球賽　今日舉行決賽》等。

〔註33〕鍾文典：《20 世紀 30 年代的廣西》，廣西師範大學出版社，1993 年，第 839 頁。

〔註34〕廣西省政府十年建設編纂委員會編：《桂政紀實·文》，1943 年，第 297 頁。

〔註35〕鍾文典：《20 世紀 30 年代的廣西》，廣西師範大學出版社，1993 年，第 840 頁。

（2）對足球比賽的報導

具體的報導有以下兩方面內容：

一是各種義賽的報導。如 1940 年 12 月 25 日的《青年會定於元旦舉行勞軍足球義賽》、1942 年 6 月 21 日的《足球名將雲集　義賽慰勞空軍》、12 月 13 日的《響應文化勞軍　足球義賽》和 1943 年 5 月 17 日的《良心獻金足球義賽　改後日舉行》等。

二是以諸如某某杯的形式舉辦的足球賽報導。如 1940 年 12 月 9 日的《節儲杯足球賽跑　西大戰勝 CR》、1941 年 1 月 24 日的《樂群社辦　樂群杯足球賽》、1 月 28 日的《任潮杯足球賽　銀光殲鷹大勝》、2 月 24 日的《樂群杯足球賽　昨在體育場開幕》和 1943 年 7 月 11 日的《庸之杯足球賽　東方首戰桂聯》等。

（3）對各種體育大會、運動會等事件的報導

當時廣西舉辦的體育運動會等活動也成為體育報導的一部分。如 1940 年 2 月 19 日的《紀念新運六週年　舉行擴大宣傳　體運大會明日開幕》、2 月 20 日的《體運大會　今晨開幕》和 4 月 2 日的《體運大會　昨舉行頒獎典禮》等。

4、有關衛生方面的報導

《廣西日報》（桂林版）的衛生報導以宣傳政府採取的衛生建設措施和政府發佈新政策等內容為主，同時，積極參與到疫情的防控宣傳中。

（1）對衛生建設的報導。這類報導主要刊登醫療機構的建立和健全方面的措施新聞。如 1941 年 1 月 13 日的《省府衛生處　設立天花病院　當局決施行強迫種痘》、2 月 3 日的《南寧省立醫院　行將開診》、1942 年 4 月 8 日的《改善本市環境衛生　組衛生檢查隊　四月十六日開始檢查》、4 月 28 日的《桂林等十縣市　檢疫所成立》和 8 月 24 日的《公衛人員訓練所　慶祝新廈落成》等。

（2）對防止疫情的報導。這類新聞尤其以 1942 年的霍亂疫情報導為代表。《廣西日報》（桂林版）從 1942 年開始報導霍亂疫情後，便持續報導最新的疫情和政府所採取的措施。第一條新聞是 1942 年 5 月 29 日的《霍亂流行年　衛生機關工作緊張　取締攤賣生冷食品》。6 月 14 日刊登了《柳州霍亂蔓延》、6 月 19 日刊登了《全力撲滅霍亂　衛生所決下周起　挨戶注射防疫針》等，相關的報導一直持續到 1944 年。

（六）有關教育方面的報導

20 世紀 30 年代，新桂系在教育方面開展了一系列的運動。比較引人注目的一是 1933 年至 1940 年在全省實行的普及國民基礎教育運動，幾年間，廣西出現大辦教育的熱潮，取得較顯著的成效；二是創辦國民中學，使之與普通中學制度並行，側重培養省內鄉村建設人才並將國民基礎教育銜接起來。這是廣西對全國初、中等教育的改革和創新。其他各級各類教育也均有不同程度的發展。〔註 36〕

1、對教育行政方面的報導

教育行政類的報導，主要報導宣傳政府的各項行政政策和措施。包括宏觀和微觀兩個方面。

宏觀的政策和措施報導，主要報導發展計劃一類的信息。如 1940 年 6 月 23 日的《省府訂定　普及國民教育　五年計劃綱要》、6 月 25 日的《本省國民教育部定三年完成》、9 月 21 日的《實施國民教育計劃　造就大量師資人才》、1941 年 2 月 19 日的《省府積極推進社會教育》和 1942 年 3 月 14 日的《本年度推進　藝術教育計劃　省府另行訂定公佈》等。

微觀的政策和措施報導，主要是指就某項具體的工作所頒佈的政策和採取的措施的報導。如 1940 年 3 月 10 日的《省府決定舉辦　中學教師進修班》、3 月 22 日的《省府解釋　學生校外活動疑義》等。

2、對國民基礎教育方面的報導

國民基礎教育運動，是指 1933 年至 1940 年廣西以學童和成人為普及對象的全省性的基礎教育運動〔註 37〕，目的在於培養和訓練基層幹部和民眾。在《廣西日報》（桂林版）上，推動基礎教育的開展的新聞有 1937 年 4 月 12 日的《基礎教育指導專員張家成　昨在桂林縣府訓話情形　到場總訓之鄉鎮長二百餘人》。報導基礎教育成果的新聞有 1940 年 5 月 8 日的《本省基礎教育　六年計劃成功　學校增加七千餘所》。還有為推動基礎教育進一步發展的《省府鼓勵初國中學　從事基礎教育》（1940 年 7 月 18 日，第三版）。也有為適應基礎教育發展和提高基礎教育質量培養師資方面的報導，如 1940 年 8 月 19 日的《普及本省國民教育　將培養大批師資》、1941 年 1 月 28 日

〔註 36〕 鍾文典：《19 世紀 30 年代的廣西》，廣西師範大學出版社，1933 年，第 669 頁。
〔註 37〕 鍾文典：《20 世紀 30 年代的廣西》，廣西師範大學出版社，1993 年，第 683 頁。

的《積極推行國民教育　大量造就師資》、2 月 13 日的《公文中學設置　國基教育師訓班》和 1942 年 10 月 30 日的《充實國民教育》等。

3、對中等教育方面的報導

廣西中等教育主要由普通中學教育、國民中學教育、中等師範教育和中等職業教育四個部分構成。國民中學是繼續國民基礎教育，爲進一步提高民族文化和廣西地方建設培養基層幹部而辦〔註 38〕。中等師範爲適應國民基礎教育對師資的需要而辦。中等職業教育是爲解決民眾衣食住行需要而辦〔註 39〕。

抗戰時期，廣西的中等教育發展較快。如廣西中學教育學從 1937 年至 1938 學年度的學校 76 所、學生 18988 人、教職員 1925 人發展至 1943 年至 1944 學年度的學校 178 所、學生 63448 人、教職員 5608 人〔註 40〕。廣西國民中學從 1937 年的學校 32 所、學生 4254 人、教職員 321 人發展至 1943 年的學校 68 所、學生 16591 人、老職員 1482 人〔註 41〕。

中等教育在廣西政府的大力推動下發展起來了，面對如此多的學校，政府需要通過《廣西日報》（桂林版）等媒體發佈與中等教育相關的政策和管理方面的信息。如 1940 年 5 月 21 日的《桂林市中學聯合運動會　在積極籌備中下月舉行》、9 月 20 日的《中等學校　實施農業生產》、10 月 21 日的《省立賓陽初中　師生努力建校運動》、12 月 13 日的《推進合作事業　國民中學　加強合作訓練》、1941 年 2 月 8 日的《女中增設高中部》等多篇報導。

4、對高等教育方面的報導

廣西的高等教育以廣西大學成立爲最早，成立於 1928 年。後又於 1932 年成立廣西省立師範專科學校。1934 年廣西省立醫學院成立，1936 年 7 月改屬廣西大學，後幾經變動，1939 年 9 月改回廣西省立醫學院。爲處理對越南事務，1929 年廣西邊務學校由廣西省政府創辦於龍州，總共招生兩期，均已畢業，後停辦。因此至抗日戰爭之時，廣西省內的高校主要有廣西大學、省

〔註38〕 鍾文典：《19 世紀 30 年代的廣西》，廣西師範大學出版社，1933 年，第 734 ～735 頁。

〔註39〕 鍾文典：《19 世紀 30 年代的廣西》，廣西師範大學出版社，1933 年，第 756 頁。

〔註40〕 廣西省教育廳設計委編：《民國二十年度廣西省中等學校概況》，《廣西統計》，1946 年，第 7～8 頁。

〔註41〕 《六年來廣西國民中學概況表》，《廣西教育研究》，1943 年第 5 期，第 1～2 頁。

立師範專科學校和省立醫學院三所。

這一類的新聞有 1940 年 7 月 31 日的《省立醫學院準備下月復課》、9 月 23 日的《省立醫學院　昨日舉行開學禮》、11 月 15 日的《廣西大學近況》、12 月 2 日的《省立醫學院　結業生實習期滿》、1941 年 2 月 8 日的《西大醫學院　舉行畢業禮》、2 月 13 日的《師範學生　實習一年》、2 月 22 日的《省立醫學院　舉行體育競賽》、3 月 19 日的《省府咨請教育部　籌設西大商學院》和 8 月 7 日的《西大新校長　高陽發表談話》等。

五、《廣西日報》（桂林版）報導的方式和特點

（一）《廣西日報》（桂林版）的文字報導穩中有變

《廣西日報》（桂林版）的報導主要是文字報導，綜觀其七年來文字報導的特點，可謂「穩中有變」。

1、《廣西日報》（桂林版）文字報導的「穩」

縱觀《廣西日報》（桂林版）7 年多的辦報歷程，其文字報導首先可以用一個「穩」字來概括。

第一，《廣西日報》（桂林版）作爲新桂系機關報，扮演爲新桂系軍政集團利益服務的角色始終沒有改變。無論是報導新桂系在廣西的政治建設，還是新桂系在廣西的經濟建設，都是堅持新桂系的輿論導向。

第二，「穩」的另一種來源是 7 年多來，我國的主要矛盾是沒有發生變化的，始終是中華民族同日本帝國主義之間的民族矛盾爲主，報紙始終要以抗日救亡作爲宣傳的重中之重，發動和組織人民進行抗日救亡的愛國運動。民族矛盾也成爲《廣西日報》（桂林版）文字報導「穩」的原因之一。

第三，《廣西日報》（桂林版）作爲政府的機關報，其經費由省政府撥付，宣傳政策由省黨部制定和監督，人事由省黨部任命〔註42〕。因此，《廣西日報》（桂林版）每個時期的宣傳報導都有較爲穩定的中心，不會起伏較大。

2、《廣西日報》（桂林版）文字報導的「變」

《廣西日報》（桂林版）在 7 年多的時間裏，其文字報導的「變」可以從以下幾個例子中反映出來：

第一，重視來自戰役現場信息的報導。崑崙關戰役期間，《廣西日報》（桂

〔註42〕張鴻慰：《八桂報史文存》，廣西民族出版社，1995 年，第 22 頁。

林版）向前方派出特派記者，使報導具有強烈的現場感。《廣西日報》（桂林版）記者嚴傑人赴崑崙關前線採訪，為報社寫出了現場感極強的獨家通訊報導。此外，通過派戰地記者帶回來日本士兵的日記，翻譯成中文，刊登於報紙，為讀者提供了第一手研究資料，在當時桂林新聞界也是首創。

第二，批評性報導的出現。據當年《廣西日報》（桂林版）記者張潔回憶「記得那時日機經常轟炸桂林，獨秀峰上掛上一個黑色燈籠是在省內發現日機蹤迹時的標誌，掛兩個燈籠是日機接近桂林地區的標誌，作為警報。當時經常全天掛一個燈籠，幾乎使得各單位無法辦公。桂林辦公廳主任李濟深乃下令桂林所有機關團體，在掛一個燈籠時一律不得停止辦公。一天，我們發現桂林郵局不遵守規定，只掛一個燈籠就關上大門，走避一空，很多人在門外等著郵寄。我們便將這種情況刊登於省市新聞版。見報後不久，重慶交通部即派員到桂林調查，將這位郵局局長調走。又有一次我們向 ABC 餐廳瞭解到省會警察局人員在該餐廳吃飯不給錢，即寫成新聞在省市版揭露，當天省府主席黃旭初就打電話要警察局長周炳南徹查；不久，周亦被調職」〔註43〕。從上述回憶中可以看出，即使在抗戰時期，《廣西日報》（桂林版）對社會的醜惡現象特別是政府部門的不正當行為也照樣進行批評報導，較好地發揮了輿論監督的功能。

「變」的原因歸納起來有以下幾點：

一是桂林新聞生態的變化。桂林環境的變化主要有兩個方面，一是當時桂林報紙數量的增加，競爭激烈，迫使報導質量必須提高。二是桂林人口的劇增帶來受眾結構的變化，文字報導必須考慮到讀者受眾多樣化的需求。

二是國際時局的變化也促使《廣西日報》（桂林版）的文字報導內容發生變化。如太平洋戰爭的爆發，就促使報紙在報導中日戰爭情況同時也要注重國際戰事發展的情況的報導。

三是《廣西日報》（桂林版）不斷縮版、改版直接導致文字報導篇幅、內容減少和文字更趨精練等變化。

四是政治環境的變化。如「皖南事變」後，桂林政治空氣緊張，《廣西日報》（桂林版）與國民黨中央沆瀣一氣，在1941 年1 月18 日第一版頭條刊登了題為《新四軍抗命叛變 全部解散 葉挺就擒》的新聞。

〔註43〕張潔：《回憶我在〈廣西日報〉》，參見張鴻慰：《桂系報業史》，廣西新聞史志
　　　　編輯室（內部發行），第 132 頁。

（二）《廣西日報》（桂林版）圖片報導豐富，補充了報導內容

圖片報導做得好，印刷質量高，就能非常清楚地體現新聞主題。圖片報導的加入，使得報導內容更加豐富，也補充了文字報導的不足，使得報紙的質量得到了提升，更能吸引讀者。

《廣西日報》（桂林版）由《桂林日報》改名後，其圖片報導延續了《桂林日報》的圖片報導方式。《桂林日報》的新聞圖片數量不多，由專人攝影，攝影內容基本是以重大事件和重要人物為主，如 1937 年 2 月 22 日第六版《新任社長　韋永成視事》消息中配有《韋社長就職時攝影》的圖片，1937 年 3 月 30 日第六版的標題為《本市各界昨晨舉行黃花崗烈士紀念會時攝影》的圖片，置於《本市各界代表昨晨舉行　黃花崗烈士紀念會》的消息中，比較樸實和直觀的體現了會議現場的情況，很好的照應了主題。但是，《桂林日報》運用新聞圖片報導的題材單一和形式相對也呆板。

而《廣西日報》（桂林版）注意發揮圖片報導的作用，在報導重大的事件和重要人物時，注意配發圖片報導。例如 1937 年 5 月 31 日的《廣西日報》第 7 版《廣西各界昨舉行「五卅」紀念會情形》消息中就配有圖片《廣西各界五卅紀念會情形》。觀察這些新聞照片發現，《廣西日報》（桂林版）的圖片印刷技術已經比較成熟並較好地運用於報紙印刷。

此後，在《廣西日報》（桂林版）的報導中還出現了手繪新聞圖片，其中有出於方便讀者更直觀地理解報導的手繪戰爭地圖、為美化版面增強讀者興趣配合新聞的領導頭像圖等，都給人較深刻的印象。如 1943 年 6 月 21 日第 3 版，配當日新聞《東南歐近事圖解》就附了圖片，十分清晰地將戰事描述出來。同年 8 月 18 日的《盟軍佔領墨西哥港　西島戰事完全結束》新聞配發西西里島的手繪圖片，配合新聞，突出主題，處理恰當。

第三節　逐漸發展成熟的言論

《廣西日報》（桂林版）的言論雖然不像《大公報》（桂林版）的言論那樣影響巨大，但是也有其自身的特色，有必要做簡略的介紹和分析。

一、《廣西日報》（桂林版）評論部概況

《廣西日報》（桂林版）評論部成立時間不詳，該部專門負責報社言論，

主要是每周六篇社論、一篇星期論文、短評等，總主筆（黎蒙任社長時才設此職務）爲該部門負責人。

韋永成任社長時期（1937 年 4 月至 1938 年 12 月）〔註44〕，根據時任該報總編輯莫寶堅回憶：「莫乃群那時在編譯科，因請韋永成把他調過來任社論撰述。經過千家駒的介紹，又聘到前《申報》自由談編輯、魯迅的朋友張梓生爲特約社論撰述，並於周末寫《一周大事述評》。」〔註45〕「《廣西日報》每周發社論 6 篇，莫乃群兩篇，張梓生兩篇（張梓生去後由他介紹文化供應社的姜君辰也是兩篇），其餘我寫，或由我約稿。星期日是一篇專論或特稿，或一篇《一周大事述評》，當時寫專論的還有廣西大學教授千家駒、周伯棣等。」〔註46〕

韋贄唐任社長時期（1939 年 1 月至 1942 年 3 月）〔註47〕，根據張潔回憶「那時社長韋贄唐，主筆莫乃群，兼寫社論的有張潔、陳說；特約專論撰述有胡愈之、張鐵生、李四光等。」〔註48〕「有關日本和亞洲問題，大都由莫乃群和李四光負責，我專寫有關歐洲方面社論。」〔註49〕其餘由莫寶堅寫，或約別人寫，〔註50〕特約胡愈之、范長江寫專論，黃藥眠寫國際方面的社論。〔註51〕另據該報記者陸君田回憶「韋（贄唐）從 1938 年一直幹到 1941 年太平洋戰爭爆發爲止。那時，社長以下設撰述（即主筆）及編輯、經理兩部。其主要人員是：撰述員莫乃群、曾育群、韋容生、莫寶堅（兼）。」〔註52〕

〔註44〕 李微：《新桂系的〈廣西日報〉》，參見張鴻慰：《桂系報業史》，廣西新聞史志編輯室（內部發行），1997 年，第 110 頁。

〔註45〕 莫寶堅：《抗戰初期的〈廣西日報〉》，參見張鴻慰：《桂系報業史》，廣西新聞史志編輯室（內部發行），1997 年，第 90 頁。

〔註46〕 莫寶堅：《抗戰初期的〈廣西日報〉》，參見張鴻慰：《桂系報業史》，廣西新聞史志編輯室（內部發行），1997 年，第 91 頁。

〔註47〕 李微：《新桂系的〈廣西日報〉》，參見張鴻慰：《桂系報業史》，廣西新聞史志編輯室（內部發行），1997 年，第 110 頁。

〔註48〕 張潔：《回憶我在〈廣西日報〉》，參見張鴻慰：《桂系報業史》，廣西新聞史志編輯室（內部發行），1997 年，第 130 頁。

〔註49〕 張潔：《回憶我在〈廣西日報〉》，參見張鴻慰：《桂系報業史》，廣西新聞史志編輯室（內部發行），1997 年，第 133 頁。

〔註50〕 彭繼良：《廣西新聞事業史 1897～1949》，廣西人民出版社，1998 年，第 337 頁。

〔註51〕 莫寶堅：《抗戰初期的〈廣西日報〉》，參見張鴻慰：《桂系報業史》，廣西新聞史志編輯室（內部發行），1997 年，第 91 頁。

〔註52〕 陸君田：《我所瞭解的桂林〈廣西日報〉》，參見張鴻慰：《桂系報業史》，廣西

黎蒙接管《廣西日報》(桂林版)後(1942 年 4 月至 1944 年 10 月)〔註53〕，「俞頌華爲總主筆，莫乃群、劉思慕爲主筆」〔註54〕。「初期俞頌華任總編輯，1942 年俞走後，黎蒙自任總編輯。我當總主筆是管社論和論文的，當時寫社論的有張錫昌、金仲華、秦柳方、傅彬然、楊承芳，寫論文的人就更多了，千家駒、狄超白、勇龍桂、金仲華、張錫昌、漆琪生等。」〔註55〕其社論自星期一至星期六，每周六 6 篇，星期日則刊載《星期評論》等，無社論。我們 4 人的分工是：抗戰形勢和時事，由金仲華擔任，每周 2 篇。教育和社會問題由傅彬然擔任，每周 2 篇。經濟問題由張錫昌和我擔任，每人各 1 篇，固定星期二、五刊出。寫兩篇論文人，領全薪，寫一篇領半薪，說明不到報社上班，只要在輪到的那一天，在當晚 12 點鐘以前，把社論稿送到報社就可以了。〔註56〕

綜上所述，黎蒙任社長前言論寫作的基本分工是：千家駒寫經濟方面的言論；張梓生爲特約社論撰述，一周兩篇，張離開後由姜辰君負責；莫乃群一周寫兩篇；其餘由莫寶堅撰寫，或約別人寫；有關國際關係方面的社論則由黃藥眠來寫；黎蒙任社長後，金仲華負責寫政治、時事問題的社論；傅彬然負責寫文化教育問題的社論，每周寫兩篇；張錫昌和秦柳方負責寫經濟問題的社論，每周各寫一篇；星期論文約請各界專家寫；短評則由俞頌華、莫乃群寫。

二、《廣西日報》(桂林版) 言論概述

《廣西日報》(桂林版) 由《桂林日報》改名而來，其言論也是在《桂林日報》原有言論的基礎上發展起來的。改名前的《桂林日報》(即 1937 年 3 月 31 日前的《桂林日報》) 對言論並不重視。從 1937 年 3 月 22 日的消息《新任本報社長　韋永成昨正式視事》中的「茲將各部姓名列後：社長韋永成、

新聞史志編輯室 (內部發行)，1997 年，第 151 頁。

〔註53〕 李微：《新桂系的〈廣西日報〉》，參見張鴻慰：《桂系報業史》，廣西新聞史志編輯室 (內部發行)，1997 年，第 110 頁。

〔註54〕 陸君田：《我所瞭解的桂林〈廣西日報〉》，參見張鴻慰：《桂系報業史》，廣西新聞史志編輯室 (內部發行)，1997 年，第 152 頁。

〔註55〕 吳頌平：《莫乃群縱談桂系〈廣西日報〉》，參見張鴻慰：《桂系報業史》，廣西新聞史志編輯室 (內部發行)，1997 年，第 87 頁。

〔註56〕 秦柳方：《我與〈廣西日報〉》，參見張鴻慰：《桂系報業史》，廣西新聞史志編輯室 (內部發行)，1997 年，第 102 頁。

編輯部：總編輯蔣一生……外勤記者……校對主任鍾紹英、收電主任黃偉良、經理王權、職員……」〔註57〕可以看出，當時《桂林日報》沒有專門負責言論的部門和部門負責人。在《四月一日起　本報改名〈廣西日報〉》中，關於報社改名之後的發展和改進的論述裏提到：「關於各類新聞之內容，更力謀充實，消息力謀迅捷，國內外之新聞，除每日照常收取各方之電報外，並特約各地有名人士負責通訊，本市新聞，亦增招外勤記者廣為搜集，以報讀者對本報之期望雲。」〔註58〕由此可見，改名《廣西日報》（桂林版）後，首先發展的仍是新聞報導，至於言論，並未提及。當時，《桂林日報》的言論體裁只有社論，且不定期刊載，社論的署名通常是一個字。如 1937 年 3 月 22 日的社論《厲行經濟總動員》，文章署名「永」，3 月 25 至 28 日沒有社論，29 日的社論《紀念三二九革命先烈》文章署名「濟」（這種不定期出版和社論署名不詳的現象在 1937 年 7 月前的《廣西日報》（桂林版）也出現過）。由此可見，《桂林日報》時期的言論不受報社重視，處於較次要的位置，當然這與其言論人才缺乏有直接的關係。

　　《廣西日報》（桂林版）問世後，其早期的言論體裁較單一，出版不定期，時有時無，選題範圍窄。隨著韋永成對《廣西日報》（桂林版）的不斷改進，報社各項業務迅速發展，言論方面也有了一定的進步。從 1937 年 6 月 9 日開始，出現了署名「綱」的短評，名為《改良桂劇》。之後連續數日的短評，如《答覆廣田的願望》（1937.6.10）、《迅速解決汕案》（1937.6.11）、《如何援助察北抗日同胞》（1937.6.12）等都反映了《廣西日報》（桂林版）在言論方面的改進，體裁上從單一的社論轉變為社論、短評相結合。

　　1937 年 7 月 1 日至 1939 年 2 月 21 日，《廣西日報》（桂林版）版面也由八版縮為四版，社論每日一篇，刊登在第二版（第一版為公告和廣告等，第一版刊登新聞的時候，言論放在第一版）左側固定位置，並一直持續到桂林版停刊。

　　1939 年 3 月 22 日，《廣西日報》（桂林版）的言論部分只包括社論《向真正的民主政治邁進》，無署名，當日沒有短評。筆者查閱之後的數日，也未見

<hr/>

〔註57〕　《新任本報社長　韋永成昨正式視事》，《桂林日報》，1937 年 3 月 22 日第 6 版。

〔註58〕　《四月一日起　本報改名〈廣西日報〉》，《桂林日報》，1937 年 3 月 25 日第 7 版。

有短評。該報第一次出現「專論」是 1939 年 3 月 28 日署名「喬木」（胡喬木筆名）的《歐洲東線無戰事》，第一篇「星期論文」是由胡愈之所寫的《從莫洛托夫演說認識蘇聯的外交立場》，刊登於 1939 年 6 月 4 日第二版。在星期論文之前，胡愈之還為該報寫過「本報特約專稿」《加強我們的外線作戰》，刊登於 1939 年 4 月 21 日第四版。直至 6 月 1 日，《廣西日報》（桂林版）第三版又出現了「短評」，題目為《鈔票與刺刀》。另外，還有刊登於 6 月 12 日第二版社論位置的胡適的「特約經濟專稿」《日本刺刀保護下的華興銀行》。由此可知，第一，此時《廣西日報》（桂林版）的言論一周六篇，在沒有開闢「星期論文」專欄之前每周日出「大事綜述」，星期論文之後兩個欄目同一天刊出。第二，從署名的作者來看，當時該報已經約請了胡喬木、胡愈之等名家為其撰寫言論。第三，言論的體裁多樣，內容豐富，範圍廣泛。

時至 1939 年 7 月《廣西日報》（桂林版）的言論形態基本已經形成，除了各種體裁的運用，按照言論的選題也分為時事政治、國際問題、教育文化、經濟問題等幾個方面，相關言論撰寫者也基本穩定。

三、言論體裁多樣、題材豐富

《廣西日報》（桂林版）的言論的體裁較為豐富，主要有社論、星期論文、短評等幾種。

（一）社論的撰寫隊伍與社論的發展

《廣西日報》（桂林版）的社論一般刊登於報紙第一版，報紙第一版不刊登新聞時，就刊登在第二版固定的位置，比較顯眼。

韋永成任社長時期，社論基本由莫寶堅、莫乃群、張梓生、姜君辰等四人負責。莫乃群和張梓生（張離開後是姜君辰）每周各兩篇，其餘由莫寶堅完成。從社論的撰寫者來看，當時的社論力量比較弱。抗戰初期，桂林文化城尚未形成，社論人才的缺乏從客觀上制約了社論的發展。而且當時《廣西日報（桂林版）》重新聞，輕言論。

韋贄唐時期，歐洲方面的社論由莫乃群、李四光撰寫，張潔、陳說也兼寫一些，國際方面的社評約請《掃蕩報》（桂林版）的黃藥眠撰寫。從社論撰寫者數量看，韋贄唐時期比韋永成時期有所增強，尤其是李四光的參加，使得言論力量得以加強。但從張潔、陳說兼寫社論又反映出《廣西日報》（桂林版）的社論撰寫力量並不強，仍無法滿足報社正常的社論需要。

　　黎蒙時期，是《廣西日報》（桂林版）社論最發達時期，總主筆先後爲俞頌華、莫乃群。社論的撰寫者有金仲華、張錫昌、秦柳方、傅彬然、楊承芳。此時，尤其是俞頌華、金仲華的加入，極大地提高了《廣西日報》（桂林版）言論的質量，使得它與《大公報》（桂林版）、《掃蕩報》（桂林版）等全國性著名報紙同城競爭時仍擁有一定的市場。

　　分析三個時期《廣西日報》（桂林版）社論不斷發展的原因主要有以下三個方面：第一，國難深重，戰火綿延，特別是太平洋戰爭爆發後，香港陷落，大批文化人來到桂林，爲報業的發展提供了人才。第二，受戰爭的影響，國內一些報紙遷入桂林出版或再出桂林版，爲桂林報業引入了競爭，帶來了一些新的辦報思路，促進了《廣西日報》（桂林版）社論的發展。第三，報社管理者的變化，對社論的認識也在不斷的加深，從而帶來報紙社論的變革。

（二）來論、代論和專論及其題材

　　言論還包括來論、代論和專論。來論是讀者寫來的評論文章，代論即用某個很有權威、很有影響的人的文章來代替社論。專論是由專家、名流撰寫，針對一定領域的某個部門問題進行理論闡發，旨在使讀者從理論上對現實生活有一個較全面、深刻的認識，具有一定的權威性。〔註59〕《廣西日報》（桂林版）把讀者寫來的評論放在社論位置上發表，以表示重視。這三種形式與社論的區別主要是文章的作者不是報社聘請的撰述或主筆，而是社外人士。

　　《廣西日報》（桂林版）的社論一般不署名，文章前有「社論」二字，而來論、代論、專論都是署名的，是哪種形式就標注哪種名稱。冠以來論、代論的評論較少，專論是三種形式中數量最多的。其中來論有陳思元的《廣西婦女當前的任務》（1940 年 3 月 9 日）、栗寄滄的《論戰區經濟建設》（1940年 10 月 28 日）和《城市應首先完成地方自治——對本市參議會成立的感想和希望！》（1940 年 12 月 27 日）、陳桂的《一年來的廣西防空業務——紀念第三屆防空節——》（1942 年 11 月 21 日）等。

　　代論有陽叔葆的《三民主義與中國及世界》（1940 年 6 月 11 日）、程思遠的《中華民族革命的現階段——廿九年六月廿四日在桂林廣播電臺廣播——》（1940 年 6 月 25 日）、葉德柏的《敵國臨時議會之觀察》（1942 年 7 月 14日）、李濟深的《三二九紀念感言》（1943 年 3 月 29 日）等。

　　專論有喬木的《歐洲東線無戰事》（1939 年 3 月 28 日）和《不讓敵人過

〔註59〕蕭燕雄：《新聞評論學基礎》，湖南師範大學出版社，1998 年，第 133 頁。

漢水》（1939 年 6 月 6 日），千家駒的《論財部禁止非必要品入口辦法》（1939年 7 月 4 日），張鐵生的《近東風雲的緊急》（1940 年 3 月 4 日），陳一遠的《汪逆組府的面面觀》（1940 年 3 月 30 日），張志讓的《歐戰擴大與敵寇陰謀》（1940 年 4 月 13 日）等。

由上述三種形式及作者的文章題目可以看出，來論的作者不完全是普通的讀者，而是比較重要的人物，如來論《廣西當前的任務》的作者陳思元就是桂林第一任市長。由此可見，《廣西日報》（桂林版）的來論是重要人物所撰寫。代論作者的身份就更高一些了。如程思遠在 1938 年至 1942 年任國民黨軍事委員會副參謀總長白崇禧的秘書、三青團中央團部組織處副處長、廣西綏靖公署政治部主任、三青團廣西支團書記。再如李濟深，他先後擔任國民政府軍事委員會委員、國民政府戰地黨政委員會副主任委員、國民政府軍事委員會桂林辦公廳主任、國民政府軍事參議院院長等職。所以，代論的作者多為重要人物，知名度高於來論的作者。專論的作品是社論的三種形式中數量最多的，常為該報撰寫專論的作者多是該報特約社論的撰述或主筆，他們大都是某一領域的專家，在這一領域擁有一定的話語權，特別是董渭川關於教育的專論（董渭川時任國立廣西大學教授，一生主要從事教育學術研究）。

（三）星期論文的推出與繁榮

「星期論文」由新記《大公報》首創，1934 年的第一個星期日，刊佈的第一篇「星期論文」，是胡適寫的《報紙文字應完全用白話》〔註60〕。其用意為減輕社論壓力，加強與學界聯繫，隨著影響力的擴大，社會名流也加入為星期論文撰稿的行列。新記《大公報》星期論文的成功，引起全國報界仿傚。

《廣西日報》（桂林版）「星期論文」專欄的的出現與桂林文化城有著密切聯繫。1939 年 6 月 4 日《廣西日報》（桂林版）刊登第一篇星期論文。胡愈之說：「山明水秀的桂林，本來是文化的沙漠，不到幾個月竟成為國民黨統治下的大後方的唯一抗日文化中心了。」〔註61〕文化城從 1938 年 10 月武漢淪陷後到 1944 年止共 6 年。文化城的形成，無論從讀者的需要還是作者群的龐

〔註60〕 蕭燕雄：《新聞評論學基礎》，湖南師範大學出版社，1998 年，第 232 頁。
〔註61〕 胡愈之：《憶長江同志》，參見潘其旭，王斌等：《桂林文化城紀事》，灕江出版社，1984 年，第 123 頁。

大，都爲「星期論文」提供了理想的條件。

　　《廣西日報》（桂林版）的星期論文從 1940 年 1 月 7 日起，被「一周大事綜述」專欄取代。直到當年 10 月 27 日，「星期論文」才重新與讀者見面，當天刊登的是由董渭川所寫的《國民中學應具有的幾種物質》，一周後（11 月 3 日）又刊登了署名陵仙的論文《對於桂南戰場日寇總潰退應有之認識》。12 月 8 日「星期論文」又刊出了由栗寄滄所寫的《糧食問題及其對策》。接下來的三期分別刊載了董渭川的《以國民中學代普通中學之商榷》（1940 年 12 月 15 日），周伯棣的《物價高漲與國家收支》（1940 年 12 月 22 日），傅彬然的《國民教育的前途》（1940 年 12 月 29 日）等。

　　1941 年 1 月 5 日至 1942 年 5 月 24 日，這期間每周日刊載社論。1942 年 5 月 31 日，星期日當天刊出「每周特約評論」，刊登由王知白撰寫的《救僑問題》。6 月 7 日開始再次恢復「星期論文」專欄，當天刊登由羊棗撰寫的《敵寇動向與盟軍對策》。此後，星期論文基本維持一周一篇，未曾間斷。根據現存報紙，最後一期星期論文是 1944 年 9 月 3 日的《迅速救濟工業生產》，由秦柳方撰寫。

（四）與新聞聯繫緊密的短評

　　《廣西日報》（桂林版）的短評篇幅較小，字數從幾十個字到 200 多個字不等，一般放在第二版或第三版。短評有時會根據需要配上標題，有時則直接在短評二字後即開始評論。如 1942 年 5 月 29 日第三版的短評無標題，兩條短評之間用分隔號分開。

　　這些短評一般與當天的新聞聯繫緊密。如 1942 年 8 月 17 日的短評《村街長民選》：「本屆村街長民選實施辦法，已經省□會通過，即將分頭實施了。……鄭重提出：村街民選是我們自治的基礎，是非常珍重的事，希望民眾諸位合政府宗旨，好生選去！（沖）」〔註62〕此則短評首先說明「村街長民選實施辦法」已經被通過，即將實施，然後闡明民選的重要性，最後提出了希望。此則短評帶有明顯的指導意義，更與當天刊登於該短評右側消息《村街長民選　省訂定實施辦法》相得益彰，起到了深化主題、便於讀者理解的作用。

　　《廣西日報》（桂林版）所有短評的撰寫者中，最重要的一位當屬 1942

〔註62〕《村街民選》，《廣西日報》，1942 年 8 月 17 日第 3 版。

年至 1943 年春任該報總主筆的俞頌華先生。據時任該報主筆秦柳方回憶:「每晚看了大樣後,要撰寫短評。短語刊載在要聞版的左下角,僅占一小方版面。……如《美報讚揚我軍功績》(1942 年 9 月 14 日)、《蘇聯力量充沛》(1942年 9 月 20 日),都是就當天的要聞,進行評述。文字清新,說理明確,對讀者起指導作用。」〔註63〕

第四節　特色鮮明、影響深遠的副刊

一、《廣西日報》(桂林版)副刊概況

　　副刊是報紙的具有相對獨立編輯形態,並富於整體文化和文藝色彩的固定版面、欄目和隨報發行的附刊。《廣西日報》(桂林版)在創刊 7 年中,主要的副刊有《桂林》、《南方》、《漓水》。根據老報人陸君田的回憶,《廣西日報》(桂林版)副刊先後有《桂林》、《血花》、《南方》、《漓水》四個刊名。受1937 年到 1938 年部分報紙缺失的影響,未能查找到《血花》副刊。其每份副刊都有屬於自己的年代,《桂林》停辦之後創刊《南方》,艾青離開《廣西日報》(桂林版)後,《漓水》創刊,《漓水》一直持續到該報 1944 年 7 月 1 日最後一次縮版。

　　除了定期出版的上述副刊外,《廣西日報》(桂林版)的副刊還有《政治周刊》、《社會周刊》、《教育周刊》、《法治周刊》、《現代學生》、《國際周刊》、《農村經濟》和《文藝周刊》等。該報從 1944 年 7 月 1 日受版面縮減影響,停出副刊,並一直持續到當年 9 月 15 日《廣西日報》(桂林版)終刊。

　　《南方》是 1939 年至 1940 年由著名詩人艾青負責編輯的副刊。艾青主持《南方》期間,其主要內容是新詩。不但詩文質量好,而且大都富有思想性和戰鬥性,深受社會人士的喜愛和好評。特別是青年學生,經常寫信來請教新詩的創作藝術和途徑。艾青離開《廣西日報》(桂林版)後,接編副刊的是陳蘆荻。刊名改為《灘江》,也是以新詩為主要內容,《灘江》質量好,和艾青負責的時期相比,也是比較進步的,對一般青年學生和社會青年的思想影響很深。

〔註63〕　《秦柳方、俞頌華、金仲華、張錫昌在〈廣西日報〉》,參見張鴻慰:《桂系報業史》,廣西新聞史志編輯室(內部發行),1997 年,313 頁。

　　《廣西日報》（桂林版）的副刊在桂林新聞界頗負盛名。它不但培養了青年人對新詩的喜愛和寫作技術，更重要的是它哺育了青年人認識眞理和捍衛眞理的思想。這是與一般報紙把副刊編成茶餘酒後的消遣品是有著原則上的不同的。〔註64〕

二、特色鮮明的副刊《桂林》、《南方》、《漓水》

　　《桂林》、《南方》、《漓水》是《廣西日報》（桂林版）的三大著名副刊，它們特色鮮明，影響較大。

（一）與時局聯繫較為密切的《桂林》

　　《桂林》是《廣西日報》（桂林版）的第一份副刊，始於《桂林日報》時期，具體起始時間不詳。《桂林》通常被安排在該報第八版。副刊一般占該版三分之二版面，其他空間則由廣告充斥。

　　《廣西日報》（桂林版）第一期《桂林》副刊編號是第124號。可見《桂林》由《桂林日報》出版至123號。

　　《桂林》副刊的內容與當時的時局聯繫較爲密切。此外，遊記性的文章和與國際政治首腦相關的文章也是該副刊的主要內容。以1937年4月6日第128號的《桂林》副刊爲例，刊登的文章有：《我們還看不清嗎？》（萬聖年）、《堯山遊記》（雨芥）、《希特勒的生活》、《金元國的女記者》等。文學作品的刊登也成爲了副刊文章的一部分。例如在1937年4月7日第129號的《桂林》副刊上就刊有匈牙利·伯大菲著的《狗之歌》（蓮子譯）等。

（二）歌頌團結抗日、勇於抨擊醜惡的《南方》

　　《南方》副刊由著名詩人艾青創辦。始於1938年12月20日，1939年9月12日停刊，共出版100期。艾青是1938年從山西民族革命大學轉道西安，然後南下武漢再來到桂林的。經鍾鼎文介紹，艾青到《廣西日報》（桂林版）編輯副刊《南方》，初時艾青還兼編國際新聞。

　　據不完全統計，客居桂林的許多作家和詩人，如范長江、胡風、以群、奚如、蔣牧良、韓北屏、紫秋、周鋼鳴、啓一、力揚、常任俠、巴金、舒群、鄒綠芷、黃藥眠、孟梫、舒蕪、陳閒、黃茅、祝修麒、於友、歐陽凡海、林

〔註64〕張鴻慰：《桂系報業史》，廣西新聞史志編輯室發行（內部發行），1997年，第134頁。

林、廠民、陽太陽、鄒荻帆、任重、賴少其、黎央、雲彬、華嘉、陳殘雲、楊朔、高詠、白克、戴望舒、覃子豪、馮乃超、陳邇冬、寒山、韋荌、艾蕪、谷斯範、尼塞、袁水拍、何家槐、張仃、司馬文森、紺弩、馮英子、雷石榆、鍾鼎文（番草）、劉火子、白嘉、李又然、易庸、周而復等，都是《南方》的撰稿者。

《南方》這塊陣地在艾青的主持下，熱情歌頌團結抗日，堅持進步，抨擊頑固派的消極抗日，抨擊政治腐敗。如以 1938 年 12 月 25 日《南方》為例，當天出版反轟炸詩歌專號，其中有艾青寫的長詩《縱火》。〔註 65〕1939年 1 月 3 日，艾青在《南方》上發表散文詩《迎一九三九年》。《南方》還發表有艾青寫的短文《文學上的取消主義》，對重慶、昆明等地流行的「文學沒有用」、「文學太血腥氣了」、「我不寫抗戰詩歌」等謬論進行抨擊，明確提出抗戰「需要偉大的文學，和紀念碑的藝術」。〔註 66〕

1939 年 8 月 23 日，《廣西日報》（桂林版）經歷過一次較大的改版，表現為報頭由豎排變為橫排，頭版由廣告版變為新聞版。無論這時期這張報紙總體如何變化，第四版的空間大多數留給了副刊或者特刊（有時全部刊登廣告），《南方》也以其獨特的風貌在這個版面中站穩了腳跟。《南方》所在的版面總共有四種安排方式：一是該刊第 40 期之前，上半版為《南方》，下半版為廣告、啟示或聲明等。二是 1939 年 3 月 15 日第 40 期之後，排版順序依次為短消息、《南方》、廣告等，分別占版面的二六二或三五二。三是 1939 年 5月 20 日之後是《南方》、專刊特刊、廣告等，各部分占版面的五四一或四四二，此時《南方》地位受到專刊特刊的挑戰。四是《南方》佔據全版，這種安排只有一期，即 1939 年 7 月 17 日第 93 期。

由上述四種版面編排形式可以看出，1939 年 5 月 20 日之後的副刊，受到了專特刊的強勢排擠，《南方》的主導地位受到挑戰。這種提法與艾青回憶當年情況時所說的情況相一致。

關於《南方》停刊原因有兩種說法。一種以艾青本人晚年的回憶為主，其基本觀點是：「我在《廣西日報》編副刊，取名《南方》，原定每周一期，後來被別的副刊擠到半月一期，又擠到一月一期，最後成了無期。我曾開玩

〔註 65〕 萬一知：《抗戰時期桂林文化運動大事記》，參見廣西社會科學院、廣西師範大學主編：《桂林文化城概況》，廣西人民出版社，1986 年，第 5 頁。

〔註 66〕 萬一知：《抗戰時期桂林文化運動大事記》，參見廣西社會科學院、廣西師範大學主編：《桂林文化城概況》，廣西人民出版社，1986 年，第 6～7 頁。

笑說：『這個副刊是個公共廁所。』」吳頌平 1986 年 10 月中旬訪問艾青後寫
有《艾青談〈廣西日報〉副刊〈南方〉》中，艾青對吳頌平說：「我那時編的
副刊《南方》倒頗有點『割據』的味道，就爲他們所不容，想方設法排擠，
終於《南方》停刊，我也被擠出來了。」

　　另一種說法是由學界提出的對艾青所述內容提出的質疑，認爲是在艾青
離職之前《南方》副刊已經長時間不能按期出版，而《漓水》副刊是非常倉
促地與讀者見面的。由此證明艾青離開《廣西日報》(桂林版)係另有原因。

　　艾青辭去《南方》副刊主編職務後，在《廣西日報》(桂林版)登了一大
幅廣告：《艾青辭去〈南方〉編輯啓事》。艾青離開《廣西日報》(桂林版)後，
到衡陽師範學院任教。《南方》副刊就此停刊。

（三）敢於針對不良社會現象發表評論的《漓水》

　　《漓水》是《廣西日報》(桂林版)的第三個副刊，是在《南方》停刊後
倉促創辦的。創刊於 1939 年 9 月 21 日，至 1944 年 6 月 24 日停刊。根據目
前所掌握的資料，陳盧荻、姚蘇鳳分別在不同時期擔任過《漓水》主編一職。

　　在艾青離開《廣西日報》(桂林版)後，陳盧荻繼任副刊主編。陳盧荻主
編《漓水》期間，特約王魯彥、孟超、宋雲彬等爲該刊寫稿。

　　1942 年 5 月 1 日，《廣西日報》(桂林版)第 4 版《漓水》署名爲「蘇鳳」
的文章《第一訴》中，表達了姚蘇鳳對讀者的希望：

　　　　一、我希望：這個副刊的個性是「無定型的」。我不想說「要些什麼
　　　　　　　　　文章」；我只想説「好的文章都要」。

　　　　二、我希望：這個副刊的體格是短小精悍的。它將放棄一切「長篇
　　　　　　　　　大論」，而盡量容納可以用幾分鐘來讀完，但同時卻也
　　　　　　　　　可以用幾點鐘來思索的小東西。

　　　　三、我希望：這個副刊是富有時間性的。它寧可在一天之後立即被
　　　　　　　　　讀者所拋棄，而決不願自己成爲一種「永遠可讀亦永
　　　　　　　　　遠可不讀」的讀物。

　　　　四、我希望：這個副刊是富有趣味的。它將分配給讀者一可會心的
　　　　　　　　　微笑，或者一片糖衣的苦藥，或者一闋不知名的小曲
　　　　　　　　　兒……除了低級趣味「不在此例」之外，它決不板起
　　　　　　　　　了面孔説話。

　　　　──但，這個副刊終是屬於讀者的。因之，在「讀者本位」的

編輯方針下，它將盡可能地做成讀者自己的可親近的良伴，而決不固執我們自己的「規矩」。〔註67〕

根據姚蘇鳳編輯該刊所發表的第一次陳述，可以看到他對《漓水》文章的要求，主要有以下幾點：第一，注重文章的質量，而不限定文章的內容。也就是把文章的質量放在最為重要的位置，對各位作者所寫的內容等並沒有作限定，給作者從較大的自由空間和度。第二，限定篇幅。放棄長文章，要求所刊登的文章能讓讀者用較快的速度閱讀完，節約讀者的閱讀時間。第三，對副刊時效性的要求，間接要求副刊也具有新聞性，與當天的新聞內容相配合。第四，強調趣味性。第五，在以上四點之外，重申了他主編副刊選擇稿件的標準是「讀者本位」，不局限於自己的「規矩」。

1942年5月24日，姚蘇鳳在一篇短文中提出十二年的報館生活，使他彷彿已成為一個說「閒話」的「專家」。1942年5月27日，姚蘇鳳在《漓水》的《桂林閒話》中說：「隱惡揚善，皆大歡喜，骨鯁在喉，自尋煩惱——我將以此自勉而勉人。」後來，他在《桂林獨白》中又說：

> 「閒話」兩字，似有「不吉」之感，自今日起，改稱「獨白」。

> 「獨白」者，「自言自語」也，「自言自語」常常是瘋人的習慣，我蓋以瘋人自視（願人亦能以瘋人視我）也。

> 爰寫一詩以為「小敘」：由來「閒話」是非多，我已無「閒」奈「話」何？且學瘋人作「獨白」——自言自語自狂歌！

1942年8月20日，姚蘇鳳發表最後一次《桂林獨白》，摘要如下：

> 在昆明，發現了一件大貪污案，數目是700萬。可驚可歎。

> 一個月入350元的朋友計算了一下：這個數目，他得工作1666年又8個月之久。（按：即自晉惠帝永安元年工作至現在）

> 《獨白》至此小休。完全由於自己的「文思已窮」。

> 復作一詩曰：

> 嘯傲灘江夜波，自言自語自狂歌。身邊瑣事無新意，頭上花枝奈老何？作客常羞知世淺，為文可喜閱人多。今朝悄向天涯望，倘有閒雲逐雁過。〔註68〕

〔註67〕 姚蘇鳳：《第一訴》，《廣西日報》（桂林版），1942年5月1日第4版。

〔註68〕 王文彬：《姚蘇鳳與〈漓水〉》，參見張鴻慰：《桂系報業史》，廣西新聞史志編

　　姚蘇鳳所作刊登於《漓水》的文章均反映出當時《漓水》副刊的風格。該副刊與現實中所發生的事件聯繫密切，敢於針對不良社會現象發表評論。

　　《漓水》廣告的影響較大。《廣西日報》（桂林版）靠多登廣告來開闢財源，因此就使定期的副刊成為不定期。

　　《漓水》上不乏有重量級的人物所撰寫的稿件。如巴金的四篇關於「道德」與「生活」問題的論爭文章，均載於《廣西日報》（桂林版）副刊《漓水》。分別為 1943 年 12 月 17、18 日連載的《一個中國人的疑問》，12 月 26 日、27 日連載的《什麼是較好的世界》，1944 年 1 月 6 日刊載的《關於「道德」與「生活」問題的一封信》，2 月 24 日至 27 日連載的《讀〈兩個標準〉》。

三、林林總總的特刊

　　嚴格意義上說，特刊應該屬於副刊的一個類型。因此，本文亦將其作為副刊來論述。

　　《廣西日報》（桂林版）的特刊種類非常多，包括早期的《農村經濟》。《農村經濟》周刊，每周一期。《廣西日報》（桂林版）刊登的第一份《農村經濟》是 1937 年 4 月 2 日，刊發在第五版，已為第 4 期（此前 3 期刊發在《桂林日報》上），《農村經濟》由廣西農民銀行和農村經濟編委會編，第 4 期刊發秦文運的《農民為什麼要組織借款協會》和《銅元漲價之研討》。

　　4 月 3 日第五版上半版刊發《法治周刊》第 6 期（此前 5 期刊發在《桂林日報》上），刊發《國內要人紛集杭州的意義》、《如何救濟旱災？》和《政治人生》等署名文章。

　　當時《廣西日報》（桂林版）日出八個版，此類周刊與《桂林》副刊同一天出版。《桂林》位於該報第八版。

　　4 月 7 日出版《國際周刊》第 10 期（此前 9 期刊發在《桂林日報》上），刊發《國際資源問題會議》、《日本法西斯狂談又進一步》、《蘇聯的天空》等署名文章。

　　4 月 11 日第五版出版《農村建設專刊》，刊發《鄉村建設工作的新動向》、《現階段中國農村改進運動之任務》等署名文章。

　　4 月 12 日出版《教育周刊》第 9 期（此前 8 期刊發在《桂林日報》上），刊發尚仲衣的《論民主主義的教育與民族的救亡》一文。

4月13日出版《東北義勇軍專刊》，刊發《義勇軍與民族革命戰爭》、《民族前哨的東北義勇軍》等署名文章。

5月1日出版《五一勞動節特刊》，刊發《紀念「五一」之意義》、《與日本勞動界攜手——五一應有的認識》和木刻作者惠鐘的《我們要實行八小時做工》等文章。

如上所述，《廣西日報》（桂林版）創刊初期周刊和特刊的情況基本反映了當時副刊在報紙中的地位和重要性。從種類繁多的各種特刊可以看到當時政府工作、活動宣傳方式的獨特性。同時，除去宣傳的因素外，受經費的影響，經理部將一些特刊外包給某些機構。《廣西日報》（桂林版）的副刊是常常受到特刊和廣告的衝擊的。有些特刊雖質量不高，但在當時的情況下不能不接受。《廣西日報》（桂林版）財力所限，經理部也企圖多登些廣告來開闢財源，因此就使定期的副刊成了不定期的。

第五節　獨立進取的報業經營管理

廣西日報（桂林版）的經營與管理也有自己的特色，值得重視和研究。其特色表現在以下幾個方面。

一、經營管理保持相對的獨立性

《廣西日報》（桂林版）時期報社的歷任社長均為新桂系首腦的心腹，受新桂系首腦李宗仁、白崇禧指派，只對他們負責。《廣西日報》（桂林版）的社長無論韋永成、韋贄唐還是黎蒙擔任，都聽命於李宗仁、白崇禧，而在廣西身任國民黨廣西省政府主席和廣西省黨部主任委員要職的黃旭初，卻管不了《廣西日報》（桂林版）〔註69〕。《廣西日報》（桂林版）只聽命於社長，不聽省黨部的話。〔註70〕這就造成了《廣西日報》（桂林版）與廣西省政府、國民黨廣西省黨委之間近乎平級的關係，即不接受後兩者的領導。這也就使得《廣西日報》（桂林版）獲得了較為獨立和寬鬆的辦報環境，這也是《廣西日報》（桂林版）也能開展批評性報導的重要原因。

〔註69〕 李微：《新桂系的〈廣西日報〉》，參見張鴻慰：《桂系報業史》，廣西新聞史志編輯室（內部發行），1997年，第112頁。

〔註70〕 莫寶堅：《回憶抗戰時期〈廣西日報〉的一些人和事》，參見張鴻慰：《桂系報業史》，廣西新聞史志編輯室（內部發行），1997年，第342頁。

二、在管理上「只管人，不管事」

《廣西日報》（桂林版）時期，報社在人事管理方面採取的是比較開放和自由的管理模式，即「只管人，不管事」。該報三任社長對報社的具體事務很少直接插手，尤其是對編輯部的事務，幾乎不參與。廣西日報社採用社長制，社長在報社擁有最高權力，而這三任社長中有兩任是兼任，韋永成兼任社長時職務是第五路軍總政訓處主任，韋贄唐兼任時任廣西綏靖公署政治部少將副主任，後任廣西財政廳廳長。據當時的記者樓棲回憶：「社長韋贄唐（兼職），對編輯工作表面上不大管，連編輯部每周例會，有時他也不參加。」〔註71〕黎蒙雖沒有身兼他職，但黎蒙卻得到了李宗仁給的「辦事和任人自主權」承諾。該報記者謝落生曾這樣回憶，黎蒙每天到報社批幾張條子，處理一些事務，便回家接待朋友。〔註72〕

三、積極開拓市場，謀求做大做強

《廣西日報》（桂林版）除了擁有廣西各級黨政機關的訂戶，拿著省黨部和政府的撥款外，還積極開拓市場，運用各種手段籌集資金以此來發展和壯大自己。如1938年5月建成的新館除了政府部分撥款外，大多是通過積極開拓市場，增加發行量，搞好經營等方式籌集到的資金。另外，《廣西日報》（桂林版）既承擔黨政宣傳工作，又滿足市民對新聞信息的需求，並沒有使它走向沒落，變成一份沒人願意看的報紙。正是因為不斷的開拓市場，重視報紙在讀者受眾中的影響，才使其更貼近民眾，同時也及時傳播新桂系政府各項政策，使得民眾能積極支持和響應政府的號令。此外，正是由於前期的市場開拓，才使得《廣西日報》（桂林版）能在日後與《大公報》（桂林版）等大報紙同臺競爭，佔據一席之地。

四、注重多渠道引進人才

當時的廣西日報社主要有三種進人用人的方式：第一種是社長所熟知的人，能勝任的留下重用，不能勝任的辭退。如韋永成先後讓自己的下屬蔣一

〔註71〕樓棲：《〈廣西日報〉雜憶》，參見《八桂報史文存》，廣西新聞史志編輯室（內部發行），1997年，第99頁。
〔註72〕謝落生：《簡憶抗戰時期的〈廣西日報〉》，參見《八桂報史文存》，廣西新聞史志編輯室（內部發行），1997年，第97頁。

生兼任編輯、後又調韋容生任總編輯，由於韋容生不能勝任，又調莫寶堅任總編輯。第二種是社長的朋友或是熟人介紹來的人。如莫乃群第二次進《廣西日報》（桂林版）就是經過俞頌華等人推薦的。第三種是招聘考試進來的的人。如嚴傑人、陳子濤、陳如雪、陸田君等 4 人就是通過 1939 年 11 月的招考進入該報的。無論哪一種引進人才的方式，都以個人的能力爲選擇和任用標準。

五、積極建設信息獲取渠道

《廣西日報》（桂林版）擁有自己比較完整的新聞獲取渠道，建立了健全的新聞通訊網絡。其中國際、國內新聞主要依靠報社設置的電臺和中央社供稿，本市新聞主要靠該報記者採訪獲得，本省新聞由該報外勤記者和各縣通訊員完成，同時向前線派出特約戰地記者、特派戰地記者、部隊派駐人員等，早期在國外還有若干通訊員。由此可見，《廣西日報》（桂林版）已經建立廣泛而多樣的信息獲取渠道，並且在本地報導中佔據優勢，使得它所報導的本地新聞成爲市民關注的焦點，這正是它與《大公報》（桂林版）競爭中最大的優勢。

第三章　抗戰時期中共在桂林的新聞活動與《新華日報》在桂林的翻印與發行

　　抗戰結束後，毛澤東曾就報紙的作用總結道：「報紙的作用和力量，就在它能使黨的綱領路線，方針政策，工作任務和工作方法，最迅速最廣泛地同群眾見面」〔註1〕。戰爭年代，中國共產黨善於利用新聞的迅捷反應，造成輿論攻勢，能起到動搖、瓦解對方，動員、鼓舞己方，團結、說服友方，以取得革命鬥爭的勝利的作用。

　　「輿論引導」，是指對輿論的引領和疏導。它既包括通過傳播手段來控制社會輿論的流向，也包括運用輿論手段對人們的思想和言行進行疏導，實現對社會輿論方向的控制。新聞媒體作為一種輿論機構，不僅承擔著反映和表達社會輿論的任務，還擔負著影響和引導社會輿論的使命。〔註2〕報紙作為一種非常重要的新聞媒體，其輿論動員作用不可低估。早在二十世紀初，列寧在談到報紙的作用時就說：報紙的作用並不限於傳播思想、進行政治教育和吸引政治同盟軍，「報紙不僅是集體的宣傳員和集體的鼓動員，而且是集體的組織者。」因此，為了組織全民抗戰，中國共產黨積極加強新聞動員，特別

〔註1〕　《對晉綏日報編輯人員的談話》，《毛澤東新聞工作文選》，新華出版社，1983年，第27頁。
〔註2〕　鄭保衛、鄒晶：《媒體變局與輿論引導》，《新聞與寫作》，2008年第8期，第40～41頁。

是利用報紙，發表言論，團結一切可以團結的力量，抗擊日本帝國主義的侵略，也就是毛澤東所說的「動員一切力量爭取抗戰勝利」。

為此，1938 年 11 月 6 日，《中共中央六屆六中全會決議》提出，當前最重要的任務之一是「集中一切力量，反對日本法西斯軍閥侵略者，加緊對外宣傳，力爭國際援助，實現對日制裁」。1938 年 5 月，毛澤東在《論持久戰》一文中深刻闡述了動員民眾的重要性，指出：「如此偉大的民族革命戰爭，沒有普遍和深入的政治動員，是不能勝利的。」如果我們「動員了全國的老百姓，就造成了陷敵於滅頂之災的汪洋大海，造成了彌補武器等等缺陷的補救條件，造成了克服一切戰爭困難的前提。」因此，我們要「把戰爭的政治動員，變成經常的運動。這是一件絕大的事，戰爭首先要靠它取得勝利。」〔註 3〕

政治動員靠什麼？毫無疑問，宣傳是關鍵。只有通過報紙這個輿論喉舌，去引導人民、啓發人民、團結人民，統一認識，才能取得預期的效果。於是，中共報刊嚴格遵照中央指示，開展了一系列對外宣傳報導。

第一節　抗戰時期中共在桂林的新聞活動

一、抗戰時期中國共產黨在桂林的新聞堡壘

抗日戰爭期間，中國共產黨主要通過以下多種新聞媒介在國統區進行輿論引導活動。

（一）中國共產黨領導及影響下的進步報刊

1、《新華日報》

《新華日報》1938 年 1 月 11 日創刊，是中國共產黨在國統區公開出版發行的進步報刊。1938 年 10 月，經廣西當局同意，新華日報廣西分館遷到桂林。《新華日報》在桂林的出版主要是沿用在廣州分館的做法，用由重慶空運的《新華日報》紙版翻印出版發行。翻印工作則由馮玉祥、沈鈞儒、鄒韜奮合資興辦的三戶印刷廠進行秘密翻印。由於中共中央的統戰工作做得出色，桂系當局開始是默許《新華日報》在桂的出版發行。但由於《新華日報》是中國共產黨的喉舌，在報導分析國內外戰事的同時，宣揚中國共產黨的抗日主

〔註 3〕《毛澤東選集》（2 版）第 2 卷，第 480～481 頁。

張，因此被國民黨中央以種種理由禁止在桂林出版發行。隨著國民黨中央宣傳部、內政部發出的禁止《新華日報》出版發行的密電及國民黨特務的干擾和破壞，新華日報社爲了避免與新桂系當局正面衝突，1940 年 5 月，《新華日報》在桂林就不再翻印，而改爲直接銷售重慶總社航郵出版的《新華日報》。雖然國民黨對《新華日報》在桂林的出版發行進行了多渠道、多層次的限制及阻撓，但新華日報社的員工們機智勇敢地進行了反封鎖的鬥爭，使《新華日報》的發行工作一直堅持到 1944 年 9 月桂林淪陷之時。《新華日報》作爲團結自己、戰勝敵人必不可少的一支特殊軍隊對反對妥協、分裂，推動抗戰，反對投降，引領抗戰文化發展進步和奪取抗日戰爭的全面勝利起到了重要的作用。

2、《救亡日報》（桂林版）

《救亡日報》1937 年 8 月 24 日創刊，是上海文化界救亡協會的機關報，名義上是國共兩黨合辦的民報，實際是由中國共產黨領導的報紙。隨著前方淪陷，1939 年 1 月 10 日，《救亡日報》在桂林復刊。社長郭沫若，總編輯夏衍，經理翁從六、張爾華，記者有林林、周鋼鳴、蔡冷楓等。這些人基本上都是共產黨員或進步知識分子。他們以《救亡日報》（桂林版）爲陣地，在桂林抗戰文化由發展走向高潮的過程中起到了骨幹和中堅作用。

3、《國民公論》

《國民公論》1938 年 9 月 11 日在漢口創刊，1939 年 2 月在桂林復刊。是救國會的機關報。由胡愈之、張志讓、張鐵生、千家駒等人主辦，是中國共產黨領導下主辦的一份政治文化綜合性期刊。主要內容涉及國內外政治、經濟、軍事時局評論及新聞報導。由於其針對性強，指導性大，所以在讀者中反響很大。刊物鼎盛時期在全國一度有 30 多個經銷點。《國民公論》由桂林科學印刷廠印製，由桂林生活書店總經銷，於 1942 年 2 月被國民黨政府查封停刊。

4、《青年生活》

《青年生活》1940 年創刊，由桂林科學書店印刷發行，爲月刊，發行人爲樊克昂，編輯人有李庚、葉方、蔣宗魯等，具體負責人爲蔣宗魯，均爲中共黨員。該刊直接受第十八集團軍駐桂林辦事處即中共的南方局領導，中共南方局先後派沉毅然、龍潛經常與該刊聯繫，並在各方面予以支持。沈曾向

中共南方局青委專門彙報該刊情況，青委對該刊工作給予了肯定和鼓勵。「皖南事變」後，創辦時的幾個負責人相繼撤離，由張若達、張先疇、林澗青、姚平等接辦。該刊 1944 年因日寇進犯桂林而停刊。

（二）中共領導及影響下的新聞通訊社

1、國新社總社

國新社總社 1938 年 11 月 21 日在桂林成立，社址在環湖北路，社長范長江，經理孟秋江，編輯張鐵生。除渝港兩地設有分社外，有國內通訊站 400 人，國外通訊站 150 個，社員 130 餘人，在桂林有 10 多人，公開向國內外 150 多家報刊發稿，主要有國際新聞、特約通訊、市聞通訊等 3 種，每周出版一期，編印成冊。各地報紙採用其稿件者甚多。國新社因「皖南事變」後桂林政治情況急劇惡化，隨之轉香港開展工作。

2、救亡通訊社

救亡通訊社附設於救亡日報社，主要向海外的一些進步報刊發稿，全部用航空信寄出。其中的一些稿件是根據蘇聯塔斯社中國分社從重慶寄來的資料以及延安或敵後輾轉得來的資料編寫出來的。至 1939 年 8 月上旬就發稿 500 多篇、130 萬字。1941 年 2 月隨著《救亡日報》（桂林版）的停刊而停止發稿。

鑒於《新華日報》在桂林的印刷與發行和《救亡日報》（桂林版）以及國新社等情況在下文均有專論，這裏從略。

二、抗戰時期中國共產黨在桂林的新聞策略

抗戰時期，桂林作為大後方，雖然桂系當局與以蔣介石為首的國民黨中央有矛盾，但畢竟根本立場及階級基礎不一樣。因此，中國共產黨在桂林的辦報環境也是隨時變化的。當國內省內的政治局勢趨好，鬥爭緩和時，中共的辦報環境是寬鬆和諧的；當國內省內的政治局勢趨壞，鬥爭劇烈時，中共的辦報環境是險惡叢生的。中國共產黨將堅定的立場、信念，同靈活的辦報方式結合起來。在堅定的無產階級立場和共產主義信念前提下，根據不同的時間、地點、人物開展靈活多變的辦報活動，維護了抗日民族統一戰線，打擊了國民黨的分裂活動，抨擊了日寇的誘降言論，為爭取中華民族解放作出了巨大的貢獻。

中國共產黨明確指示「在大後方應經過各種不使黨的組織遭受破壞的，

側面的，間接的方式去動員輿論與群眾」〔註4〕，「要以精幹政策戰勝國民黨的量勝政策，以分散政策抵抗其統制政策，以隱蔽政策對抗其摧殘政策」，〔註5〕進步新聞工作者們忠實地執行了中共的這一指示，利用側面間接的方式，做到既要保存實力又要揭露黑暗，在批判倒退的同時還宣傳黨的方針路線。

（一）黨報為先、進步報紙跟進及與國民黨報刊的團結合作

1、黨報為先

運用報刊宣傳革命思想、指導工作是中國共產黨的宣傳傳統。抗日戰爭時期，《新華日報》是經國民黨中央批准，唯一在國統區合法出版的中國共產黨的報紙，是中共南方局的機關報。中國共產黨在國統區的輿論引導以《新華日報》為號角，聚焦隊伍，開展活動。它成為中國共產黨在桂林從事政治、思想、外交、文化等方面的鬥爭，開展抗日民族統一戰線工作，發展愛國民主運動，動員廣大群眾參加抗戰事業，宣傳中國共產黨的路線等方面的有力輿論武器。中共始終貫徹執行發展進步勢力、爭取中間勢力、孤立頑固勢力的統戰政策，與國民黨頑固派進行了不屈不撓的政治鬥爭。通過宣傳中共持久抗戰、全面抗戰、全民族抗戰的路線、方針、政策，得到了包括國民黨左派、中間勢力、知識分子及各界民眾的廣泛認可和讚譽。為奪取抗戰勝利作出了不可磨滅的貢獻。

作為中共的喉舌、抗日的號角，《新華日報》設有專論、國際述評、時事問答、經濟述評、編餘雜談等欄目，副刊有工人生活、婦女之路、社會服務等，後來還開闢了「友聲」專欄（刊載民主黨派朋友們的言論和意見）。大量報導了解放區的基本情況，使國統區人民開始對解放區有一個嶄新的認識，對中共提出的抗日民族統一戰線政策也有了深刻的瞭解。同時，中共南方局還組織《新華日報》和文藝界朋友積極配合抗戰宣傳，「為文協各項活動共發表通訊報導、社論評論等文章達 215 篇之多」〔註6〕。《新華日報》以「堅持抗戰，反對投降；堅持團結，反對分裂；堅持進步，反對倒退」為旗幟，宣

〔註4〕《中國共產黨中央文件選集》第 13 冊，中國共產黨中央黨校出版社，1991年，第 100 頁。

〔註5〕《中國共產黨中央文件選集》第 13 冊，中國共產黨中央黨校出版社，1991年，第 101 頁。

〔註6〕王福琨：《中共中央南方局的統一戰線工作》，中共黨史出版社，2009 年，第196 頁。

傳了中共的綱領路線和方針政策，聲討日寇法西斯暴行，支持人民的抗日救亡運動，向國民黨統治區人民宣傳人民軍隊抗戰的成績和抗日民主根據地的情況，爲中共在國統區贏得了民心。因而《新華日報》被時人稱爲「灕江燈塔」、「北斗報」，毛澤東說它如同八路軍、新四軍一樣，共產黨的又一個方面軍。

2、進步報刊跟進

僅僅靠《新華日報》進行輿論引導顯然是不夠的，爲此，中共還辦了一張「左、中、右三方都喜歡」的報刊——《救亡日報》。《救亡日報》是上海文化界救亡協會創辦的一份典型的以進步團體主辦，實質是中共領導下的一份抗日民族統一戰線的進紙。1939 年 1 月 10 日，在周恩來的關懷和過問下於桂林復刊。在復刊之始，周恩來就指出：《救亡日報》「辦成像國民黨的報紙一樣當然不成，辦得像《新華日報》一樣也不合適。辦成《中央日報》一樣，人家不要看；辦成《新華日報》一樣，有些人就不敢看了。總的方針是宣傳抗日、團結、進步，但要辦出獨特的風格來，辦出一份左、中、右三方面的人都要看，都喜歡看的報紙。要好好學習鄒韜奮辦《生活》的作風，通俗易懂，精闢動人，講人民大眾想講的話，講國民黨不肯講的，講《新華日報》不便講的。」〔註 7〕當時大後方新聞報刊多利用國民黨要人或地方勢力做掩護，利用國民黨內部的矛盾，宣傳抗日、團結，要求民主、進步，反對獨裁、倒退。比如《救亡日報》在復刊和辦報過程中就充分地利用了新桂系既要求抗戰又與國民黨中央蔣介石政府有矛盾這一特殊政治氛圍。1938 年，當時中國共產黨領導人周恩來在途經桂林時，與郭沫若一同拜訪桂系李宗仁、白崇禧，爭取到桂系對《救亡日報》在桂林復刊的支持。復刊前，《救亡日報》總編夏衍對廣西省主席黃旭初表明態度：即我們讚賞和擁護廣西當局的團結抗日、進步的立場，對廣西內部政務保持友好態度，也希望廣西當局對《救亡日報》予以支持〔註 8〕。

毛澤東也早就提出：「須注意各部分游民生活與性質之不同，分別地對他們進行宣傳。」〔註 9〕夏衍的理論高度及實踐經驗使其能深刻領會到黨的辦報

〔註 7〕 廣西日報新聞研究室編：《救亡日報的風雨歲月》，新華出版社，1987 年，第 187 頁。
〔註 8〕 《夏衍自傳》，江蘇文藝出版社 1996 年，第 128 頁。
〔註 9〕 《紅軍宣傳工作問題》，《毛澤東新聞工作文選》，新華出版社，1983 年，第 18 頁。

方針，在辦報工作中也很好地貫徹執行了這一方針政策。爲了吸引到更多和更廣泛的受眾，夏衍改革了了以往報紙政論多、文化習氣濃的特點，開闢了一些通俗易懂的、面向普通受眾的不同口味的、平民性的專欄。《救亡日報》（桂林版）在當時發揮了極大的宣傳作用。中共以《救亡日報》（桂林版）爲主要陣地，團結了大批內遷到桂林的進步文化人士和文藝工作者，並組織他們開展了卓有成效的抗日文化宣傳和文藝創作活動。

3、與國民黨報刊的緊密合作

抗戰時期的桂林作爲一個國統區，一方面有原來新桂系當局主辦的國民黨報刊，另一方面還有內遷過來的原國民黨中央報刊，這兩者加起來的數量是非常之多的。中國共產黨認爲，不同的職業，不同的年齡，不同的階級，都可以作爲確定對象類別的標準。不僅如此，在同一對象群體內，還可以根據有關標準劃分出若干不同的部分，而對於這些不同的對象，可以分別採取不同的措施予以爭取。因此，對於這些國民黨的黨報，中共也採取了一些特別的措施來與國民黨報刊進行緊密合作，共謀抗日救亡大計。如對於當時新桂系當局的機關報《廣西日報》（桂林版），中共先後派金仲華、傅彬然、張錫昌、秦柳方擔任該報的主筆，分別撰寫時事、政治、文化、教育和經濟方面的社論。記者陳子濤也爲中共黨員。

以《救亡日報》（桂林版）爲代表的一批報紙以統一戰線方式，採取靈活的宣傳藝術策略，以超黨派面目出現，兼容並蓄客觀公正地報導左中右三方面的抗戰言論和活動：對蔣介石突出報導其抗戰言行，大力報導其表示團結進步的姿態；同時又以三民主義和「三大政策」籲請團結抗戰和全面抗戰，接過蔣介石小勝爲大勝、以空間換時間的口號，宣傳持久戰的思想，組織討汪的輿論攻勢打擊投降派。還在 1939 年組織《國慶紀念特刊》，發表了國共雙方認識的文章，以誌兩黨「聯合一體」等等。「利用蔣介石的抗戰言論去作動員人民和孤立頑固派的武器」，懂得鬥爭的策略，並在實踐應用中得心應手。〔註 10〕對中間派的抗日言論、抗日活動加以廣泛報導，充分肯定桂系的自治、自衛、自給的「三自」政策和「招賢納士」政策，僅 1939 年 2 月，《救亡日報》（桂林版）就發表了 18 篇相關的消息、報告、評論，讚揚廣西是實施民主政治模範省。1941 年元旦，《救亡日報》（桂林版）增刊，又特地發表

〔註10〕高寧：《〈救亡日報〉的宣傳藝術》，見：魏華林，劉壽保主編：《桂林抗戰文化研究文集》（三），灕江出版社，1992 年，第 271 頁。

李宗仁、白宗禧、黃旭初、李濟深、張發奎等人寫的文章。對李任仁、陳此生、黃琪翔、馮玉祥等中間派和民主人士，特別是對宋慶齡、何香凝、陶行知等左派，更是作為親密朋友和依靠力量，通過刊出他們的文章說出報紙編輯們想說而不便說的話。對中國共產黨的抗日言論和黨領導下的抗日活動，擇其精粹加以報導。通過宣傳黨的最高領導人的言行，如 1939 年 5 月 12 日《文化崗位》頭條發表毛澤東的《序〈論持久戰〉的英譯本釋抗戰與外援》；1939 年 5 月 21 日發表的《葉劍英將軍談戰局》和《二期作戰之敵我新戰略周恩來在國際宣傳處向中外記者講話》、報導根據地欣欣向榮的景象。如消息《晉察冀的村鎮選舉》、特稿《晉察冀邊區概觀》，介紹人民軍隊的光輝戰線及其勝利原因，為國統區人民樹立民主改革的範例和抗戰到底的旗幟。另外，還報導國際工人運動和反法西斯鬥爭的情況，如 1939 年 7 月 8 日登載《中英人民站在一條戰線上》、同年 11 月 7 日刊出的《蘇聯利益與人民利益的一致》等，還有及時和廣泛地報導人民的抗日救亡運動，及時發現和關心幫助群眾解決鬥爭中的問題。〔註11〕

當時桂林各報彼此「相處得很好」，如前所述，即使是國民黨中央社桂林分社社長陳純粹、國民黨軍事委員會機關報《掃蕩報》總編輯鍾期森，都分別向他保證要「一視同仁」，不會「發表不利於團結的言論」；改版時「還虛心地聽取所有有辦報經臉的同行：如大公報的王文斌乃至掃蕩報的鍾期森）的意見」；救亡日報與廣西日報之間也「一直維持了友好的關係」。〔註12〕《救亡日報》在桂林復刊的時侯，作為廣西省國民黨政府的機關報《廣西日報》（桂林版），在 1939 年 1 月 11 日第三版，便刊出了題為《新聞之新聞─救亡日報昨日復刊》的消息，說：「《救亡日報》為軍委會政治部第三廳廳長郭誅若氏所創辦。前年『七七事變』起，郭氏拋妻離子，歸國參戰，到滬後，深以爭取抗敵勝利，必須鞏固全國團結，乃於『八一三』之際，創刊《救亡日報》，集中救亡言論，鼓吹到底，極為讀者們歡迎。嗣我軍撤退上海，又移廣州出版，所刊佈言論，輒為海內外報紙雜誌轉載。廣州失守，該社以桂林為我西南抗戰重心，亟謀在桂復刊，得各界讚助，該報已於昨日（十日）復刊，所特刊之《十日文萃》，仍繼續出版云。」《廣西日報》（桂林版）的報導充滿了團結抗日的氣氛。

〔註11〕 唐正芒：《中國西部抗戰文化史》，中國共產黨黨史出版社，2004 年，第 217 頁。

〔註12〕 見《新聞研究資料》1981 年第二輯，第 8～13 頁。

　　即使是國民黨軍方主持的《掃蕩報》（桂林版），也曾刊登進步人士的文章。如 1938 年 12 月 7 日、11 日第三版，就分別刊登了郭沫若的《抗戰新階段的前途》、《復興民族的眞諦》等文章；1939 年 6 月 5 日，刊登了周恩來的演講稿《二期作戰寇我新戰略》。值得一提的是《救亡日報》（桂林版）於 1940 年 7 月 21 日在同版轉載了兩篇呼籲團結、反對摩擦的社論。頭條是在抗戰時期始終支持蔣政府的《大公報》的社論《由七七書告看政治進步》，下面是《新華日報》社論《鞏固各黨派的團結》，運用這種客觀報導的手法，反映了廣大人民，包括《大公報》所代表的那部分力量都要求團結、進步的強大呼聲，在輿論上孤立了製造摩擦、分裂的頑固派。在宣傳的調子上，各報發表大大小小的新聞、通訊、評論，開辦的各種各樣專刊、副刊、專欄，不管形式與內容如何豐富多彩，一般地都能圍繞抗戰這個中心，顧及國家民族的利益，很少有互相漫罵攻擊的現象。

　　中國共產黨在辦報過程中是嚴格地遵循了傳播學理論中的對象性、地方性、時間性要求。「如果眞心想做宣傳，就要看對象，就要想一想自己的文章、演說、談話、寫字是給什麼人看、給什麼人聽的，否則就等於下決心不要人看，不要人聽。」〔註 13〕辦報機關對這一原則要求的貫徹，一方面增強了輿論引導的靈活性，另一方面又能加強輿論引導工作的針對性，使中共的輿論引導能夠緊密地配合當前的形勢，從而保證了輿論引導的戰鬥力和政治效果。

（二）進步報人群體身先士卒、身體力行

　　全黨辦報，全民辦報，是中國共產黨在延安時代提出的又一重要的宣傳策略。這個宣傳策略在抗戰時期的桂林則表現爲進步報人參與下的報業大發展。辦好一家報紙，「不但是辦的人的責任，也是看的人的責任。看的人提出什麼意見，寫短信短文寄去，表示喜歡什麼，不喜歡什麼，這是很重要的。」〔註 14〕毛澤東就指出：我們的報紙「要靠大家來辦，靠全體人民群眾來辦，靠全黨來辦，而不是只靠少數人關起門來辦。」〔註 15〕這一思想實際是毛澤東群眾路線在新聞宣傳中的應用。之所以要這樣做，是因爲中共報紙，是人民的報紙，是革命事業的重要組成部分。只有發揮中共全黨的力量，集中人民的智慧，才能把報紙辦成富有戰鬥力的宣傳機關。

〔註 13〕《反對黨八股》，《毛澤東新聞工作文選》，新華出版社，1983 年，第 77 頁。
〔註 14〕《毛澤東新聞工作文選》，新華出版社，1983 年，第 113 頁。
〔註 15〕《毛澤東新聞工作文選》，新華出版社，1983 年，第 150～151 頁。

　　根據中國共產黨的論述，全黨辦報主要有如下三種情形。一是吸收、歡迎黨外人士發表意見。抗戰時期，毛澤東曾要求各級黨報「吸收廣大黨外人員發表言論，使一切反法西斯反日本帝國主義的人都有機會在我黨黨報上說話，並盡可能吸收黨外人員參加編輯委員會」〔註16〕，擴大宣傳戰線，壯大輿論力量。「《廣西日報》（桂林版）的副刊辦得很有特色，因爲它的副刊始終在進步報人手中，郭沫若、巴金、邵荃麟、夏衍、田漢、周立波、艾青、艾蕪等經常爲它撰稿。」〔註17〕二是在報刊登載群眾來信、來稿。毛澤東要求中共報紙「給人民來信以恰當的處理，重要的可以公開發表。這實際是加強報紙與讀者聯繫的一種辦法。三是發展工農通訊員隊伍。在延安，毛澤東曾專門指示，從中央黨校挑選做過地方實際工作的領導來領導工農通訊員工作。隨著工農通訊員隊伍的發展壯大，一方面加強報紙與人民的聯繫，另一方面也大大地豐富了報紙的內容。如《新華日報》爲文協各項活動共發表通訊報導、社論評論等文章達 215 篇之多。〔註18〕又如中蘇文協的會刊《中蘇文化》，就是由侯外廬、翦伯贊分別擔任進步刊物的正副主編，這個刊物後來實際上由中共南方局領導，成了大後方又一個進步的文化宣傳陣地。

　　全黨辦報、全民辦報的策略原則，在中國共產黨歷史上產生了重大影響。歡迎中共黨外人士發表言論，實際是以中共黨報爲主體，發展思想意識形態領域的統一戰線。刊登讀者來稿來信，發展工農通訊員隊伍，又是確保宣傳工作切合實際，把握群眾情緒，進行針對性宣傳的重要條件。如果中共黨報捨棄了上述三種辦報方式，其宣傳就會成爲無本之木，無源之水，脫離群眾，脫離實際，從而無法完成宣傳群眾、動員群眾、組織群眾的偉大使命。

（三）新聞宣傳活動形式多樣

　　中國共產黨形式多樣的新聞宣傳活動，既完全符合心理學關於情緒的基本原理，也與新聞學的接近性原理是一致的。從傳播心理學而言，在信息傳播過程中，個體的情緒體驗會影響到個體對傳播內容的取捨。與個體情緒色彩一致的，會取得顯著的傳播效果，反之，則易於爲個體所抵制。受眾個體

〔註16〕　《黨報應吸收黨外人士發表言論》，《毛澤東新聞工作文選》，新華出版社，1983年，第 94 頁。

〔註17〕　鍾文典：《桂林通史》，廣西師範大學出版社，2008 年，第 440 頁。

〔註18〕　王福琨：《中共中央南方局的統一戰線工作》，中共黨史出版社，2009 年，第166 頁。

會有自己獨立的接受方式，個體一般傾向於接受發生在自己身邊，或與自己生活密切相關的事件的信息。換而言之，傳播的內容是否靠近受眾，是否與受眾直接或間接的生活需要相關，乃是決定受眾接受態度的重要因素。一張報紙，如果成天報導單調乏味的內容，注定是不會引起受眾興趣的。事實也證明了這一點。如《救亡日報》（桂林版）就開闢了形式多樣、適應各方受眾需要，涉及各個領域的欄目，如《崗語》、《小言》、《街談巷議》、《今日話題》等，都深受時人的喜好，該報還開闢了諸如《文化崗位》、《十字街》、《青年政治》、《兒童文學》、《漫木旬刊》、《舞臺面》等品類繁多的副刊，這些副刊無所不談，亦莊亦諧，吸引了各階層的受眾，《救亡日報》（桂林版）一度遠銷湖南、江西、廣東乃至香港等地。由於中共的報刊等宣傳工具，堅決地貫徹了這一策略原則，使中國共產黨的新聞宣傳工具充分地發揮了宣傳鼓動和指導工作的實際作用。

　　在抗日戰爭的宣傳實踐中，中國共產黨的這一策略也取得了很大的成果，為鼓舞人心，堅持抗戰，「必須動員報紙刊物……及其它一切可能力量，向前線官兵、後方守備部隊、淪陷區人民、全國民眾，作廣大之宣傳鼓動，堅定地有計劃地執行這一方針，主張抗戰到底，反對妥協投降，清洗悲觀情緒，反覆地指明最後勝利的可能性與必然性。」〔註 19〕《新華日報》、《救亡日報》（桂林版）、《國民公論》等報刊為此都刊登了很多抗戰動員、堅持抗戰的文章。指出大家要由「羔羊變作醒獅，認清敵人，萬眾一心地荷槍負械，同敵人衝鋒肉搏，以求得全民族之解放。」在中國共產黨的直接指導下，這些報刊進行了形式多樣、卓有成效的新聞宣傳，終於一掃悲觀氣氛，激發了人民昂揚的鬥志，從而使戰爭向著有利於人民的方向發展。

（四）媒體報導深刻、全面

　　抗日戰爭期間，中日之間、國共兩黨之間的新聞輿論戰錯綜複雜、驚心動魄。中共輿論引導工作的成功在於其貫徹了很多長期以來已被實踐證明是行之有效的工作方法。採取樹立典型來推動輿論宣傳就是抗戰時期中共在桂林的傳播策略濃墨重彩的一筆。在革命戰爭年代，中共就認識到了典型事件及典型人物對革命工作的推動作用。積極向上的先進事迹和先進個人經過報刊、電臺、板報等傳播媒介的廣為傳播，就會像一塊磁力強大的磁鐵，吸引

〔註19〕　《.高度發揚民族自尊心和自信心》，《毛澤東新聞工作文選》，新華出版社，1983年，第 39 頁。

住那些已經覺悟或正在覺悟的受眾，成為革命鬥爭的重大推動力。由於先進典型的傳播價值非常明顯，抗戰時期，這種取（選）材適當的傳播手段成為中共的輿論引導工作的主要內容。《新華日報》、《救亡日報》（桂林版）、《國民公論》等報刊就注意報導國民黨與八路軍、新四軍中湧現出的抗日民族英雄，因為「表揚這些英雄及其英勇行為，對外宣傳和對內教育均有重大意義」，因此「除在各部隊報紙上發表外，擇其最重要者電告此間及廣播」，〔註20〕以發揚革命的愛國主義和英雄主義精神。

　　為了擴大消息來源，增強報刊內容，中國共產黨領導的進步新聞機構還充分利用當時八路軍桂林辦事處有 1 個電臺，每天抄收延安新華社發的電訊和文件。所以，《救亡日報》（桂林版）來自延安和華北以及皖南前線的特別稿和電訊也相當多。〔註21〕從 1939 年 11 月 5 日起連載的《晉察冀邊區概況》就詳細報導了晉察冀邊區的情況，使國統區的桂林人民也能及時瞭解邊區概況。《救亡日報》（桂林版）很重視新聞取材於底層群眾這一點，經常刊登徵稿啟事，呼籲民眾積極給報社投稿，並號召發起和建立了相應的讀者通訊員制度。夏衍利用和「上海文化界救亡協會桂林分會」的關係，以及《救亡日報》（桂林版）當時在桂林的影響力，有針對性地邀請在桂林或者外省、香港的知名人士撰寫有真知灼見的文章，冠以「本報特稿」的標誌。利用「名人效應」，不僅擴大了報紙的銷路。而且在廣泛報導國際新聞的同時，還積極策劃，利用國際友好人士的某一事件來形成報紙持續關注的議題。當然，對於國際友人的關注多集中在抗日戰爭方面。1939 年 2 月和 3 月分別對於蘇聯記者卡爾曼和法國記者李蒙的報導就是最好的例子。僅在李蒙夫婦訪問期間，《救亡日報》就刊登了一系列關於李蒙的行動的 10 餘篇文章。

　　為了和國民黨的新聞封鎖作鬥爭，擴大抗日宣傳力量，1938 年 3 月在漢口成立的「青記」是范長江、陳農菲等進步報人和中國共產黨人發起，吸收散佈在全國各抗日前線的青年戰地記者為主體的中共黨領導下的統一戰線性質的新聞學術團體。武漢失守後，「青記」總社遷到桂林，後又遷到重慶。「青記」桂林分會是當時廣西新聞界最活躍的一個學術團體，每月都舉行學術座談會或報告會，如《江南敵後區採訪》（任重作報告）、《抗戰二年來採訪工作之檢討》（孟秋江、於友、石燕等作報告）等對戰時新聞工作者業務水平的提

〔註20〕《毛澤東新聞工作文選》，新華出版社，1983 年，第 61 頁。
〔註21〕彭啟一：《〈救亡日報〉在桂復刊二三事》，羅標元等編：《桂林舊事》，灕江出版社，1989 年。

高起到了很好的推動作用。通過成立新聞記者學會、新聞記者分會等組織，加強聯繫，開展活動，就如何辦好戰時報紙等問題統一認識，統一行動。

國新社在抗戰初期，爲打破國民黨當局對新聞的壟斷和控制，根據中共南方局周恩來的指示成立，它是爲國際宣傳處服務通訊社。按照周恩來的意圖，由范長江與當時在三廳工作的胡愈之（中共秘密黨員）一道去同國際宣傳處副處長曾虛白商談，最後一致同意建立「國際新聞社」，爲國際宣傳處服務，由國新社負責供給對外宣傳的報導材料。由於有爲國際宣傳處工作的關係，國新社很快獲得國民黨政府的批准，取得了採訪和發佈新聞的合法地位，同時也解決了經費問題。國新社 1938 年 11 月 21 日在桂林成立總社，社長兼採訪部主任是范長江，副社長是孟秋江，黃藥眠任總編輯。國新社的任務是向報紙、刊物發新聞通訊稿和專論稿，發稿的對象和範圍主要是當時國民黨統治區的報紙和海外華僑辦的報紙，它是由中國共產黨領導的，具體由八路軍桂林辦事處主任李克農領導。當時要求每個社員都必須在政治上贊成抗日和民主，支持國新社的工作。1939 年至 1940 年夏桂林時期，是國新社的全盛時期。據統計，先後利用國新社稿件的，有國統區報紙，有東南亞、印、美、澳等國的報紙，以及非洲的華僑報紙共 150 多家。這是國民黨中央通訊社所不及的。也正因此國新社引起了國民黨頑固派的恐懼和仇視，國民黨中宣部於 1940 年 5 月以正式公函通知國際宣傳處，要特別注意審查國新社的稿件，特務頭子徐恩曾也給曾虛白打招呼，說「『左』傾作家胡愈之、范長江等，在桂林組織『國新社』，其主要活動爲宣傳『左』傾思想……」，要曾虛白進行調查上報「該社內容及實際負責人的政治背景。」〔註22〕

同時，在輿論引導過程中，中共不僅僅重視「正面」事迹和人物的傳播價值，也同樣重視「反面」事迹和人物的傳播價值。抗日戰爭期間，國民黨不斷挑起的武裝摩擦，日軍對我國的血腥侵略，無一不是典型的「反面」材料。中國共產黨也認識到這種「反面」典型的報導，往往能驚醒迷途中的受眾，使之覺悟，進而認清道路。在抗戰的相持階段，毛澤東就指示應「將敵人一切殘暴獸行的具體實例，向全國公佈，向全世界控訴，用以達到提高民族覺悟，發揮民族自尊心與自信心之目的。」〔註23〕如《救亡日報》1940 年

〔註22〕 轉引自魏華齡：《范長江與國際新聞社》，《文史春秋》，2009 年第 2 期，第 53 頁。
〔註23〕 《毛澤東新聞工作文選》，新華出版社，1983 年，第 70 頁。

3 月 7 日的通訊《血和恨之城 —— 賓陽》就報導了日軍在賓陽殺死了 1500 名民眾，劫殺豬牛 500 多頭的罪行。

由此可見，中國共產黨的典型宣傳策略中，「正面」典型和「反面」典型、「先進」典型和「落後」典型的宣傳，是有機地結合在一起的。對「反面」典型、「落後」典型的揭發，應該配合「正面」、「先進」典型的宣傳，並且是出於消除「落後」，清除「反面」，爭取多數的目的。

（五）媒介傳播策略智慧大氣

中共在建黨初期，由於鬥爭經驗的缺乏，在新聞輿論這個戰場上採取的是態度鮮明、言辭激烈的姿態，往往沒辦幾天報刊就被查封了，使黨喪失了輿論陣地，在人力、物力和財力上受到損失。因此，「這種特殊的情況，就構成我黨在友黨地區的工作方式之特殊性，公開工作與秘密工作的特殊關係。這裏的重要特點是在黨的各個工作部門內有著相當廣泛的合法可能給我們利用，但仍然有其一定的嚴格的限度。這種限度特別表現在我們常常不能以黨及黨員的面目去進行活動。」〔註 24〕這種策略反映在辦報方式上，就是不要搞強行灌輸，而應該講究分寸。根據受眾的心理承受能力，以潤物無聲的辦法進行輿論引導。

抗戰時期，中共已開始接受建黨之初血的教訓，在辦報方式上是十分注重策略的。尤擅長於靈活地運用迂迴戰術進行報刊宣傳。1939 年 5 月，中共中央就指示各級黨委：要以「各種不使黨的組織遭受破壞的、側面的、間接的方式去動員輿論與群眾」〔註 25〕。《救亡日報》（桂林版）、《國民公論》等報刊常利用趣味性把自己的真實色彩隱蔽起來，使自己不致於暴露而能長期存在下去。這些刊物寓教於樂，在趣味化的文章中注意宣講抗日民族統一戰線政策，揭露國民黨的黑暗統治，在受眾中產生了很大的反響。

同時，中共還充分利用了新桂系地方當局與蔣介石的國民黨中央政府之間的矛盾，在桂所辦報刊常用旁敲側擊、轉彎抹角的迂迴作戰方法來進行輿論引導。《救亡日報》在桂林復刊時，中共領導人郭沫若、周恩來先後去拜訪了復刊所在地的軍政首腦余漢謀、李宗仁、白崇禧等人，既取得了政治上

〔註 24〕劉少奇：《論公開工作與秘密工作》，《共產黨人》，第 1 期，1939 年 10 月 20 日。

〔註 25〕中央檔案館編：《中共中央文件選集（13）》，中共中央黨校出版社，1991 年，第 10 頁。

的支持，也取得了經濟上的資助。夏衍在《救亡日報》復刊前也對當時的廣西省長黃旭初表明：「我們讚賞和擁護廣西當局的團結抗日、進步的立場，對廣西內部政務，保持友好態度，也希望廣西當局對《救亡日報》予以支持。」〔註26〕在辦報過程中，《救亡日報》（桂林版）很好地貫徹潤物無聲的辦報方式，如在標題和欄目的處理和設置上注意把握分寸，盡量不給反共頑固派抓到把柄。在內容上注意言辭不要過激，只作事實的報導，而不作過多的褒貶。這種報導的方式還利於中共爭取國統區廣大中間群眾，「根據我們由多年經驗所證實的看法，宣傳上的正確策略並不是要往往從敵方組織中把個別人物和成批的成員爭取過來，而是要影響那些還沒捲入運動的廣大群眾。」〔註27〕《救亡日報》（桂林版）對左、中、右派各方的抗戰言論均予以發表，並開闢了很多適合各層面受眾的專欄，如《街談巷議》、《今日話題》等，都深受受眾的喜好。

　　為了控制進步言論，限制新聞自由，國民黨中央從重慶派了專人來桂林，建立了新聞檢查處（所）。對於國民黨反動派窒息言論自由的做法，以《救亡日報》（桂林版）為代表的進步報紙便多方進行鬥爭。如《救亡日報》（桂林版）利用定期出版的《新聞記者》專頁，借開展新聞學術討論之機，或者是從字裏行間影射反擊，或者是直言不諱予以揭露。《在政治的寒暑表》一文中，強調「如果現實的政治環境剝奪了新聞報紙作為大眾耳目喉舌的性能，新聞事業決不會有什麼發展的。無論在何時何地，新聞事業的盛衰是測驗政治好壞的寒暑表」。《需要更多的董狐》一文中，號召新聞記者爭當史官董狐式的記者，「具有不怕任何困難，不辭與黑暗勢力奮鬥到底的精神，才能為中國的新聞事業（也就是為了民主政治）開闢出光明大道來。」〔註28〕《力報》總編輯馮英子寫的《我們努力的方向》一文，則直截了當地提出「為什麼要爭取言論自由」的問題，認為新聞事業是肩負抗日、建國雙重任務的號角，「如果每一個新聞記者動輒得咎，如果每一件事情諱疾忌醫，則誰也不會明瞭本身缺點或優點之所在，誰也無法對於現象深切的認識而力求進步，也必然影響了抗戰任務的行進。但要使新聞記者真正擔負起這使命，自然必須要給予

〔註26〕夏衍：《記〈救亡日報〉》見廣西日報新聞研究室編：《救亡日報的風雨歲月》，新華出版社，1987年，第29～30頁。

〔註27〕中國人民大學新聞系編：《馬克思　恩格斯論報刊》，中國人民大學出版社，1958年，第13頁。

〔註28〕夏衍：《需要更多的董狐》，《救亡日報》（桂林版），1941年1月6日第4版。

新聞記者以眞心的言論自由，一改其動輒得咎、諱疾忌醫的作風。」《力報》
的「新聞語錄」欄裏，還刊登了當時國新社社長范長江的主張：「在擁護三民
主義，擁護政府，服從最高統帥，堅持抗戰，鞏固團結，嚴守軍事外交機密
之條件下新聞記者應有說話的自由。而且爲了達成上述的目的，凡是實際上
腐蝕三民主義，敷衍政令，蒙蔽統帥，不爲抗戰，破壞勾結等現象，應當允
許新聞記者說話。」顯而易見，這些都是針對消極抗日、積極反共、堅持分
裂倒退、黑暗腐敗、獨裁專制的國民黨反動政府而發射的炮彈，力爭新聞工
作有一個較好的民主政治環境。

實事求是是中共的安身立命之本。眞實是新聞的生命，也是報刊的生命。
在革命戰爭年代，中國共產黨的宣傳之所以能得到廣泛的響應，取得顯著的
效果，就在於其輿論宣傳內容的眞實性。堅持新聞報導的眞實性，是中國共
產黨新聞宣傳工作的優良傳統，也是中國共產黨一貫主張的重要的宣傳策略
之一。

《新華日報》是很好地貫徹這一宣傳策略的報刊，《新華日報》雖然是國
統區唯一允許公開發行的中共黨報，但國民黨仍舊想盡各種各樣的辦法阻撓
《新華日報》的發行、攻擊《新華日報》的所謂「胡言亂語」的報導內容。
如何衝破國民黨的阻撓，爭取更多的受眾？「我們反攻敵人的方法，並不多
用辯論，只是忠實地報告我們革命工作的事實。」〔註29〕中國共產黨深信事
實勝於雄辯，報導事實，就是對國民黨誣衊的有力反擊。而要做到這一點，
不僅要求報導的內容是眞實的，而且還要能通過報導，準確地把握社會變動
的實質，把握社會發展的基本趨勢，把握社會的主要矛盾，進而提出解決方
略。

爲了保證新聞內容的眞實性，《新華日報》多方面著手建立和擴大了自己
的新聞報導來源。在國際報導來源方面，《新華日報》訂購了各國共產黨的報
刊雜誌，並與莫斯科、紐約、倫敦等地的新聞機構建立了業務聯繫，與美國
進步新聞機構勞工通訊社建立了聯繫。這些報刊和通訊社構成了《新華日報》
國際消息的主要來源。在國內報導中，一是通過重慶的內部電臺抄收一些重
要的文件，獲得一些解放區和敵後根據地的報紙和雜誌。依靠敵佔區的地下
黨組織獲取到一些日僞和汪僞主辦的報紙和雜誌。同時，中國共產黨要求記
者深入群眾，進行深入細緻的調查研究工作，廣泛而詳細地收集材料；在報

〔註29〕 《〈政治周報〉發刊理由》，《毛澤東新聞工作文選》，新華出版社，1983年，
第5頁。

導新聞時，又要求記者「對遇到的問題要有分析，要有正確的看法，正確的態度」，「要獨立思考，不要人云亦云」。在肯定「文字和材料都要是鼓動性的」同時，又嚴禁扯謊。

通過多渠道報導來源的收集，使得《新華日報》既有國際視野，對當時的國際共產主義運動和各國的反法斯鬥爭進行實事求是的報導，對國內部分，也能客觀全面地對解放區和敵後根據地的建設，對八路軍、新四軍在抗日前線進行英勇抗戰的事迹進行報導。在抗日戰爭的輿論控制與反輿論控制鬥爭中，中國共產黨多次重申新聞報導的真實性原則，也只有這樣，才能取信於受眾，取得預期的輿論宣傳效果，從而在更大的範圍內，使中共的抗日民族統一戰線政策深入民心。

但是，實事求是的辦報方式並不是機械地僅僅將社會上發生的重大事件儘快地告知給廣大的受眾，除此之外，新聞報導還具有要向受眾解釋事件的意義、指明事件乃至社會發展方向的使命。前者主要是通過消息、通訊、特寫等報導內容來表達，後者則是通過評論以及由眾多報導所體現的方向來表現。對於報刊等宣傳工具來說，兩者都是必要的。如果報紙上充滿了事實報導，而不對報導的事實加以解釋，評價其價值和意義，分析其未來發展的方向，受眾就會在紛繁複雜的事件面前無所適從，反之，如果只是發表評論而缺乏事實報導，也會淪為空談，並最終為受眾所厭棄。

《新華日報》就有很多社論、專論和短評，這些社論和短評對國民黨統治區的抗戰文化運動起到了重要的指導和推動作用。如對「藝術至上」、「與抗戰無關論」的批判，對「民族形式的問題」的討論，對「戰國策派」、《中國之命運》的批判等，《新華日報》一方面為抗日民族統一戰線提供了宣傳陣地，另一方面，也通過對這些報導和評論，引導了中國抗戰文化運動發展的健康方向。

毛澤東曾形象地將報導及評論以「務實」和「務虛」相比擬。他認為：務實不是最終的目的，而是務虛的手段；另一方面，務虛又不能脫離務實而存在，只有依傍著確實的新聞報導，務虛才有堅實的基礎。這一重要的宣傳策略，在抗日戰爭年代，已經通過實踐證明了其正確性及先進性。

三、中國共產黨在桂林的新聞傳播效應

中共在桂林創辦復刊的報紙（通訊社），立足桂林特殊的政治環境，根據新聞本身及時快速的特點，圍繞抗戰團結的任務，達到中國共產黨動員廣大

人民群眾加入、堅持抗戰動員的行列的目的，產生了積極的傳播效應。

　　1939 年 8 月 24 日，《救亡日報》（桂林版）上刊登了司馬文森的《我所認識的救亡日報》，文章表明「《救亡日報》創造了抗戰報紙獨特的作風，它不是某一個人的資本辦的，也不是哪個派系的資本辦的報紙，它是廣大抗日群眾所共有的報紙！」《救亡日報》（桂林版）的確做到了周恩來提出的要求，即「要講人民大眾想講的話，講國民黨不敢講的，講《新華日報》不便講的」。〔註 30〕這段話蘊含著高度的原則性和靈活的策略性。它雖不是中國共產黨黨報，卻宣傳中國共產黨團結抗日的政治主張。它以文化界統一戰線為標誌，肩負著宣傳團結抗日與搞好統戰的雙重使命。《救亡日報》（桂林版）發行份數不斷增加。剛開始復刊的兩個月，其發行數量是每日 4,000 份，到 1939 年 8 月份已超過 8,000 份，最高時達萬份以上。其中，42%是長期訂戶，58%是批零與另售。《救亡日報》（桂林版）除在廣西區內發售外，還遠銷至湖南、江西、廣東、四川以及香港、南洋等地，其中，桂林市內 26%，外埠 74%，而外埠中廣西各縣又占外埠總數的 55%，其次廣東占 17%，湖南占 11%，其他各省及越南香港南洋等地共占 17%。〔註 31〕《救亡日報》（桂林版）成為西南地區宣傳抗日統一戰線的重要輿論陣地。李克農曾對報社人員說：「不能把這張報紙的作用估計得過高，也不能把它估計得太小。《新華日報》被扣得厲害，西南、東南乃至香港，都把這張報紙看作黨的外圍，代表黨講話……」〔註 32〕據夏衍、彭啓一、華嘉等人回憶，《救亡日報》（桂林版）是桂林當地文化活動的中心，成為與廣大讀者聯繫的樞紐，「每天下午真是高朋滿座，群賢畢至，似乎成了文化界救亡活動的中心」，「每天都有讀者上門，這個來提意見，那個來出主意，有些來要求幫助，也有來協助工作，真是川流不息，熙熙攘攘，好不熱鬧」。〔註 33〕

　　1940 年 1 月，國民黨中統局在向國民黨中央黨部報告的《桂林左傾文化團體調查》中說：「共黨在桂林之活動，以發展文化界工作最為積極，其中心人物為曾任共黨廣東省委、現任救亡日報總編輯之夏衍及共黨文化名人胡愈之等彼輩，除組織各種文化團體以誘引青年，宣傳左傾思想之工具外，最近

〔註 30〕　《巨星永放光芒—夏衍雜文隨筆集》，三聯書店，1980 年，第 713 頁。
〔註 31〕　翁從六：《加強工作紀念工作》，《救亡日報》（桂林版），1939 年 8 月 24 日第 3 版。
〔註 32〕　夏衍：《克農同志二三事》，《廣西日報》，1962 年 8 月 21 日。
〔註 33〕　華嘉：《桂林救亡日報之憶》，載《新聞研究資料》，1980 年第 3 輯。

又聯絡李任仁發起組織文化供應社，企圖操縱桂省整個文化界，盡作左傾宣傳並藉李之關係接近桂省上層人物，以爲彼輩活動之掩護。」〔註34〕這個材料充分展示了中國共產黨在桂林利用特殊政治環境開展抗日統戰工作，領導革命文化運動的史實。

《救亡日報》（桂林版）也將桂林的抗戰文化傳播到了延安。當年在延安工作的孫叔楊給《救亡日報》（桂林版）一編輯的信，記述了當時桂林抗戰文化在延安傳播的情況。信中說：「在偏遠的延安，我們可以經常看見你們努力結晶的《救亡日報》，也可以看見其他一些報章雜誌，藉此，使我們和在內地作文化工作的先生們不至於失去聯絡，而斷絕了我們精神食糧的來源⋯⋯寄上關於宮本義雄一篇（注：指鬍子變的敵軍成我軍，宮本義雄的故事——從陝甘寧邊區來稿，見《救亡日報》1939 年 6 月 27 日第 4 版），請指正刊登。孫叔楊啓。」《救亡日報》副刊編輯施誼，立即給孫叔楊寫了回信，這封回信也刊於同一天的《救亡日報》上。〔註35〕

除了做新桂系的統戰工作，夏衍也注意與其他「同行」的和睦相處。在桂林時，《大公報》的主持人、愛國民主人士王文彬與夏衍相處融洽，就連《掃蕩報》的總編輯鍾期森也多次表示要同《救亡日報》友好。有人回憶說夏衍在桂林新聞界統一戰線組織「記者公會」中，「最能團結一切可以團結的人」，「最善於說服別人同他合作」，『記者公會』一些活動，很多都是以夏衍的意見爲意見的」。〔註36〕因此，儘管桂林的報紙背景複雜，政見各異，但「皖南事變」之前的兩年多時間互相之間並沒有發生大的摩擦和紛爭。

在桂林抗戰文化城形成發展時期，中國共產黨圍繞團結抗戰這個中心，以《救亡日報》（桂林版）等報紙爲載體，提供了中國共產黨領導的報刊在特殊條件下同國民黨和新桂系當局進行合法鬥爭、爭取和教育更廣泛受眾的具體經驗。從而證明，政黨類報刊可以而且也應該靈活地採取多種辦報形式和手法，以使新聞事業呈現出多彩多姿的面貌，更好地發揮自己的作用。這些辦報經驗和思路，爲新形勢下處理大陸與臺灣的媒介和其他方面的關係提供了一定的歷史借鑒。

〔註34〕《國民黨中統局調查桂林抗日進步文化團體的密函》，中國共產黨桂林市委黨史研究室編：《桂林黨史通訊》1992 年第 2 期。
〔註35〕孫叔楊：《讀者來信》，《救亡日報》（桂林版），1940 年 9 月 12 日第 1 版。
〔註36〕廣西日報新聞研究室主編：《〈救亡日報〉的風雨歲月》，新華出版社，1987年，第 193 頁。

第二節 《新華日報》在桂林的翻印與發行

1937 年 8 月 22 日，國民政府軍事委員會正式發佈命令，將紅軍改編爲國民革命軍第八路軍。9 月 22 日，國民黨中央通訊社發表了《中國共產黨爲公佈國共合作宣言》，23 日，該社發表蔣介石《對中國共產黨宣言的談話》，正式承認中國共產黨的合法地位，至此，國共第二次合作正式建立。

《新華日報》正是誕生於國共兩黨第二次合作的大背景下，從 1938 年 1 月 11 日創刊，到 1947 年 2 月 28 日在武漢出版最後一期，共出版了 3231 期。除武漢總館外，新華日報在多地設立分館。其中新華日報桂林分館於 1938 年 12 月設立，主要工作人員來自廣州分館撤離人員，由八路軍桂林辦事處領導。

新華日報桂林分館經歷了設立、經營、關閉三個過程。

一、《新華日報》桂林辦事機構的設立

新華日報的籌辦「曲折多磨」〔註 37〕，在「七七事變」第二天中共就決定在國民黨統治區辦報，經過多方籌備及反覆與國民黨政府溝通，半年以後，中國共產黨才在漢口先後出版了《群眾》周刊和《新華日報》。總館尚且如此，異地在桂林設立辦事機構也不可能一帆風順。

1938 年 12 月 14 日和 15 日，《新華日報》都在報頭下刊登《本報設立桂林分館啓事》：「本報爲便利華南讀者起見，特在桂林設立分館，每星期四、六由重慶航寄紙型在桂林翻印，從 12 月 11 日起即開始營業，凡華南愛護本報諸君，請直接向桂林北路 35 號本報分館接洽爲荷。」

國民政府對此作出了消極反映。1938 年 12 月 31 日，國民政府內政部快郵代電（渝警字 005378 號）致重慶市政府：「案准中央宣傳部函略□：查《新華日報》在遷渝發行已久，尚未據申請變更登記，應從速履行法定手續。又，

〔註37〕國民黨在《新華日報》註冊時採取了拖延的策略。先是報館向湖北省政府註冊時，儘管出示了邵力子部長的批文，主管註冊的官員拖著表示要請示「中央」。中共方面只好先試探申請出版《群眾》周刊，同時從上層找國民黨交涉解決《新華日報》出版問題。1937 年 12 月 21 日《群眾》出版。十天後，王明、周思來、博古等就國共兩黨關係、擴大國民參政會等問題同蔣介石會談，其中也談到出版《新華日報》的事情。蔣介石對中共方面提出的問題作了答覆，表不「對此完全同意」。這樣，籌備就緒的《新華日報》才得於 1938 年 1 月 11 日在漢口創刊。參閱韓辛茹著：《新華日報史》，重慶出版社，1990 年 3 月版，第 2～3 頁。

該報在成都、昆明、桂林及山西長治縣等地設立分社，未據獨立申請登記，擅自出版或翻印發行，核與出版法及《抗日時期報社通訊社申請登記和變更登記暫行辦法》均有未合，應即停止發行。」內政部一邊分別函令四川、雲南、廣西、山西等 4 省政府查照辦理，以「不合法」為由要求廣西省政府查辦《新華日報》桂林分館，禁止發行；一邊又電令重慶市政府，「迅飭該社依法申請變更登記」。

1939 年 1 月 21 日，《廣西日報》（桂林版）刊出消息稱，內政部查得《新華日報》社在桂林設立分社，即以上述理由，「昨特電飭本省政府查禁該報發行，當省政府轉令桂林縣政府遵照停止該報發行」。

於是 1939 年 9 月 8 日新華日報社呈報國民黨中宣部「擬定建立地方版分社計劃書一份，具文呈請鑒核批發各分社登記證，准予設立分社，發行各地方版《新華日報》」，其中即包括桂林分社。桂林版擬「日出對開報一張」，「印刷自備，工作人員約 100～120 人」，「（一）固定資金——1 萬元。（二）流動資金——1 萬元。（三）開辦費約——3 萬元。（四）經常費——每月支出約 2 萬元。（五）每月營業收入約 2 萬元，務使收支相抵」。組織機構如下圖：

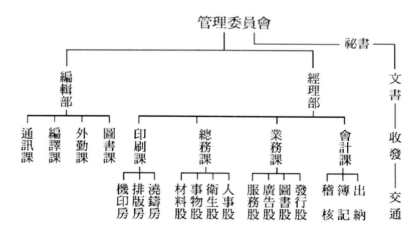

從組織機構和人員配備及資本支出中可以看出，《新華日報》的各地分社部門完備、人數眾多，肩負著獨立運營的責任。同時作為中共在國統區唯一公開發行的報紙，各地分館還能以公開身份聯絡黨員開展活動。也是基於此顧慮，國民黨中宣部深恐《新華日報》擴大影響，於當年 10 月 4 日覆函：「據呈為籌建地方版分社，檢具計劃書懇為批准開辦等情。據此，查桂林、昆明、

成都、西安等處各有報紙多家，足資宣傳，該報無庸再設分社。」此覆函的標準卻似乎專適用於《新華日報》，因為在覆函前和覆函後，國民黨中宣部都批准過其他報社設立分館。如國民黨軍委辦的《掃蕩報》和商辦《大公報》，於 1928 年 12 月 20 日和 1941 年 3 月 15 日先後在桂林設立分館和出版發行報紙。

為了取得合法的身份，新華日報社又於 11 月 10 日呈文國民黨中宣部：「關於分館變更名稱。茲擬改稱為『新華日報桂林辦事處』或『新華日報桂林總推銷處』，此二者中則取其一，究以何者為宜？」13 日國民黨中宣部覆函稱：「查報社在外埠設辦事處，向無成例。可更名為『新華日報社桂林分銷處』，惟分銷處只能代銷報紙，不得翻印紙版。特此覆函，即希知照並希將該報報首所刊分館字樣更正為要。」國民黨中宣部並於同日密函內政部轉咨各省政府「切實取締」設館翻印。12 月 27 日內政部以公函（渝警字 4356 號）致國民黨中宣部、覆其 12 月 16 日函，同意「嚴令《新華日報》社停止刊載未經登記之分館地址於該報報面。」同日內政部部長周鍾岳又以公函（渝警字 4355 號）咨重慶市政府，附抄中宣部致內政部函：「請嚴令《新華日報》社停止刊載未經登記之分銷地址於該報報面」。重慶市市長吳園松隨即於 1940 年 1 月 5 日發出《令〈新華日報〉》的訓令，附抄內政部上述公函，「令仰遵照辦理」。

重慶新華日報總館接到重慶市政府「訓令」後並未立即照辦，仍在報頭下印出桂林、西安二地分館的地址，直到 1 月 11 日始改稱「營業分處」。儘管如此，分館改掛「桂林營業分處」的招牌，卻仍然發揮了分館的作用。

《新華日報》設立分館與反設館之爭可簡化為下圖：

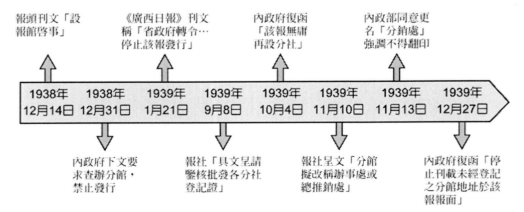

二、《新華日報》在桂林的發行經營

　　報紙發行是報紙編輯出版後發送給讀者的過程。早在中央蘇區時期中國共產黨就「培育了一套中央黨報黨刊的工作模式。在報刊發行方面，主要表現爲：在指導思想上，把發行工作提升到政治的高度來強調，並逐步把報刊發行納入各級黨組織的工作範疇，從而形成了報刊在蘇區有組織、有計劃發行的格局；在發行渠道方面，訂購、贈送、推銷代派處批發零售、郵政發行、內部交流等多種形式互爲補充；而開展發行競爭、報刊通訊員兼做發行員、多渠道立體式推銷等擴大發行的手段」〔註38〕具體而言，在重慶的新華日報總館由經理部負責發行管理，下設印刷課、總務課、營業課、會計課。發行量上，「1938 年 5 月以前，《新華日報》在全國發行份數爲一萬三千左右，5月以後逐漸上升，至 10 月武漢撤退前，最多達到三萬份」。〔註39〕

　　爲了保證發行，使抗日的理念更廣泛的傳播，《新華日報》創刊 3 個月之時，中共中央專門下發了《中央關於黨報問題給地方黨的指示》，要求：各地方黨都應當盡一切力量來幫助《新華日報》，以達到加強報紙與群眾的聯繫。（一）每個支部都應該有一份《新華日報》，每個同志應盡可能訂一份《新華日報》，並幫助推銷和發行。（二）幫助建立通訊工作。（三）幫助建立讀者會。各地方黨應把這通知，給每個支部每個黨員知道，並討論具體執行辦法。〔註40〕

　　從經濟成本的角度考慮，《新華日報館章程》中對推銷機構作了明確的規定，在發行 1000 份以上地區設立分館，在銷售 10 份以上的社會團體機關、學校設立分銷處。桂林分館正是遵照這一規定設立的。從新華日報《本報設立桂林分館啓事》中可以得知，新華日報駐桂辦事機構發行報紙起先「每星期四、六由重慶航寄紙型在桂林翻印」。新華日報社社長潘梓年 1939 年 10 月9 日呈文國民黨中宣部部長葉楚傖稱「前爲減少郵寄及紙張上的困難，曾在西安、桂林、成都等處設立分社，翻印本報紙型，以便發行」，「本報在上述各地設立分館的目的，就在就地翻印總社所寄紙型」。根據 1939 年國民黨廣西執委會公函（宣 141 號）可以佐證：「茲查得該《新華日報》社確係在重慶航

〔註38〕陳志強、吳廷俊：《中央蘇區時期報刊發行的途徑與效果研究》，《南昌大學學報》，2010 年第 6 期，第 67 頁。

〔註39〕韓辛茹：《新華日報史》，重慶出版社，1990 年 3 月版，142 頁。

〔註40〕中央編製辦：《中共中央文件選集》（第十冊），中共中央黨校出版社，1985年 10 月版，第 495 頁。

寄紙板來桂，交由本市科學印刷廠承印，每 5 日航寄一次，每版印 2500 份，每千份印工費國幣拾元，紙張由該報社供給，印刷完畢，即收轉底樣。」

但是國民黨中宣部引用《修正出版法實施細則》第五條規定：「同一新聞紙或雜誌，另在他地出版發行者，視為獨立之新聞紙或雜誌。」又據《抗戰時期報社通訊社聲請登記及變更登記暫行辦法》第二條規定：「內政部對於報社或通訊社之聲請登記案件，將斟酌當地實際情況，暫緩辦理。」「該社（新華日報）前在西安、桂林、成都等地翻印航空紙版，未獨立申請登記，給予停止發行⋯⋯如該報在渝印就之報紙，寄往上列各地發行，當可照辦。」阻止新華日報航寄紙型翻印的具體措施為：一邊於 1939 年 9 月 22 日以公函至國民黨廣西省執行委員會飭令「切實密查，依法取締」「《新華日報》社在重慶製成紙版航寄桂林翻印發行」之事；一邊於 11 月 13 日密函中國航空公司、歐亞航空公司「如該社有將紙版航寄情事，即希將紙版沒收送部為荷」，同日密函軍事委員會辦公廳特檢處「如遇有該社將紙版航寄情事，即將紙版沒收送部為荷」。

儘管如此，新華日報社利用了桂林實際執政派系同國民政府執政派系固有的矛盾，其桂林航空版仍然未能禁絕。據當時的工作人員陳東回憶：「航空版翻印時，形勢好時，國民黨反動派不扣壓我們的紙型，我們就照印，扣壓時就停印，由重慶直接寄報紙來。從分館開辦到 1944 年桂林大撤退都是如此。印印停停，停停印印。」

《新華日報》桂林辦事機構的發行主要有三種形式：一種是公開零售，一種是收訂，第三種是各地書店經銷和郵購。另外還利用閱報欄的形式擴大影響。現有的資料無法查明零售人員是否為分館的工作人員，這與重慶總館的情況有所不同。重慶總館建立了一支由窮苦人家子女組成的發行隊伍，人數有 100 多人。〔註 41〕《新華日報》桂林辦事機構發行人員沒有那麼多，負責收訂的有「送報員彭四、陳錦全等十多名」。〔註 42〕1942 年 3 月 10 日《新

〔註41〕 這批報童每天天不亮，背著當天的《新華日報》發賣車站、碼頭、渡口，在昏暗的街巷飛奔，叫賣。待遇上，除公家管飯，只發很少的零用錢。1947 年 1 月 11 日，《新華日報》創刊 9 週年，潘梓年同志撰文《九週年懷渝社諸同志》稱：「私衷念念不忘重慶的報童報丁同志，他們對工作負責，對讀者真摯，早出晚歸，爬坡疾走，日逾百里，刻苦耐勞，臨機應變，不怕威助，不受利誘，既堅貞，又機智，真不愧為無產階級戰士。」

〔註42〕 張鴻愿：《明燈照滿水　新華傲雪霜——〈新華日報〉建立桂林分館及報導廣西的鬥爭始末》，《廣西新聞史料》（第 25 期），廣西新聞史志編輯室，1991

華日報》連續三天刊登《本報桂林營業分處啓事》，對其收訂工作進行了說明：「本市訂戶由即日起由專差派送，原有自取定戶如欲改派送者，請通知本處更改，尚希各讀者注意！」

老報人程虹回憶《新華日報》爲爭取讀者群擴大發行量曾經採取兩個措施：「（一）制定優惠報價爭取讀者。優待訂戶是一般報刊擴大銷售經常採用的方法。《新華日報》除零售報價比本市一般報價都低，每份僅賣五分或一角。對此國民黨中宣部限令《新華日報》提高報價，每份售價一角五，以與本市其他報紙價格相同。報館根本不予理睬。同時還制定出相應的報價款目有批發價、零售價、優惠價及免費贈閱等方式來爭取讀者、報販，擴大銷量。（二）方便讀者推動發行。《新華日報》發行工作者以服務於讀者、方便讀者，忠誠地爲讀者服務爲唯一的宗旨。他們不是整天坐在報館或營業部，等候讀者上門訂閱和取走報刊，而是派出報差和推銷員走街串戶徵求訂戶收取報費或送報上門。路途不論遠近，只要有一戶訂戶，也堅持送報且風雨無阻。同時還可以先送報後收款，並且讀者可以隨時破月破季訂閱報刊，也可以隨時停訂退款，遺漏的報紙及時補送。發行人員還徵詢讀者對報紙發行的意見和要求，並且加以改進。」〔註43〕

目前已知史料並無直接的依據佐證桂林分館同重慶總館一樣採用「優惠報價爭取讀者」，但資料顯示桂林分館在「方便讀者推動發行」方面也做了努力：「分館採取用《中央日報》、《掃蕩報》等國民黨出版的報紙僞裝來寄發《新華日報》，按訂戶留下的化名作爲收件人，經常改變投寄的技術和方式等辦法，即使讀者能收閱報紙又免遭迫害。越南胡志明主席當年就是以『阮先生』的化名訂報，隔幾天就來分館自取一次。」

另外 1939 年 5 月 1 日至 1940 年 2 月 14 日，桂林分館還同讀書、生活出版社合作，在桂西路 17 號開設讀者書店，酈達芳、張漢卿分任正副經理，發行《新華日報》及其他報刊圖書。梧州的八桂書店等幾家進步書店敢於與特務鬥爭，堅持出售《新華日報》。玉林的群生書店 1938 至 1939 年每天出售《新華日報》、《救亡日報》（桂林版）150 多份。貴縣的抗建書店經銷《新華日報》，臨近的橫縣、靈山、合浦、武宣等縣的讀者紛紛來函郵購。陸川、博白、北

年 11 月版，第 3 頁。

〔註43〕成都、重慶《新華日報》《群眾》周刊史學會編：《新華之光：〈新華日報〉〈群眾〉周刊史學術研論論文集》，重慶出版社，1993 年 01 月第 1 版，第 397、398 頁。

流等縣也有 7 家代銷書店。

《新華日報》桂林辦事機構同時還代銷書籍。據當時的工作人員回憶：「賣的書有總館和延安出版的各種馬列主義理論書籍和黨的政策文件，分館出版的是黨中央領導同志的著作和論黨的建設的書籍，還有各進步出版社的各種書刊。分館門市部是桂林唯一經銷進步的外文書報、雜誌的書店。」〔註 44〕分館也自編出版印行一些《文摘》之類的書籍，有時還連夜油印傳單向外地發行。

廣告經營方面，《新華日報》初期刊登廣告科啓事「最歡迎者厥爲提倡國貨，救亡文化及一切正當事業之開發」，「舉凡反社會進化規律，萎靡抗戰情緒，提倡迷信及其他投機廣告，恕不照登」。而限於經濟環境和印刷條件的局限，桂林分館並無亮點。沒有採用現代報業比較流行的「全國發行、區域換版」模式，只是負責廣告業務的承攬、上報。所以《新華日報》從廣告上來看，涉及廣西的內容並不多見。加上廣西遠離《新華日報》發行的核心區域，也沒有諸如貴州茅臺這類行銷全國的知名產品，《新華日報》涉桂的純商業廣告幾乎沒有。廣告多爲桂林分館發起公益活動的啓示或其他各駐桂辦事處發的一些信息。如 1939 年 1 月 1 日一版刊登「本報桂林分館義賣獻金啓示：本分館爲義賣獻金活動，特會同桂林各大報各出版家聯合舉行。本分館義賣日……」又如 1939 年 1 月 17 日一版刊登「桂林新知書店義賣收入公佈及道謝啓示：……」，1941 年 1 月 2 日第六版登「第××集團軍駐桂辦事處尋人啓事：……」等。

第三節　《新華日報》的涉桂報導

由於有分支機搆在桂林，涉桂報導在《新華日報》外埠報導中比例不小。《新華日報》常態爲 4 個版：第一版多爲社論和廣告；第二版爲國內信息；第三版爲國際信息；第四版爲副刊和廣告。涉桂報導一般會出現在第二版，大多數時候使用通訊社的稿件，也有部分是《新華日報》特派記者專稿或向文化名人約稿的文章。這些報導內容以抗戰救亡爲主，涉及了廣西的軍事、政治、經濟、文化、教育及社會生活等方方面面。它們所構成的景象，將廣西各方面的建設全景展示在國內抗戰的大舞臺上。

〔註 44〕魏華齡主編：《桂林文史資料　第 28 輯　桂林抗戰文化史料》，灕江出版社，1995 年 1 月版，第 134 頁。

一、及時報導戰事，鼓舞民眾抗戰

　　戰時信息無疑是當時民眾最希望閱讀的內容，所以也是各家報紙報導的重點，《新華日報》並不例外。軍事新聞報導既有傳遞戰爭動態信息變化的職責，也承載著促進國民獨立的自尊心，培養民眾奮起抗戰的宣傳功能。同時軍事新聞報導對於敵我雙方的正負效應又是相對應的。對戰事的勝利報導，一方面對激勵著我方的士氣，另一方面會動搖敵方作戰的信心。通過梳理《新華日報》某一時期涉桂戰事報導，可以探明其報導所發揮的作用。如 1939 年11、12 月份《新華日報》涉桂軍事報導〔註45〕共 63 篇，這些報導呈現以下特點：

（一）報導戰爭動向，溝通戰事變化

　　這些以前線戰況為主要內容的新聞報導共 45 篇，主要有：11 月 6 日《敵機肆虐湘桂》、11 月 8 日的《敵機襲桂湘浙　鎮南關等地皆遭投彈》、11 月 16 日的《北海附近敵寇登陸》、11 月 17 日的《防城沿海激戰中　我擊退龍門登陸敵　法密切注視敵行動（附北海形勢圖）》、11 月 18 日的《粵海戰爭趨激烈　敵網在欽縣以南登陸》、11 月 20 日的《欽州灣敵繼續登陸　欽縣以北血戰正烈》、11 月 20 日的《晉西我軍續克隰縣等地》、11 月 21 日的《欽縣以北犯敵受挫》、11 月 21 日的《敵機分批轟炸桂境》、11 月 22 日的《粵南我軍包圍防城　我於欽縣四郊阻擊敵寇》、11 月 22 日的《敵機分批襲桂　狂炸南寧等地》、11 月 23 日的《敵犯桂境大塘激戰　白主任談敵犯西南企圖　意在切斷我國際交通線》、11 月 27 日的《南寧附近鏖戰正烈　敵後交通線被我控制》、11 月 28 日的《寇背水作戰三面受敵　鬱江將開展殲滅戰　桂省亟圖發動民眾武力》、11 月 29 日的《南寧我軍轉移陣地　鬱江北岸戰局穩定　粵我軍衝入新會九江》、11 月 30 日的《南寧西北激戰中　粵中三水寇向楊梅潰退　平漢北運敵兵軍中地雷》、12 月 1 日的《南寧東北激戰　犯六塘敵傷亡慘重　粵境

〔註45〕1939 年 11 月 15 日日軍第一次入侵廣西。企圖切斷由廣西通往越南的交通線，斷絕國際對華援助，迫使蔣介石投降。24 日，日軍攻陷南寧。12 月 4 日，侵略軍佔領戰略要地崑崙關和高峰坳。國民黨政府為了收復南寧，調集了 9 個軍共約 15.4 萬餘人的兵力，由白崇禧任總指揮，陳誠任監軍，與日軍進行了桂南會戰。1939 年 12 月 18 日，崑崙關戰役爆發。中國軍隊以杜聿明的第五軍擔任主攻。在蘇聯空軍的支持下，經過激烈爭奪，至 12 月 30 日，第五軍以傷亡一萬多人的代價，取得攻克崑崙關的勝利。共計擊斃日軍旅團長中村正雄少將以下官兵 4000 多人，生俘百餘人，繳獲槍支彈藥一大批。

血戰一周敵勢衰頹》、12 月 2 日的《邕賓武三角地區　山嶽戰激烈展開》、12 月 3 日的《邕武路高峰隘激戰　我反攻邕賓路六塘得手》、12 月 3 日的《敵機分批襲桂　桂林柳州等處被炸》、12 月 11 日的《敵機六架肆虐全州》、12 月 23 日的《敵機襲湘桂粵　柳州空戰擊落一敵機》、12 月 25 日的《敵機在桂活動　圖擾我後方交通》、12 月 31 日的《我空軍揚威桂省　大隊神鷹飛炸南寧敵傷亡奇重　某地空戰激烈　我擊落寇機三架》。這些報導源源不斷地將戰況傳遞給讀者，一方面使普通大眾面對戰爭有所準備，另一方面也讓部隊官兵及時多方面獲取戰時信息，瞭解戰事變化。

（二）表明戰爭決心和必勝信心，鼓舞士氣、威懾敵方

戰時新聞報導還要向民眾傳遞抗戰到底的決心及抗戰必勝的信心。這一時期的此類報導有 15 篇，主要有：11 月 14 日的《桂加緊訓政工作　樹立憲政基礎》、11 月 22 日的《白主任電桂省府　召集全省村街民大會徹底破壞公路實行空室清野》、11 月 24 日的《桂成立工作委員會　動員保衛大西南》、11 月 27 日的《桂省參議會電勉各界父老奮起抗戰》、12 月 2 日的《保衛廣西　桂主席號召民眾　動員助軍隊作戰》、12 月 3 日的《廣西青年　紛起投軍殺敵桂當局激勵青年回鄉工作》、12 月 7 日的《桂省府制定　戰時縣政辦法　各區縣長不得退出縣境辦法　發動民眾游擊實施空室清野　各學校應深入民間動員民眾》、12 月 7 日的《桂參議會電慰抗戰將士》、12 月 11 日的《桂省電令各縣　救濟難胞傷兵》、12 月 13 日的《戰時廣西　動員會應容納優秀分子　人民游擊隊得自選官長》、12 月 13 日的《抗戰中的廣西學生軍》、12 月 23 日的《桂婦女界元旦賣花籌款慰勞將士》、12 月 27 日的《桂參議會發動保衛西南獻金》、12 月 31 日的《桂南民眾憤敵暴行》。

這些廣西省府對抗戰組織工作的詳盡報導，起到穩定民心，鼓舞士氣的作用。

（三）營造抗戰氛圍，杜絕滋生漢奸的環境產生

戰爭中總是會存在少數的投降派，而部分軟弱派也可能由於戰事的暫時失利轉向投降。《新華日報》通過報導具體的防漢奸措施及民眾唾棄漢奸的事例，剷除滋生漢奸的土壤。如 11 月 6 日《桂省制連坐法互保不做漢奸》、11 月 18 日《桂武宣縣參議會製　汪逆夫婦泥像》、12 月 19 日《桂省議會通過根據走私肅奸防匪等案　各參議員將赴各地視察　發動民眾參加抗戰工作》。

二、及時反映廣西政治建設狀況

　　1932 年，新桂系第一次公佈《廣西省施政方針及進行計劃》建設總方案，其目的在於「統一政令、澄清政紀、嚴整行政系統，安定社會秩序，恢復社會生產，重振地方教育，藉以排除障礙，奠定建設基礎」。1934 年初，由廣西省主席黃旭初主持制定了《廣西建設綱領》（草案）。同年 3 月，廣西省黨政軍首腦舉行了聯席會議，對《草案》作了審定。1935 年 8 月修訂後予以公佈實施。由於採取一系列的有效措施，廣西政治建設迥異於其他省份，這在《新華日報》的報導中也有所體現。

　　以 1940 年為例，《新華日報》對廣西參議會相關活動進行了詳細報導。如 4 月 13 日《桂臨時參議會六月開三次會》、5 月 22 日《廣西省參議員任期延長一年》、6 月 7 日《桂參議會開三次大會》、6 月 20 日《國內簡訊》「桂參議會第三次大會，十九日閉幕」、11 月 9 日《簡訊》「桂省參議會第四屆大會通電向蔣介石等致敬」、11 月 15 日（中央社桂林十三日）「桂參議會請省府禁酒」、11 月 23 日《桂參會第四次大會　通過省政興革　解除民間疾苦案七五件》。也對廣西主要官員的動向仔細載錄。如 8 月 31 日《簡訊》「廣西上林縣長侯匡時前會擒獲偽總司令黃飛鵬，廣西省府特給一等獎章」、10 月 23 日《政院任命陳恩元為桂林市長》、11 月 22 日《簡訊》「黃旭初由邕赴龍州視察」、12 月 4 日《桂省各界歡迎張長官》、12 月 13 日《黃旭初報告巡視邕龍經過與觀感》。對廣西政府機構及地方建制的變化報導，如 1 月 21 日《桂省戰區各縣組設縣政府行署》、2 月 8 日《國內簡訊》「桂林改市後原桂林縣改稱臨桂縣」、4 月 11 日《桂省府下月調整組織》、4 月 21 日《國內簡訊》「桂新縣制，五月一日起施行」、5 月 14 日《國內簡訊》「桂林舉行行政保安會議，討論改善徵工辦法等要案」、6 月 2 日《國內簡訊》「桂省府定一日實行新編制，省府組織增設總辦公廳」、6 月 8 日《桂應抗戰需要　裁併駢枝機關　停止與抗戰無關經費》等。

　　這些涉桂的政治建設報導多以簡訊的形式，勾畫出廣西政治生活波瀾壯闊的畫卷。同時，《新華日報》也以社論的形式表明自己的立場。如針對 6 月 8 日的報導《桂應抗戰需要　裁併駢枝機關　停止與抗戰無關經費》，9 日《新華日報》頭版即發表社論《裁併駢枝機關》表示認同。社論在詳述駢枝機構的弊端的基礎上，介紹陝甘寧邊區的先進經驗，進而引申出對未來的期許：

　　　　據中央社前日電訊，廣西省政府為減少不必要之支出，俾將節

餘財力，應付抗戰急需，特飭各縣按照實際情形，切實裁併駢枝機關，停止一切與戰事無關的經費，這一措施，從抗戰的利益看來，顯然是值得嘉許的。

抗戰建國綱領第十四條中，明白的規定「改善各級政治機構，使之簡單化，合理化，並增加行政效率，以適合戰時需要」。這就是說，要使行政效率提高，要使機構能適合於抗戰的需要，那只有實施簡單化和合理化的原則。但事實上，各級的行政機構，卻不簡單，亦不合理。以地方行政的單位——縣行政機構來說吧，它是繁雜得很可觀的。各縣雖曾裁局改科，簡縮組織，但各上級機構，在「用專責成」的藉口之下，在縣政府之下內，設立獨立的機關或單位（如自衛總隊、教育視導主任等）；其次，現制縣屬組織中，尚有若干委員會。有與縣政府立於平等之地位者，如動員委員會、防空支會、航空建設支會、兵役協會、國民兵團部、新生活運動促進會、禁煙委員會、國民經濟建設運動委員會支會、糧食管理委員會分會、水利委員會、賑濟分會等；有為縣政府下級機關者，如財務委員會、防護團、民眾教育委員會、義務教育委員會、文獻委員會、留學貸金審查會、倉儲保管委員會、在鄉軍人會等，概言之，凡中央或省所有之機關或團體，各縣既有其支部。這樣龐大的組織，客觀上是不是需要，人力上是不是分配得來，在那都是成為問題的。結果，這些機關的主持人，仍不外是縣長與其秘書科長及地方上有勢力的紳士而已。於是，縣長一身可兼之頭銜，通常總在十餘個以上。例如湖南則有十六，貴州則有二十餘。其他各省，亦未嘗不如此。在這種情形之下，產生了三種不好的結果：

第一，行政機關之龐雜，一定多設幾個位置，多雇傭幾個職員。這麼一來，經費自然要增加了，經費支出越多，則民眾的負擔亦就越重。

第二，駢枝的行政機關，不但使經費增加，而且使行政效率有降低的弊端，負職的人員只有那幾個，但每周中的會議，卻有應接不暇之勢，大家跑來跑去，都是為了開會。在會議中，因為事前無暇準備，只有草草了事，在會議後，因為責任由大家負，又使事情『拖』下去。而機關與機關之間，則又忙於在上下平行的圈子裏，

轉遞公文的工作。像這樣，行政效率又怎能提高呢？

第三，有很多機關，因爲職務重複的關係，結果竟弄成「有招牌而無其人者，有自成立後始終無一會議記錄者」。這些空有其表的機關，「不開會固圖糜公費，即開會亦無輔於事」。

無論從哪方面說，這些駢枝機關是不該讓其存在的，有人以爲各級行政所要解決的問題繁多，所以機關之設立自然要比以前複雜，因而不主張使行政機構「簡單化」者。這明明是錯的。行政機構之複雜，固然需要設立新的部門，但絕不需要重床疊屋的機構。重床疊屋只有降低行政效率而不會提高行政效率。又有人以爲地方行政機構太簡單，則很多任務無人去推動，因而反對使行政機構之「簡單化」。這亦明明是錯誤的。這種錯誤的見解，是由於把行政權的責任完全依靠在行政人員身上而來的。鐵一般的事實，所給與這一說法的回答，乃是一個否定。要使行政效率能盡量提高，只有刪除重床疊屋的機構，裁撤無用的冗員，只有動員民眾參加政府的工作。陝甘寧邊區的鄉政府只有鄉長一人。鄉長依靠廣大民眾的力量，實施各種工作，在鄉政府以下成立了各種委員會，而這些委員會都是由民眾自己組織起來協助政府進行工作的。他們成爲鄉政權的有機構成部分，使政府與人民能夠眞正打成一片，使政府的工作能夠眞正深入民間。因此，只要依靠民眾，則行政機構越簡單，則其效率亦就越加有力，這就是一個證明。

廣西省府所施行的只是縣一級的行政機構而已，但客觀的需要，應裁併的駢枝機關，並不限縣一級。我們希望各級行政機構，從中央到區縣，要盡迅速的盡可能的加以整理，我們更希望刪除駢枝機關和裁撤冗員，要以動員廣泛的人民參加政府工作爲積極的內容。

三、多角度展示廣西經濟建設成績

新桂系推行「統制經濟」政策，獎勵私人資本發展，經濟方面得到了蓬勃發展。《新華日報》通過對廣西工業、農業、金融業等方面的報導，讓受眾瞭解到廣西經濟發展的面貌。特別是對重大事件變一次性報導爲多次連續性的報導，達到更好的宣傳效果。

　　工業方面，《新華日報》既有報導重要公司的成立，如 1940 年 2 月 12 日《國內簡訊》：「桂省與渝工商界籌組廣西麵粉廠，資本三十萬元。」也有報導工業基礎方面取得的新進展，如 1940 年 11 月 12 日《國內簡訊》：「桂省某地發現煤礦，質地優良，且無硫磺等雜質，蘊藏量約有三萬萬噸以上，現已由三和公司開採。」

　　農業方面，《新華日報》報導了廣西省政府為保障糧食供應所做的各方面努力。如 1940 年初即開始「勸義民參加墾荒水利工作」，並「實行油鹽柴米公賣，決組合各級合作社」（4 月 13 日簡訊），接著「調劑民食籌組管理處」（5 月 23 日簡訊），然後確定「調整糧食供應」（10 月 16 日通訊）的措施：「民政廳廳長邱昌渭今日在省府紀念周報告桂糧食情形……現糧管處對糧食管制，已有詳密規定，除將提倡以雜糧代米，登記民用存糧，由政府設公營米店外，並由省向中央借款百萬元，儲存糧食。糧管處亦已向湘省販第一批糧食五十萬擔，廣西銀行訂購二十萬擔，正設法籌款，大量儲存」。此措施具體由廣西領導人發起，「桂主席為提倡節能白米消耗，即日起實行食糙米」（10 月 23 日簡訊），並且再三發佈「桂黃主席繼續擴大提倡使用糙米」（10 月 31 日簡訊），同時多管齊下「桂統一採購食糧，糧管處將購湘米接濟各地，嚴查梧州私運軍糧出口事」（11 月 5 日簡訊）。

　　金融方面，《新華日報》集中報導了廣西在稅收、銀行、儲蓄和信貸方面的措施。如 1940 有 11 條關於廣西金融的報導，主要有 2 月 15 日《桂調整所得稅征收機構》，4 月 24 日《國內簡訊》：「廣西省銀行改組，增加獎金千五百萬元，擴大業務。」、9 月 12 日的《簡訊》：「桂林省府電飭所屬努力推進儲蓄運動。」、9 月 13 日的《蓉桂陝等地推進勸儲工作》、9 月 14 日的《簡訊》：「節約建國儲蓄勸儲委員會桂林、貴陽、蘭州分會先後成立。」、10 月 26 日的《簡訊》：「桂節約儲蓄，本星期內婦女認儲達十五萬元。」、10 月 4 日的《簡訊》：「桂節約建國儲蓄團，聞已組成五十餘分團，均在雙十節宣誓就職。」、10 月 11 日的《簡訊》：「李濟琛、李宗仁、白崇禧各購儲蓄券十萬元，桂省黃財政廳長獨購五十萬元。」、10 月 17 日的《桂省公務員儲蓄標準》。從《桂省公務員儲蓄標準》這則簡訊中可以看到桂省公務員儲蓄的具體標準和勸儲政策的把握：

　　　　（中央社桂林十六日電）桂勸儲團為推行節儲運動，規定各級公務員公務員儲蓄標準，月薪滿三十元以上未滿五十元者，月儲一

元：五十元以上未滿九十元者，月儲三元；九十元以上未滿一百一十元者，月儲四元；一百一十元以上未滿一百三十元者，月儲五元；一百三十元以上每加十元，月多人認儲一元。由七月起開始辦理。已飭各分支團積極領導認儲，務達規定儲額。至家庭方面，則按其資產公平勸儲。以有錢者多儲為原則，生活不能維持之人民可免認儲。

四、對文化界的活動保持極大的關注，著力報導重大文藝活動

《新華日報》成立的初衷就是鞏固全民族團結，而當時的桂林又是文化人雲集的地方，周恩來就指示「桂林這個陣地不能丟，一定要保存下來發揮作用」〔註 46〕。《新華日報》「充分利用在國統區公開發行的合法身份，極力宣傳和擴大對進步文化的傳播」。其對文化的關注從兩個角度進行：一是充分利用版面，大量刊載詩歌、小說、通訊報告、散文、繪畫、木刻、攝影、戲劇、音樂等文藝作品；二是對相關的文化組織、文化名人的活動進行深入報導。

《新華日報》在報導廣西文化建設方面，對文化界的活動保持極大的關注，特別是著力報導重大文藝活動。其中「西南劇展」〔註 47〕的相關報導佔了重要的篇幅。從 1943 年 11 月 29 日到 1944 年 5 月 30 日，《新華日報》歷時半年，全程記錄了此次戲劇展覽會。我們可以按照劇展開始的三個時間段：籌備期、實施期、結束評價期的順序梳理《新華日報》的相應報導。

（一）劇展籌備階段的相關報導

在西南劇展籌備階段，《新華日報》共有 8 篇報導，分別為 1943 年 12 月 16 日的《桂林戲劇界發起西南戲劇工作者大會》、同年 12 月 26 日的《東南西

〔註 46〕中共中央文獻研究室編：《周恩來傳》，中央文獻出版社，1989 年 2 月版，第 648 頁。

〔註 47〕西南劇展的全稱是「西南第一屆戲劇展覽會」。參加演出的團隊有來自粵、桂、湘、贛四省的 28 個單位，共演出 179 場。演出劇目包括話劇 23 個、歌劇 1 個、評（京）劇 29 個、桂劇 8 個，此外還有少數民族歌舞、傀儡木偶、魔術、馬戲等，觀眾達 10 多萬人次。15 天的戲劇資料展覽，展出徵集到的作家手稿、劇運史料、統計圖表、舞臺模型道具等 1000 餘件。戲劇工作者大會為期 16 天，有 500 多名代表參加，會上有學術報告、經驗介紹、專題研究 31 次，通過各類提案 37 個。

北》「桂林戲劇界正籌備戲劇展覽會。」、1943 年 1 月 10 日的《西南戲劇展覽會定期在桂林舉行》、同年 1 月 11 日的《西南劇展徵集各種文獻》、同年 1 月 24 日的《劇壇近訊》:「桂林西南劇展開幕在即,連日歐陽予倩、田漢函電向渝友徵求有關文獻、劇作原料(稿)、海報、說明書、論文等項。」、同年 2 月 11 日的《今年的戲劇節》、同年 2 月 3 日的《西南劇展大致籌備就緒》、1944 年 2 月 14 日的《明天紀念戲劇節》等。

在正式開始對西南劇展的報導前,1943 年 11 月 29 日《新華日報》在第四版的《劇壇隨感錄》中就提及了有關西南劇展的籌備情況:

> 幾經轉折之後,已經由中央明定每年二月十五日爲全國戲劇節了……爲了表示全國戲劇工作者的團結,爲了加強我們的陣容,爲了檢討過去和策勵將來,我們要盛大地紀念這個日子。據悉,在歐陽予倩先生的主持之下,桂林已在準備新的戲劇節舉行全國戲劇展覽會。在成都,除中華劇藝社籌備上演《戲劇春秋》之外,各劇團對紀念方案也在集議之中。在陪都重慶,卻意外地還沒有籌備紀念的消息……

較爲重要和詳細的報導是 1944 年 1 月 11 日的《西南劇展徵集各種文獻》和同年 2 月 14 日的《明天紀念戲劇節》。《明天紀念戲劇節》寫道:

> (中央社桂林十二日電)西南劇展十五日起在桂林舉行,正式報到者已有二十六單位,工作者千餘人,戲劇種類有平劇、桂劇、傀儡戲、馬戲、粵劇、湘劇、楚劇和特種民族歌舞等,將在內容不同原則下分別演出,詳細劇目也經籌備委員會擬定,並於三月一日起召開劇人大會,除交換工作意見和經驗外,並參加團隊成績評判給獎工作,獎勵分;①忠勤獎,堅持崗位忠勤人員;②技術獎,劇作導演表演舞臺工作;③特種獎,新發明和新實驗。

(二)劇展開始實施階段的相關報導

1944 年 2 月 15 日全國主要報紙都發佈了西南劇展開展的消息,除《廣西日報》(桂林版)、《大公報》(桂林版)、《力報》(桂林版)外,重慶《新華日報》、《中央日報》,昆明《國民日報》,衡陽《大剛報》、《力報》,《大華晚報》,贛州《青年報》,湖南《中央日報》、《國民日報》,廣東《中山日報》,廣西《柳州日報》等多家報紙的記者參與了全程的採訪與報導。

　　《新華日報》15 日二版、四版基本都在報導西南劇展，共發表 12 篇報導，主要有《中國的劇人　今天慶祝戰劇節　昨晚在文化會堂聚餐非常熱鬧》、《中國劇協昨招待新聞界》以及社論等。除了 15 日的報導外，一直到西南劇展結束，該報還發表了 11 篇文章。分別為 2 月 15 日的《攜起手來　更勇敢地前進》、2 月 25 日的《戲劇史上的空前盛舉　西南劇展開幕》、3 月 2 日的《西南劇展開幕前後》、3 月 18 日的《西南劇展資料展覽開幕》、3 月 22 日的《西南劇展拾零》、4 月 3 日的《艱難下的成就 —— 記西南劇展會的資料展覽》、4 月 9 日的《戲在桂林（西南劇展續訊）》、4 月 11 日的《西南劇展秘書處發起二大活動》、4 月 23 日的《貧窮打不倒西南劇展的熱潮（西南劇展通訊）》、5 月 3 日的《韶關較著名的戲劇團隊　都去桂林參加劇展（韶關風雨）》、5 月 10 日的《西南劇展座談歌劇》、5 月 11 日的《西南劇展演出豁免捐稅　黃主席並捐助經費十萬》。

　　這些報導中，2 月 15 日登載的中華全國戲劇界抗敵協會為紀念戲劇節廣播詞，題為《攜起手來　更勇敢地前進》，闡明了西南劇展的意義：

　　　　……和我們明天在重慶舉行的大會同時，在桂林，在我們中國新戲劇運動的先驅者歐陽予倩、田漢兩位先生主持下，一個盛大的西南八省戲劇運動展覽大會正在這一天開幕。我們除請張道藩、孟君謀兩位先生代表我們重慶的戲劇工作者參加之外，謹在這兒向參加西南劇展的全體同志致敬，預祝這個大會的成功，和表示我們對於幾年來，在前線在後方，為了我們的抗戰文化運動而盡瘁了的同志們表示衷心的感佩，和兄弟姊妹一般的關注……

　　1944 年 2 月 25 日的《戲劇史上的空前盛舉　西南劇展開幕》則詳細描述了開幕式當天的情形：

　　　　（桂林通訊）西南第一屆戲劇展覽，由廣西省立藝術館主辦，集合桂林戲劇工作者組織籌備委員會，主任委員歐陽予倩，主任秘書瞿白音、籌備委員田漢、熊佛西等計三十五人。內部組織分秘書處及總務、招待、宣傳、演出、資料五部。全體職員一百二十三名。本屆大會會長由黃旭初氏擔任，並邀請中樞及西南戰區，各省首長李濟深、李宗仁、白崇禧、張發奎、余漢謀、陳誠、薛岳、李漢魂、吳鼎昌、龍雲、劉建緒、曾浩森等為大會名譽會長。十五日已經在桂林開幕，時間定為兩個月，現在報到的戲劇團體已有二十三個單

位，演出節目分三部門舉行：①演出展覽：分話劇、平劇、湘劇、楚劇、傀儡劇、瑤人歌舞、皮影戲、馬戲等項。已經登記的話劇節目，有曲江藝專的《百勝將軍》、《油漆未乾》；藝聯的《茶花女》、《水鄉吟》，政大藝宣的《虎符》、《蛻變》；軍委會劇宣七隊的《家》、《法西斯細菌》、《軍民進行曲》；坪石中大劇團的《浪花夫人》，英語劇《皮革馬林》、《基爾柏特》；衡陽中國實驗劇社的《飛花曲》，社會劇團的《錢》；江西省戲劇工作者代表團的《愁城記》、《沉淵》；祁陽被服三廠劇教隊的《重慶二十四小時》；長沙軍委會劇宣九隊的《勝利進行曲》、《杏花春雨江南》、《愁城記》；柳州軍委會劇宣四隊的《蛻變》、《家》；四戰區政大的《鞭》；桂林省立藝術館的《舊家》；新中國劇社的《戲劇春秋》，凱聲劇團的《茶花女》；西大劇團的《日出》，立達中學劇團的《東方的暴風雨》。②資料展覽將和演出展覽同時舉行，內容包括各團隊歷年工作的文獻，各技術部門的創造經驗、心得和各項著作統計，以文字宣傳品、圖片、模型等項展出。除各地團隊和個人已紛紛寄送資料陳列外，大會並約請留桂畫家精繪中外名戲劇家像多幅，特別是各時代不同風格的舞臺模型，並收集對劇運有勞績的戲劇家生活照片，編寫畫傳，以備屆時展出。③西南戲劇工作者大會定三月一日開始，會期一星期，內容分為團隊工作報告，作品宣讀，創造實驗，專家講演，討論提案等項。本屆西南劇展，是中國戲劇史上的空前盛舉，預計八省劇人參加大會的在千人以上，大會一切招待工作極為緊張，桂林街頭也增加一番景色，市中心的四大街衢建起了富麗堂皇的牌樓各一座，都由美術家精心設計。各大書店也紛紛集中戲劇書籍，舉行聯合減價，優待出席大會劇人。大會會址設在廣西省立藝術館新廈，會場內設臨時郵局，並在開幕日加蓋紀念郵戳。廣西電教處也分設廣播電臺，大會期內，將用國語、粵語、桂語、英語每日播送消息，並廣播各種戲劇。大會開幕典禮在十五日下午三時隆重舉行，大會會長黃旭初親臨主持。晚七時舉行西南戲劇工作者聯誼大會，並有精彩的音樂演奏和活報劇、歌詠、平劇、桂劇、武技等，極一時之盛。

（三）劇展結束後各界評價階段的報導

5月19日西南劇展閉幕當天，《新華日報》在第二版以《愛金生讚揚西南

劇展》為標題對外界反映進行了實事求是的報導:「美名戲劇評論家愛金生,最近在《紐約時報》撰文,介紹我國西南第一屆戲劇展覽經過。文章中說:這樣宏大規模的戲劇展覽,有史以來,除了古羅馬時代曾經舉行外,還是僅見的。中國處在極度艱辛環境下,而戲劇工作還能以百折不撓的努力,為保衛文化、擁護民主而戰,功勞極大。這次聚西南八省戲劇工作者於一體,檢討過去,策勵將來,它的貢獻尤其重大。」「西南第一屆劇展開幕以來,已屆三月,經過圓滿,大會定十九日舉行閉幕式,並請田漢、歐陽予倩等講評。」

同時第三版發表了評論《短評　西南劇展閉幕》,這篇短評如下:

　　現在我國的美國名戲劇評論家愛金生,在《紐約時報》撰文讚揚我國西南第一屆戲劇展覽,稱之為除古羅馬以外有史以來的僅見。我們歷盡了艱辛的戲劇工作者,得到盟國朋友這樣隆重的讚美,也可以聊以自慰了。然而也正如經過一番苦鬥的戰士,現在來回想幾年來的艱難奮鬥,來省視身上的傷痕,卻也不能無所感慨。愛金生說:「中國處於極度艱辛的環境下,而戲劇工作者尚能以百折不撓的努力,為保衛文化、擁護民主而戰。」這中間所指的「艱辛」,實在有不盡的內容。他們不但要保衛中國的文化,還要擁護並保衛文化的民主自由,這是加在他們身上多麼沉重的一個負擔!在盟國朋友的讚揚之下,他們心裏實在是包含了無限「艱辛」的滋味的。西南劇展,在許多賢明的幫助之下,好容易結束了。重慶幾個艱苦奮鬥了一年的職業劇團,現在以困難太多,不能不無聲地離去。我們在這裏除開向西南八省的戲劇戰士,預祝他們今後工作的順利之外,同時還希望今年的霧季,那些現在不能不離去的劇團,能夠有重到陪都的時候。中國的文化要保衛,中國的民主我們更要爭取。

西南劇展閉幕後,《新華日報》還發表了三篇報導:5月21日的《西南劇展閉幕　通過戲劇工作者公約十條》、5月27日的《桂林通訊　西南劇展的尾聲》、5月30日的《東南西北》:「有人統計,參加這次西南戲劇展覽會的五百三十多個會員中有十分之一患肺病」。在《西南劇展的尾聲》中,作者從四個方面作了評述性報導:

一、不收門票的公演

　　五月九日起,西南劇展的壓軸戲《戲劇春秋》,向觀眾報導了劇人們艱苦奮鬥的歷史,再加上三月來劇展本身也就是一個「戲劇春

秋」，於是使觀眾們對劇兵的愛與同情更強烈了。白鵬飛先生寫了一封信給劇展會，信中說：「前宵一瞥套戲劇春秋》，不勝感佩，坎坷艱困，初不限於劇人也。」還捐了四百元作招待劇人之用。一個桂林女中的學生，寫了一封信給演杜若燕的阮蓓，說到這劇對她的感動，還要認她作姐姐。然而給老百姓以最深刻印象的，卻是體育場的不收門券的公演。在體育場，劇宣七隊演出了歌劇《軍民進行曲》，劇宣九隊演出了《勝利進行曲》，每晚都有一萬以上的觀眾。老百姓以比普通放映教育片熱烈數十倍的情緒去看他們的演出，用著比知識分子觀眾熱烈百倍的掌聲和眼淚去看完他們的戲，那情形，真是使人太感動了。

二、歐陽予倩先生的檢討

到五月十九日，劇展會在一次空前盛大的會上舉行閉幕式。在閉幕式中，歐陽予倩先生報告了劇展的經過，並作一番坦白的檢討，認為這次劇展中各同志表現的優點是熱情、團結、遵守紀律，工作態度嚴肅、誠懇，對戲劇運動路線的意見一致。此次劇展打破了前方團隊與後方團隊的隔膜，在互相觀摩中可以學習彼此的長處。同時通過劇展不僅改變了社會對劇人們的認識，而且也加深了戲劇工作者對社會的認識。缺點方面則是還沒有利用團結來發揮更大的力量，共同切磋，學術性的研究不夠，演出展覽之節目缺乏計劃性。希望以後各團隊間加強學術研究之聯繫，使彼此之步驟更趨一致。同時應提高戰鬥情緒，加緊對抗戰建國的認識。他說戲劇是一種集體的藝術，不容許個人英雄主義的存在，否則會破壞這種藝術，因此希望戲劇工作者在集體藝術、集體行動、集體志向的原則下共同努力。李濟深將軍在會中發言，對劇展中各團隊的精誠團結，刻苦努力，倍加稱譽。他並且說：「抗戰中全國各方面的事若都能像劇展會這樣去做，那無論軍事、政治、經濟，我們都有辦法。」全場掌聲經久不息。

三、苦難中的鬥爭

田漢先生報告抗戰以來殉難劇人之生平。七年來，很多戲劇工作者在艱苦危險的戰鬥中倒下了，有的死在敵人的炮火炸彈下，有的死於漢奸敵探的魔掌中，有的死於過度的辛勞與貧病的交迫下。

根據現在收集的材料，已知道姓名的殉難劇人有三十六人，其中以中國藝聯劇團犧牲最大，占十人。在晉東南工作的劇宣二隊也犧牲了五人。他報告了這次劇展中有些團隊的艱苦情況，中國藝聯劇團沒有回去的旅費，不得已繼續在柳州演出，因爲過於辛苦，有三個同志吐血。劇宣四隊之農中南君在患肺病，抱病演出《銳變》，一面吐血，一面勉強連演了三天，後來實在支持不住，才由新中國劇社一位同志代他上演。這樣的困苦，這樣的拼命，大家還是支持工作，堅守崗位，希望社會對劇人們給予更多的關懷與愛護。接著田漢宣讀大會訂立之「劇人公約」。共十項：認清任務，砥礪氣節，面向民眾，面向集體，精研學術，磨煉技巧（術），效率第一，健康第一，尊重集體，接受批評。

四、三個月的工作結束了

在這天晚上，又舉行了前期話劇公演。劇宣四隊演出了菊池寬的《父歸》，新中國劇社演出了田漢的《湖上的悲劇》，劇宣七隊演出了丁西林的《壓迫》，藝術館演出了歐陽予倩的《屏風後》。從這裏，觀眾可以看到前期話劇的力量和功績。看最後一晚的吸引力量多麼大啊，直到一點多鐘的時候，人們還是絡繹不絕地前來觀劇，把整個劇場擠得滿滿的。三個多月的劇展就此結束了。三個月來，演出了一百七十場，擁有十萬人以上的觀眾。展覽了各團隊的文獻資料三百七十五件，照片二百零五幅，統計圖表五十六種，舞臺模型六十二座，平劇臉譜一百六十三種，作家原稿二十五件，舞臺設計圖六十四張，平劇和桂劇珍本七十九種。他們在本身崗位的努力上，已經打破了戲劇是「娛樂」的說法，老百姓已嚴肅地感到從新的戲劇中可以獲得一些什麼東西了。在桂林辛苦了三個月的劇兵們，都帶著堅定的熱情，更大的信心，重新出發到各地去工作了。

《新華日報》編者於5月29日還特地將田漢在西南戲劇工作者大會上代表主席團對各團隊報告所作總結做摘錄，並以題爲《戲劇運動中的幾個問題》進行報導。文章就「學習的問題」、「工作態度的問題」、「表演方式的問題」等幾個方面，對劇人們如何學習，如何提高，怎樣演好戲，怎樣樹立劇人新道德，如何使表演方式生活化，如何使戲劇爲抗戰服務等等進行了闡述，並就戲劇工作者今後的工作方法與方向提出了具體要求，進行了指導性的總結

評論。這種結合實際問題、提出具體解決辦法的總結性評論，無疑對擴大西南劇展的時代影響是十分有益的。〔註48〕

五、關注教育發展，推動教育建設

廣西在舊桂系統治期間，教育發展緩慢。新桂系主政廣西後，比較重視教育。1928年，在梧州創辦廣西最早的綜合性大學——廣西大學，著教育家馬君武首任校長。1932年起，在少數民族地區興辦「特種部族」教育。1934年至1940年在教育家雷沛鴻倡導下，全省開展普及國民基礎教育運動。廣西基本形成幼兒教育、小學、中學、大學教育、成人教育以及普通教育、職業教育、專科教育等近代教育體系。〔註49〕

抗日戰爭期間，廣西教育發展減緩甚至部分倒退，教育建設亮點和不足並存。《新華日報》對此予以了關注，如1939年3月17日報紙刊發署名特派員秋江的文章《廣西的基礎教育》，文中用大量數字和分析，說明「廣西教育在實踐中奮鬥出一條新路，打下了基本教育的基礎」。文中述及基礎小學「每學期都設立成人教育班，夜間教授，雖然有人說廣西民眾有『洗腳上床』的早睡習慣」，但是有個婦人要去離家甚遠的夜校上課，下課時已是深更半夜，不便回家，就帶了被子去上課，留宿到天亮才回家。由此可見她學習的熱情。

《新華日報》涉桂報導中注意引導社會力量捐資助學，如1940年6月19日報導桂羅城孀婦吳覃捐屋六間，地五十九畝，興辦該鄉中心學校。12月16日引中央社桂林十五日電「果德縣民謝嘉能等，慷捐鉅款，建築國民基礎學校」。1941年5月12日報導融縣范選英，捐田八畝（值一千五百元），武宣劉德瓊捐資五百元，興辦學校。

學校建設也是《新華日報》報導的重點。如廣西大學是當時為數不多的國立大學，《新華日報》大到老校長過世（1940年8月2日《廣西大學校長馬君武逝世》）、新校長的任命（1941年8月6日《政院決議高陽繼任廣西大學校長》、1943年9月19日《李運被任為廣西大學校長》），小到學校開學時間（1941年9月10日《廣西大學下月六日上課》）都有文字觸及。特別是對備

〔註48〕 魏華齡、蘇關鑫主編：《桂林抗戰文化研究文集8》，廣西師範大學出版社，2005年8月版，第194頁。

〔註49〕 李秋洪、藍日基主編：《廣西簡志》，廣西人民出版社，2008年7月版，第229頁。

受關注的廣西大學辦學地點變遷，《新華日報》進行了連續報導：1944 年 9 月 1 日報導「西大學生二千，投奔川、滇各地」；1944 年 9 月 25 日報導「廣西大學搬到了融縣，學生流落教授四散，圖書儀器只運出三十幾箱」；1944 年 10 月 3 日報導「豫粵桂三大學要搬家，重慶各大學人滿之患，教育部表示擋駕」；1944 年 10 月 21 日報導「廣西大學改遷榕江」；1945 年 2 月 7 日報導「西大學生流亡榕江，盼望當局匯款救濟」；1945 年 10 月 13 日報導「廣西大學遷回柳州」；1945 年 10 月 28 日報導「廣西大學從榕江遷回柳州，新舊生登記者寥寥」；1945 年 11 月 4 日報導「西大校址問題，當局準備遷柳州，同學主張遷梧州。」

第四節　《新華日報》在桂發行推動中共廣西地方組織建設和廣西抗日民族統一戰線的形成

除了作為抗戰文化宣傳的重要陣地之外，《新華日報》對加強中共廣西地方黨組織建設也發揮了重大作用，並且有力地推動了廣西抗日民族統一戰線的形成。

一、作為中共的喉舌，強化中共對廣西地方黨部的建設與指導

《新華日報》在發刊詞中把自己定義為「在爭取民族生存獨立的偉大的鬥爭中作一個鼓勵前進的號角」，這號角吹奏的不單單是宣傳抗戰的音符，更承擔著傳遞中共中央本部政策方針的功能。

作為被壓制的在野黨，中國共產黨當時的黨務活動大多處於秘密狀態。加上中國幅員遼闊通訊不便，在國統區的地方黨部常常會聯繫不上中共中央，無法有效接受和執行中央的最新意圖和決定。以廣西為例，30 年代初，由於「中國共產黨內『左』傾的錯誤使黨在根據地和國統區的組織和工作都遭受嚴重損失，中共廣西右江特委和鬱江特委相繼解體，並與上級黨組織失去聯繫。而此時，又正是新桂系強化對廣西的統治，加緊整頓內政，在政治上肅清異己的時期，這使得中國共產黨在廣西的活動變得更加困難」，「1932 年初，鬱江特委被破壞後，僅剩陳岸一名特委委員在玉林五屬一帶堅持領導革命鬥爭。他一方面先後五次派人到上海、雲南、貴州等地尋找上級黨組織，從 1932 年秋至 1936 年春，均未能正式恢復廣西黨組織與上級黨組織的關係。」

〔註 50〕為使信息暢通，加強對國統區黨支部的領導，中共需要一條公開的渠道去傳遞其政策與工作方針。

於是中共中央 1938 年 4 月在《新華日報》出版兩個月後發出《關於黨報問題給地方黨的指示》一文，強調了黨報對地方黨部的重要性：「由於過去黨處在長期秘密工作之下，不能發行全國性的黨報，因此對於黨的各項政策只能靠秘密的油印刊物傳達，這樣就養成同志們不瞭解黨報的作用。在今天新的條件下，黨已建立全國性的黨報和雜誌，因此必須糾正過去的那種觀念，使每個同志應當重視黨報，讀黨報，討論黨報上的重要論文。黨報正是反映黨的一切政策，今後地方黨部必須根據黨報、雜誌上重要負責同志的論文當做是黨的政策和黨的工作方針來研究。」〔註51〕

在中共中央發出通知後不久，5 月 11 日《新華日報》發表社論《本報的期望》進行了回應，社論寫道：「我們向一切讀者及地方組織提出以下要求：第一，我們希望讀者對本報的社論、重要專論及中央領導人的重要文章，加以個人或集體的研究和討論。第四，讀者會組織，尚在開始，需要大大地擴大，已經組織讀者會的地方，要把它鞏固和擴大起來，尚未組織的地方，趕快成立並建立自己的經常工作。」

廣西已經在 1936 年 11 月成立了中共廣西省工委，實現了對全省中共黨組織工作的領導並與上級取得聯繫。「廣西省工委隸屬中共南方臨時工委（後改為南方工委）領導。同時，在全省建立了 5 個地區特委（桂西區特委、鬱江區特委、得江區特委、桂西南區特委、玉林區特委）、2 個市委（桂林市委、柳州市委）以及 8 個中心縣委、28 個縣一級的中共地方組織，全省共有黨員1382 人」〔註52〕1938 年 11 月下旬，廣西省工委機關遷往桂林，省工委歸「桂林八辦」領導。1939 年 2 月，周恩來對廣西地方組織作了四點重要指示：廣西地方組織要整頓；小精悍的領導機關；組織不忙發展；工作宜向下層。7 月，中共中央南方局桂林辦事處根據中共南方局指示，從全國抗日戰爭大局出發，為了適應形勢需要，鞏固黨的組織，決定縮小黨組織目標，撤銷廣西省

〔註50〕 鍾漢典主編：《廣西通史》（第三卷），廣西人民出版社，1999 年 8 月版，第283 頁。

〔註51〕 南方局黨史資料編輯小組編：《南方局黨史資料（6 文化工作）》，重慶出版社，1990 年 6 月版，第 3 頁。

〔註52〕 劉紹衛：《中國共產黨與廣西抗戰——政治交往理性的實踐收藏》，廣西人民出版社，2006 年 8 月版，第 39 頁。

工委，廣西全省分別成立中共桂林、南寧、梧州三個特別支部。根據 1939 年的統計，三個特別支部共有黨員 626 名（不包括左右江地區的黨員）。

　　中共廣西地方黨部，一方面直接接受「桂林八辦」的直接指導，另一方面通過《新華日報》瞭解黨的最新政策和方針。《新華日報》廣西分銷處工作人員葛敏回憶：「音樂家、戲劇家舒模，當時是劇宣四隊中共地下黨支部書記，他曾對我說過：『我們隊流動性大，事事和上級黨組織、南方局聯繫實有困難，全靠《新華日報》來指導我們的一舉一動。』又說：『我隊排練話劇《原野》，就是根據延安頒佈的《土地法大綱》，參看《新華日報》上的消息、文章，作爲指導思想的。』還說：『在曲江時，老隊長徐韜常帶回來幾張《新華日報》，組織黨員學習，一張報紙，這人看，那人讀，疊過來，折過去，放在口袋裏，藏在床鋪下，都破破爛爛了，我們還不堪意丟掉。因爲它是我們自己的報紙。』」〔註 53〕許翰如回憶：「在那些日子裏，他們主要就是通過同我們的聯繫，通過學習黨報——《新華日報》來瞭解、掌握黨的方針政策，結合當時當地的具體情況經過隊務會議討論布置，使之變成全隊的實際行動。」〔註 54〕

　　根據 1939 年 6 月中共中央南方局《關於組織問題的緊急通知》的指示，至 1940 年 6 月的一年時間裏，中共廣西特委基本停止發展黨員。這一階段，中共廣西特委還利用《新華日報》上黨的先進理論去影響進步青年。中共地下黨員陳貞嫻回憶了接受黨組織安排參加廣西三民主義青年團團結進步青年的一些工作：「我們介紹《新華日報》和一些進步書刊給他們看，同他們個別談心，使他們不僅知道國民黨頑固派的主張和言論，也知道共產黨的主張和方針政策……周可傳利用三青團廣西支團部組訓組組長這個合法身份和各種有利條件，爲黨做了大量工作。……周可傳同志深入抓幹部的政治理論學習，經常組織幹部討論《新華日報》的重要文章，分析國內外政治形勢，暗地裏指導幹部學習馬列主義理論。」〔註 55〕通過這樣的學習，廣西各地黨組織和在學生軍、戰工團、三青團、地方建設幹部學校等團體中的黨員，組織了一大批進步青年學習《新華日報》上黨的政策方針，爲黨組織的將來的發展進行人員儲備。

〔註 53〕魏華齡主編：《桂林文史資料　第 28 輯　桂林抗戰文化史料》,灕江出版社，
　　　　1995 年 1 月版，第 133 頁。
〔註 54〕中國戲劇家協會研究室編：《周總理與抗敵演劇隊》，上海文藝出版社，1979
　　　　年 9 月版，第 24 頁。
〔註 55〕南方局黨史資料徵集小組：《南方局黨史資料群眾工作》，重慶出版社，1990
　　　　年 6 月版，第 379 頁。

二、推動廣西抗日民族統一戰線的形成

抗日戰爭是一場人民戰爭，必須團結一切有愛國心和民族正義感的中國人。1937 年 5 月 3 日毛澤東即在中國共產黨全國代表會議上提出：「我們的任務，是在不但要團結一切可能的反日的基本力量，而且要團結一切可能的反日同盟者，是在使全國人民有力出力，有錢出錢，有槍出槍，有知識出知識，不使一個愛國的中國人不參加到反日的戰線上去。這就是黨的最廣泛的民族統一戰線策略的總路線。」

經過多方艱難的努力，中國共產黨在桂林設立八路軍辦事處，執行黨的民族統一戰線工作。在廣西抗日民族統一戰線的構建中，《新華日報》通過宣傳抗日精神並指明戰事時局、區別對待新桂系，並為新桂系重要機構廣西建設研究會提供智力支持、鼓舞其他進步文化宣傳力量等形式，推動了廣西抗日民族統一戰線的形成。

宣傳抗日精神是這一時期國內進步報紙的輿論場域，《新華日報》在發刊詞吹響抗日號角並闡明自己的責任：「本報將儘其綿薄提倡與讚助一切有利於抗戰之辦法、設施、方針，力求其迅速確實的實現；而對於一切阻礙抗日事業之缺陷及弱點，本報亦將勇敢地儘其報急的警鐘的功用。」如 1940 年 10 月 28 日晚，日軍主動從廣西南寧撤退。《新華日報》發表電訊，「據中央社 10 月 30 日電訊：收復南寧的喜訊傳到柳州，『一時全市市民，奔走相告，諒喜若狂，各機關團體商店住戶，一律懸旗，爆竹聲竟日不絕，造成抗戰以來最歡騰之一日。』」接著《新華日報》在 10 天內，連著發表 5 篇評論鞭闢入裏的分析日寇主動撤退的原因。11 月 1 日發表題為《日寇放棄南寧及其新的陰謀》的評論。社論說，日寇三個月滅華的夢想已經破滅，但他們認為雖勞師無功，卻並非失敗。因此，這次從南寧撤退和從安南（越南）調動軍隊定有新的陰謀。日寇想解決的兩個根本問題，一是滅華，一是南進（進攻南洋群島）。滅華就是對我大後方進攻，目前可能性不大。南進則是配合德意日三國同盟反對英美。南進還可掠奪資源，控制南太平洋戰略根據地。日寇以為回頭再來解決「中國事件」就有了保證。南寧撤軍的陰謀是：「日寇將變換其滅華的戰略，把以軍事進攻為主的戰略，改為以政治誘降為主的戰略。而今日的誘降與過去又不一樣，現在的誘降以撤兵為手段，這在過去是沒有的。因此，中國抗戰特有可能遇到一種前所未有的局面。」11 月 6 日社論以《中國應當趁機反攻》為題，提出要趁敵人撤退南寧的機會進行反攻，說明趁機反

攻的作用：「一，可以振奮人心，防止敵人『和平』撤兵的姿態，懈我人心，墮我士氣；二，趁機反攻，破壞敵人政治陰謀，可以大大發揮我民族團結的層志與力量，三，趁機反攻，可以加強對汪派漢奸活動的鎮壓，並引起全國人民撲滅汪逆思想的熱潮。」其它幾篇社論的主要內容都是反覆說明日寇從南寧撤軍是和平攻勢，是離間我抗戰內部團結。11 月 11 日的社論《日寇和平攻勢失敗以後》指出這次日寇和平攻勢失敗以後，無論是變換另一辦法繼續誘降，還是重新發動軍事進攻，其主要目的，都是挑撥離間，破壞我團結，以不戰而亡我國。除了社論外，《新華日報》還派記者訪問黃炎培、郭沫若和參加雲南起義的元老李根源等知名人士，通過他們的談話，一致指出日寇從南寧撤兵是和平攻勢，要提醒全國人民警惕，嚴防敵人誘降陰謀。

新桂系作為廣西政局的實際掌控力量，必然是抗日民族統一戰線形成中的關鍵一環。周恩來在武漢或前往桂林與李宗仁、白崇禧會面時，積極主動溝通並支持他們的抗日主張。1941 年發生了「皖南事變」，中共中央在《一九四一年三月政治情報》中指出：「這次反共高潮，是在蔣桂（地方反共派）何（親日派）聯盟下進行的。桂系參加反共，是使蔣介石敢於發動此次高潮的實力上的原因。」但是毛澤東也指出：「上次居於中間立場的桂系，這一次雖然轉到了反共方面，卻和蔣系仍然有矛盾，不可視同一律。」〔註56〕

於是一方面周恩來組織撰寫了《新四軍皖南部隊慘被圍殲眞象》，由《新華日報》趕印發出。文章用翔實的資料論證了皖南事變的眞相，其中明確提及新四軍的轉移是受何應欽和新桂系領導白崇禧的指示所做的部署，文章還指出「新四軍江南部隊既經決定渡江北上，故走那條路線問題乃隨之而生。原來新四軍大江南北的交通運輸，是靠由皖南敵區（蕪湖附近）渡江經無為的路線來維持的。後來桂軍開到無為地區後，就經常襲擊新四軍的交通運輸，新四軍參謀長兼江北指揮官張雲逸夫人、孩子及曾昭銘等二十餘人，並軍餉七萬元被扣後，這條路線即完全斷絕。雖經屢次抗議要求開放，但終歸無效。」對新桂系在皖南事變中起到的負面作用進行了揭示。

另一方面中共中央軍委發言人在對新華社記者的談話中，要求懲辦皖南事變禍首時，只提何應欽、顧祝同、上官雲相，未提李宗仁、白崇禧，對蔣、桂採取區別對待的政策。《新華日報》在涉及「皖南事變」的內容中也均未提及新桂系。

〔註56〕毛澤東著：《毛澤東選集》，人民出版社，1964 年版，第 741 頁。

標　　　題	時　間　及　版　面	作　　者
爲江南死國難者誌哀（親筆題詞）	1941 年 1 月 18 日第二版	周恩來
千古奇冤，江南一葉；同室操戈，相煎何急！？（親筆題詞）	1941 年 1 月 18 日第三版	周恩來
一群工友捐款慰問江南將士	1941 年 1 月 20 日第二版	未署名
代郵（答冰子女士等，復以「江南事痛不能言」，「謹向江南犧牲姊妹誌悲悼」	1941 年 1 月 20 日第四版	未署名
衷心的慰問，一群（江浙）流亡青年小公務員懷念家鄉捐助敵後戰士	1941 年 1 月 22 日第二版	未署名
無言的感激（短評）	1941 年 1 月 22 日第二版	未署名
代郵（給 XXX 的慰問信收到）	1941 年 1 月 22 日第四版	未署名
工人、店員捐款慰問 XX 敵後將士	1941 年 1 月 23 日第二版	未署名
代郵（賜文爲江南死難者致悼無法登出）	1941 年 1 月 23 日第四版	未署名
一群家庭婦女心馳蘇皖家鄉，以柴米節餘慰問抗屬，七二老叟捐助辛苦錢	1941 年 1 月 26 日第二版	未署名
揚子江編的噩耗——哀子建	1941 年 2 月 3 日第二版	引原
生死恨（詩）	1941 年 2 月 5 日第二版	吉峰
代郵（大批慰問信已轉去）	1941 年 2 月 7 日第二版	未署名
她們在蘇北	1941 年 2 月 24 日第二版	劉玉蘭

　　新桂系反共也留有餘地，沒有把事情做絕，對蔣指名要抓的人採取「禮送」出境的辦法。正因爲在對桂系開展統戰工作中，中共清醒地分析時局，只要「（1）我們有充足的力量；（2）尊重他們的利益；（3）我們對頑固派作堅決的鬥爭，並能一步一步地取得勝利」，「桂系雖曾有過動搖，但在中共的爭取下，卻一直留在抗日民族統一戰線陣營中。應當肯定的是，在日本帝國主義的軍事打擊和政治誘降的雙重壓力下，國民黨集團發生了劇烈的分化，而桂系在戰場上給敵以痛擊，政治上堅決反對投降妥協，多次挫敗日本帝國主義的分化誘降陰謀，爲抗戰的最後勝利起了積極作用。」〔註 57〕

　　除了區別對待新桂系，中共還想方設法去影響新桂系在廣西的施政。抗戰開始以後，新桂系同蔣介石之間的矛盾和鬥爭表面上是和解了。但是，問題並沒有眞正解決。李宗仁就預想到「抗戰不管勝利或失敗，廣西和蔣介石是不能

〔註 57〕高曉林：桂系地方實力派對抗日戰爭的貢獻，《中共黨史研究》，1999 年第 2
　　　　期，第 92 頁。

長久相處的。廣西必須無形中維待半獨立的局面，才不致受蔣的宰割壓制」。於是，他們對蔣介石的策略是「軍事上取守勢，政治上取攻勢」〔註58〕。因此，他們在抗戰開始以後，決定成立「廣西建設研究會」，聘請進步人士爲研究員。

1937 年 10 月 9 日，廣西建設研究會成立，李宗仁任會長，白崇禧、黃旭初任副會長，國民政府軍委會桂林辦公廳主任李濟深出任名譽會長。會務由李任仁、陳助先、黃同仇負責。該會名義是學術團體，實際是廣西反蔣的政治組織，這個組織通過對廣西的政治、經濟、文化、教育進行研究，起到積極推動抗戰的作用。

一方面通過廣西建設研究會這個平臺，中共搭建了「文化供應社」，《新華日報》等進步報刊得以擴大發售範圍。另一方面，廣西建設研究會出版的《建設研究》、《時論分析》、《敵國輿情》，對抗日時局進行評論時，大量引用《新華日報》、《群眾》的言論。

以《時論分析》爲例，每期大致分爲「國際、政治、文化、經濟」四個版塊，介紹各黨派言論，著重介紹各種進步意見。四個版塊的順序會因當期要強調的內容有所不同。這四個版塊的內容分別由四位編委整理，蘇國夫在第七期論及整理的原則：「至於筆者所取方式，是完全將各方言論，原文錄出，決不加以改變，更不加一字之批評，這裏也得特別聲明的。」其中選錄最多的是《大公報》（桂林版）、《新華日報》、《掃蕩報》（桂林版）、《廣西日報》（桂林版）、《救亡日報》（桂林版）等報紙。如在第十期中，譚輔之整理的「國際外交」版塊，引用：「羅斯福與希特勒：『羅斯福總統向德意法西斯提出這一控訴，無論對人類正義，或對世界和平，都是很有意義的。……第一表示了美國民主勢力之進步，第二表示了德意日的侵略到了極度緊張的程度，世界和平已受到了空前的威脅，因此迫得美國不能置身事外。第三團結民主的力量。第四就是進一步揭露了希特勒與墨梭里尼的侵略陰謀。』」（《新華日報》四月二十日社論）；李幹軍整理的政治版塊「香港新華日報五月十九日社論也說『日寇之所以不斷地誘降，是日寇侵華的一貫政策，』『日寇的誘降毒計，就從來沒有停止過，也由之它加緊軍事進攻，從來沒有放鬆過一樣。』『以前它還是經過它的同盟者德意，轉彎抹角的辦法』，『現在它已

〔註58〕中國政協廣西委員會文史資料研究委員會編：《廣西文史資料選輯》（第四輯），內部資料，第 79 頁。

經直接公開了。』『漢奸汪精衛之所以無恥到極點，在日寇懷抱裏，一再公開發表其亡國主張，無非利用其穿中國人的衣冠以相號召，來做日本軍閥所要做的誘降我國的勾當』（對寇奸的一個重要打擊）」吳汝柏整理的經濟版塊刊發許滌新《敵偽統制華北外匯以後》一文：「亦提出幾個貨幣抗戰的對策：第一，更積極開展華北的游擊戰爭，破壞敵偽榨取中國資源的一切經濟機構，破壞偽鈔的流通，建立強大的敵後方抗日根據地，團結戰地民眾，開放當地物質，保障各抗日根據地的經濟自給，在這裏要注意一些人單純的去進行其所謂純經濟活動，結果其所收集的經濟物資通通落在敵人的手裏，其投資放款的活動轉在敵偽統治區的經濟，我們希望各方人士在與敵人爭取戰區經濟建設的時候，一定要握住不讓敵人能夠利用我國一點資源的原則。第二，在敵人勢力所及之區，如天津青島等地，要積極的領導民眾起來作拒用偽幣的鬥爭；領導農民不種植所需要的農產物。第三，要加強我們的外匯統制，使英美在華的銀行，特別是滙豐銀行麥加利銀行，與我國作親密的合作，在一定範圍內，對於正當的需要，盡可能的供給外匯；對於各方面所得的外匯，要盡量提供給中國，一點也不落入敵人之手，從這兩個方面去削弱黑市場的勢力。（四月五日《新華日報》）。」

包括《新華日報》在內的各種報刊資料，極大開拓了廣西軍民的抗戰視野，深受好評。建設委員會的編委在《建設研究》的「會務報告」中總結：「『時論分析』非公開發行刊物，創辦時，僅印三百份，第二期五百份……第七期一千份……」除了廣西本地民眾外，外地來函索取或購買的也不少。毛澤東也有訂閱，據秦紹雄回憶「我清楚地記得，這兩種刊物，每出版一期，都要郵寄給毛澤東主席（當時是以參政員名義投遞，地址在膚施）。」〔註59〕

中共中央通過廣西建設研究會做了大量的統一戰線工作，夏衍、胡愈之、范長江、楊東純等一批中共黨員和黨外知名進步人士柳亞子、何香凝、千家駒、李達、李四光、金仲華、陳此生、莫乃群、歐陽予倩等人積極參加該會的研究活動。白崇禧身邊的中共秘密黨員謝和賡也是該會政治經濟研究員，白崇禧有關社會上的一切文化事務活動，都交與謝和賡聯繫安排，這就更有利於推動該會的文化活動。〔註60〕同時也利用《新華日報》在鼓舞其他進步

〔註59〕魏華齡、王玉梅：《桂林文史資料》（第 37 輯人物專輯），灕江出版社，1998年 3 月版，第 51 頁。

〔註60〕鄧群：《中國共產黨與桂林抗戰文化》，廣西人民出版社，2005 年 10 月版，第

文化宣傳力量。

《新華日報》桂林分館則印行了周恩來的《論目前形勢和任務》一書，並出售毛澤東的《新民主主義論》、《論持久戰》著作以及《新華日報》、《群眾》等中國共產黨報刊。這些進步書籍又被其他書店和印刷廠翻印。「文化供應社成立的第二年（1940 年）在桂林公開重印了《新民主主義論》。……南寧蒼梧書店在達成印刷廠翻印了毛擇東的《論待久戰》、《論新階段》等，傳達毛澤東思想和中國共產黨的聲音。」〔註61〕夏衍在《救亡日報》（桂林版）的編制過程中，「把每天銷剩的報紙積纍起來，訂成每月一冊的「合訂本」，把登在《救亡日報》、《新華日報》和香港《星島日報》（當時的總編輯是金仲華）上的知名作家文章選輯出來，發刊了一種綜合性的《十日文萃》，都有相當數量的銷路」。〔註62〕

新華日報桂林分館在南方局的領導下，還積極組織或參與各種抗戰活動。如 1939 年 12 月 31 日廣西崑崙關大捷，1940 年 1 月 4 日中華全國文藝界抗敵協會桂林分會發起和組織的「桂林文藝界新聞界桂南前線慰問團」赴前線慰問抗日將士。參加慰問團的有《新華日報》社桂林分社、「文協」桂林分會、全國「木協」和全國「漫協」等十六個單位。從 1940 年 1 月起，南方局支持文協發起「保障作家生活」運動，《新華日報》發表《給文藝作家以實際幫助》（補文）等文章予以配合，呼籲提高文藝工作者的政治地位，提高稿費版稅以保障和改善他們的生活。政府應給予其提高作品水平的可能和工作上的便利。

在其他進步報刊受到反動勢力干預時，《新華日報》也能發文聲援。1941年 3 月 1 日《救亡日報》（桂林版）在國民黨軍委廣西新聞檢查處及軍政部門的監控下，被迫停刊。3 月 3 日《新華日報》採用同盟社香港 2 日電報導，內容爲「桂林來電，在此發行的由郭沫若所主辦的《救亡日報》，因受軍事委員會之強制命令，決於 3 月 1 日停止發行」。刊登這個報導的標題是《繼續黑暗反動　救亡日報停刊》。

借助桂林特殊的抗戰氛圍，《新華日報》還在一定程度上影響了大批的反

　　　　105 頁。

〔註61〕劉紹衛：《中國共產黨與廣西抗戰——政治交往理性的實踐收藏》，廣西人民出版社，2006 年 8 月版，第 219 頁。

〔註62〕夏衍：《懶尋舊夢錄　增補本》，生活·讀書·新知三聯書店，2006 年 8 月版，第 299 頁。

法西斯國際友人。如日本著名的反戰作家鹿地亙和池田幸子，日本世界語學者、作家綠川英子，蘇聯電影藝術家、攝影師卡爾曼，朝鮮的金若山、李達、李斗山、金奎光，越南的靜絮勿、范文同、武元甲，英國著名記者、作家史沫特萊、愛潑斯坦，美國著名戲劇評論家愛金生，德國作家、記者工安娜，法國著名記者李蒙，英國的傑克等。如越南的范文同在談到中越抗戰文化的一致性時借助《新華日報》（1940 年 12 月 14 日）指出：「我們越南革命黨、越南文化界，始終堅決主張聯合中國，打倒共同敵人。越南的胡志明（當時叫阮愛國）被國民黨軟禁在桂林，他主要靠訂閱《新華日報》和到八路軍桂林辦事處借閱塔斯社新聞來瞭解國際和中國的動態。

第四章　促進全民族抗日救亡的《救亡日報》(桂林版)

　　20 世紀 30 年代，國共合作創辦的《救亡日報》是中共首次在國統區獲得的一個公開合法的宣傳陣地，一個具有廣泛統一戰線性質的輿論喉舌。《救亡日報》重在宣傳民主、團結、抗戰、進步，精闢分析戰局，真實報導戰況，反映民眾抗日心聲，為促進全民族抗日救亡起到了極大的宣傳鼓動作用。雖然《救亡日報》屢此遭到日本侵略者、國民黨當局壓迫、查禁，先後由上海輾轉到廣州、桂林，最終又回到上海，最後被逼上「絕路」，但《救亡日報》的進步影響，它對反動勢力不屈不撓、機智勇敢的鬥爭，卻永存於中國現代新聞史中。

第一節　《救亡日報》的歷史沿革

一、《救亡日報》創辦之始

　　《救亡日報》誕生在中華民族掀起全面抗戰的 1937 年「七・七事變」之後，適逢國內實現國共第二次合作之時。當時正處在一個民族矛盾（中日兩國）空前激烈，同時又交織著尖銳的階級矛盾（國共兩黨）的時期。

　　1931 年「九・一八事變」以後，日本帝國主義加緊對中國的侵略，使中日民族矛盾上升為中國社會的主要矛盾，從而「變動了國內的階級關係，使資產階級甚至軍閥都遇到了存亡的問題，在他們及其政黨內部逐漸地發生

了改變政治態度的過程」。〔註1〕在國家和民族生死存亡之際，1935 年 8 月 1 日，中共中央發表「八一」宣言，號召全國人民團結起來，停止內戰，一致抗日，組織國防政府和抗日聯軍。1935 年 12 月，中共中央在陝西瓦窰堡召開會議，根據時局的變化，確定了建立抗日民族統一戰線的方針。其工作任務之一，就是開展上層統戰工作，與地方實力派建立逼蔣抗日的統一戰線。根據這一策略思想和工作方針，中國共產黨對國民黨地方實力派 —— 以李宗仁、白崇禧、黃旭初爲首的新桂系集團，進行了一系列艱苦卓絕的統戰工作。1936 年 6 月「兩廣事變」〔註2〕後，中共領導人毛澤東、朱德代表工農民主政府和工農紅軍發表了《中華蘇維埃人民共和國中央政府中國人民紅軍革命軍事委員會爲兩廣出師北上抗日宣言》，表示「願意首先和兩廣當局結成抗日聯盟，共同奮鬥。」〔註3〕隨即在 1936 年 7 月，派雲廣英爲紅軍代表與國民黨新桂系進行第一次接觸。1936 年 12 月西安事變發生時，中共領導人周恩來、葉劍英除了協助張學良、楊虎城調解與蔣介石的矛盾外，還與新桂系代表劉仲容進行了第二次接觸。「盧溝橋事變」以後，中共中央又派張雲逸前往廣西與新桂系進行第三次接觸。中共中央要求張雲逸本著「聯合地方各實力派，迫使蔣介石抗戰」的原則，敦促和幫助實力派「一面促成蔣在建立全國抗戰之最後決心（此點恐尙有點問題）；一面自己眞正的準備一切抗戰救亡步驟，並同南京一道做去」。（1937 年 7 月 14 日毛澤東致張雲逸電）〔註4〕中共的這些統戰工作，對促進蔣介石國民黨中央政府下決心全面抗戰起到了積極的推動作用，也爲之後中共在桂林建立八路軍辦事處和《救亡日報》在桂林的復刊奠定了基礎。

　　1937 年 7 月 15 日，中共代表團赴盧山同國民黨商定兩黨合作的最後條款，起草了《中共中央爲公佈國共合作宣言》。1937 年 9 月 22 日，國民黨中央通訊社以《中國共產黨爲公佈國共合作宣言》爲題發表中共在 1937 年

〔註1〕　毛澤東：《毛澤東選集》，人民出版社，1966 年，第 224 頁。
〔註2〕　「兩廣事變」是指在 1936 年 6 月至 9 月，中華民國國民政府和中國國民黨內部的地方實力派系：廣西的新桂系和廣東的陳濟棠粵系，利用抗日運動之名義，反抗國民政府中央首領蔣介石的政治事件。該政治事件幾乎觸發了一場內戰，但是最終以雙方達成政治妥協而和平結束。
〔註3〕　毛澤東，朱德：《中華蘇維埃人民共和國中央政府中國人民紅軍革命軍事委員會爲兩廣出師北上抗日宣言》，新華網，http://news.xinhuanet.com。
〔註4〕　沈繼英：《周恩來論抗日民族統一戰線》，《北京大學學報》，1981 年第 2 期，第 19 頁。

7 月 15 日提交的宣言。宣言向全國提出奮鬥總目標:「(一)爭取中華民族之獨立自由與解放。首先須切實地迅速地準備與發動民族革命抗戰,以收復失地和恢復領土主權之完整;(二)實現民權政治,召開國民大會,以制定憲法與規定救國方針;(三)實現中國人民之幸福與愉快的生活。首先須切實救濟災荒,安定民生,發展國防經濟,解除人民痛苦與改善人民生活。」中共中央還向全國發表宣言:(一)願為三民主義徹底實現而奮鬥;(二)取消一切推翻國民黨政府的暴動政策及赤化運動,停止以暴力沒收地主土地的政策;(三)取消蘇維埃政府,實現民權政治,以期全國政權之統一;(四)取消紅軍名義及番號,改編為國民革命軍,並待命出動,擔任抗戰前線之職責。同月 23 日,蔣介石發表談話,承認中國共產黨的合法地位,宣佈國共合作抗日,共赴國難。此《國共合作宣言》和蔣介石有關談話的發表,標誌著以第二次國共合作為基礎的抗日民族統一戰線正式形成。〔註 5〕《救亡日報》就是在這一背景下誕生的。

二、國共合辦時期的滬版《救亡日報》

　　1937 年 7 月 28 日,根據周恩來關於「要充分開展抗日民族統一戰線的工作,以文化界為基礎,搞好上層進步人士的統戰工作」的指示精神,潘漢年與劉曉等決定將上海原有的救國會及其所屬文化界各團體,擴大改組為上海文化界救亡協會,隨後潘漢年向國民黨上海市黨部提出出版《救亡日報》,但上海市黨部始而拒絕,繼而提出國共合作。對於國共合作,潘漢年表示同意,並就此事與潘公展進行了具體磋商。最終決定,由郭沫若任社長。由於是國共合作辦報,所以報社有兩位總編輯,兩位編輯部主任,經費由雙方負責。共產黨一方由夏衍任總編輯,國民黨一方則派出了暨南大學的樊仲雲任總編輯,汪馥泉任編輯部主任,周寒梅任經理。由於報社大部分編輯、記者、工作人員,都是郭沫若和夏衍以及「文協」宣傳部根據潘漢年的指示協商選定的,從而打破了潘公展意欲通過合作辦報左右《救亡日報》的企圖,使報紙的領導權掌握在共產黨人手中。

　　《救亡日報》自創刊以來,「集中了全國文化人的火力,向日本帝國主義進攻,足足抗戰了三個月」〔註 6〕。「八‧一三」日軍進攻上海,淞滬抗戰開

〔註 5〕　中國共產黨中央委員會:《中國共產黨為公佈國共合作宣言》,百度百科,http://baike.baidu.com/view/。

〔註 6〕　李永軍:《永垂青史的〈救亡日報〉》,華網文盟,http://www.cnlu.net,2005

始。上海文化界積極投入到抗日救亡運動中。《救亡日報》以晚報的形式，於1937 年 8 月 24 日在上海創刊。每日下午三時出版，日出四開鉛印一張。在郭沫若題寫「救亡日報」四字的報頭下，標明由「上海市文化界救亡協會主辦」。25 日在報名的右眼刊出編委會名單：

巴金	王芸生	王任叔	阿英	汪馥泉	邵宗漢
金仲華	茅盾	長江	柯靈	胡仲持	胡愈之
陳文展	郭沫若	夏丏尊	夏衍	章乃器	張天翼
鄒韜奮	傅東華	曾虛白	葉靈鳳	魯少飛	樊仲雲
鄭伯奇	鄭振鐸	錢亦石	謝六逸	薩空了	顧執中。

發行人周寒梅。

一版至四版，每版邊緣上都刊發標語，一版爲：「擁護政府，信仰領袖，舉國一致，抗戰到底！」二版爲：「我們抱定國存與存，國亡與亡的決心！」三版爲：「我們要把所有的人力，物力，貢獻給國家。」四版爲：「勝不可驕，敗不可餒，犧牲到底，爭取最後的勝利！」創刊號頭版刊登了潘公展署名的《發刊詞》：「救亡圖存的第一件事，全國人士必須有忍痛犧牲的決心，四萬萬五千萬人一心一德是禦侮的長城。日閥志在速戰即決，我們與之相反，要使戰爭能夠持久，藉以促使敵人內部崩潰。」無論是報社領導機構的組成人員名單，還是報紙刊發的標語口號以及由潘公展署名刊發的《發刊詞》都充分顯現出國共合作的統一戰線味道。

《救亡日報》表面上是國共兩黨合辦的報紙，但由於郭沫若、夏衍兩人的社會聲望，以及記者、編輯都是些進步的或者是中共地下黨的文化界活躍分子，所以編輯主導權被牢牢操控在中共手中。在具體做法上也很靈活：一方面控制編輯大權，不讓國民黨方面多插手，另一方面則與潘公展合作，用以爭取公開合法。

當時《救亡日報》全社不過十來人，相約一律不拿薪水，寫稿不取稿費。滬版《救亡日報》形式上和一般四開小報相同，但在內容上不登中央社和外國通訊社的消息，而專登特寫、評論、戰地見聞和文藝作品，各版分工與定性不明確，無明確編輯計劃，有啥登啥。常靠宋慶齡、何香凝、鄒韜奮、胡愈之、鄭振鐸等黨政界、文藝界、社會科學界等各界名人的文章維持版面。

滬版《救亡日報》初創時爲晚刊，自 9 月 6 日起改爲日刊。11 月 12 日上

年 4 月 5 日。

海淪陷後，該報堅持出版。至 22 日出版第 85 號，終被日本侵略者壓迫停刊。當日下午出版「滬版終刊號」，載郭沫若的《我們失掉的只是奴隸的鎖鐺》一文作為「終刊致辭」。從三個月的出報實績來考察，《救亡日報》實為一張頂著「上海文化界救亡協會機關報」名義，在中共領導下的抗日民族統一戰線的報紙。

三、艱苦創業時期的粵版《救亡日報》

上海淪陷後，大批文化工作者和救亡青年都撤退到武漢或廣州。廣州是一個對外 —— 特別是對東南亞華僑宣傳團結抗戰的重要基地。周恩來指示夏衍儘快在廣州以公開身份復刊《救亡日報》。當時正值國共第二次合作初期，兩黨關係還較為融洽。特別是由於國民黨粵系與蔣介石之間存在著不少矛盾，所以《救亡日報》在廣州復刊時，得到了粵系首領余漢謀的許可，並資助了 2,000 毫洋〔註7〕作開辦費，社址在廣州長壽東路 50 號。粵版《救亡日報》仍為四開四版小型日報，宣傳重點不變。編輯和記者隊伍中又新增了華嘉、陳子秋、謝加因、蔡冷楓等教授和文化工作者，《救亡日報》於 1938 年 1 月 1 日在廣州復刊，是華南的一座精神堡壘。

社長郭沫若在粵版復刊號《復刊致詞 —— 再建我們的文化堡壘》中重申《救亡日報》的辦報宗旨：「救亡就是我們的旗幟，抗戰到底就是我們的決心，民族復興就是我們的信念，凡是抗戰救亡的都是我們的戰友」。復刊號頭版還刊登了蔣中正的題詞：「救亡日報，精誠團結」，以及余漢謀的題詞「驅除倭寇　還我河山」。版面安排大體上是：一版本報特稿、要聞簡報、戰事報導，二版本地通訊、論文、救亡短訊，三版專論、各地通訊等，四版文藝副刊、文藝論文等。

由於缺乏辦報經驗，粵版《救亡日報》的版面仍與滬版一樣，既不像雜誌又不像報紙，仍以名人的長篇文章和文藝作品為主，一、二、三版內容混亂，新聞性較弱。誠如田漢在《〈救亡日報〉兩歲誌喜》〔註8〕一文中所指出的：第一「比較空泛的文字常常稍多於實際的調查記載，因此不免多少減少她的時代感」；第二，「由於大眾性的不充分，也就是知識層色彩之過於濃厚，

〔註7〕　廣東的地方貨幣，當時一毫洋折合國幣七角。
〔註8〕　田漢：《〈救亡日報〉兩歲誌喜》，《救亡日報》(桂林版)，1939 年 8 月 20 日第 1 版。

她的讀者還是限制在狹小的範圍，沒有能夠把她的影響擴大到更廣泛的讀者層去」；第三，對抗戰救亡的宣傳報導，「是熱情有餘而實際性計劃性不夠」，「許多問題常常是想到哪裏就說到哪裏，還不能更有計劃地提出與總結」。

　　粵版《救亡日報》在辦報資金籌措困難，印刷條件不足，人員流動性大及日軍飛機不斷濫炸下艱苦創業，在廣州堅持出版了9個月又21天，1938年10月21日因廣州淪陷而被迫停刊，共出版了283期，連此前的滬版《救亡日報》共計出版368期。在粵期間還建立起十幾個通訊分站、50多個通訊支站，發展了200多個報紙通訊員，為廣州地區的抗戰救亡運動，留下了不可磨滅的歷史記錄。

四、穩定發展時期的《救亡日報》（桂林版）

　　廣州淪陷後，夏衍和《救亡日報》同人於1938年11月7日晚到達桂林。當晚，夏衍就到八路軍駐桂林辦事處找到了李克農。根據李克農的意見，為了取得合法地位，讓新桂系當局放心，夏衍請劉仲容陪他去拜訪了廣西文化界元老李任仁，然後再和李任仁一起，對當時的廣西省主席黃旭初作了禮節性的拜訪。和黃旭初只談了十分鐘，而李任仁則把夏衍約到家裏，詳細介紹了李、白、黃之間，以及新桂系同蔣介石之間微妙的關係。11月8日晚，夏衍前往長沙，第二天，輾轉找到了郭沫若和周恩來。周恩來叮囑夏衍：「馬上回桂林和克農商量，自籌經費，儘快恢復《救亡日報》……」夏衍來到桂林與李克農商量後，於12月3日離開桂林赴香港籌款。駐港的廖承志接到周恩來的電報後，即從海外華僑捐贈的抗日經費中，專撥給《救亡日報》1500元港幣。〔註9〕另外，經周恩來和郭沫若與李宗仁、白崇禧商談，廣西當局也答應補助《救亡日報》一筆開辦費。有了這兩筆捐款，復刊的可能就具備了。於是，夏衍就通過廖承志打電話給李克農轉告林林，最好能在1939年1月1日復刊。但由於12月24日敵機濫炸桂林市區，《救亡日報》暫時借住的房屋被炸，加上接洽印刷所等等關係，延遲了十天。直到夏衍回到桂林的前兩天——1939年1月10日《救亡日報》才得以復刊。報社位於太平路12號（後遷太平路21號），印刷廠則在郊區觀音山。

　　《救亡日報》（桂林版）仍以郭沫若為社長、夏衍為總編輯，經理（發刊

〔註9〕　夏衍：《記〈救亡日報〉》，參見廣西日報新聞研究室主編：《救亡日報的風雨歲月》，新華出版社，1987年，第26頁。

人）已由國民黨人士周寒梅改爲由中共人士翁從六擔任。至此，《救亡日報》（桂林版）的編輯、出版、發行及管理等大權，全由中共人士所掌控，與國民黨徹底劃清界限。報紙的報頭上方印有「桂林版」三個字，報頭下邊仍標明爲「上海文化界救亡協會主辦」，實際上則是在八路軍駐桂辦事處（中共中央南方分局）的直接領導下開展工作的。

《救亡日報》（桂林版）仍是日出四開四版鉛印一張。版面安排上大體爲：一版要聞、社論或時論；二版國內外電訊、省市新聞；三版特稿、通訊、參考資料；四版《文化崗位》及其他副刊。復刊號上，以《救亡日報》（桂林版）同人發表的《爲鞏固華南文化的堡壘而堅持奮鬥》作爲復刊詞。文章指出：「《救亡日報》（桂林版）是應全面抗戰要求而產生的，它自始便以團結文化人，堅決擁護抗戰國策，發動抗敵救亡工作爲任務……本報在出版地域的變遷上雖已由滬而粵而桂……但本報的出版精神始終一貫。年餘以來我們爲鞏固華南的文化堡壘而堅持奮鬥！我們要求大家起來同爲鞏固華南文化堡壘而堅持奮鬥！」

《救亡日報》（桂林版）出版後，利用國內戰局暫時平穩的局面，在加強新聞性的總目標下，對報紙的編輯宣傳、出版發行和經營管理等方面進行了多方面的探索與改革，取得了不俗的成績，報紙的內容與版面安排呈現出一張眞正「新聞紙」的模樣。特別是 1940 年，可說是《救亡日報》全面發展時期。這一年，《救亡日報》（桂林版）已初具規模，奠定了進一步發展的基礎。報紙的發行量，也由最初的 2000 多份，上升到 8000 多份，最高時達 10000 份（這在當時是個很高的發行量——筆者注），並建立了自己的印刷廠。《救亡日報》（桂林版）自 1939 年 1 月 10 日復刊到 1941 年 2 月 28 日被迫停刊，共出版了兩年 1 個月又 15 天，共計出版 779 期。《救亡日報》從廣州遷到桂林的時候，只有赤手空拳的 12 個人，兩年後被迫停止出版時，卻有了一支近 50 人的隊伍，報紙、出版社、通訊社、期刊、印刷廠等等相繼建立並得到發展，所以是《救亡日報》出版史上辦報時間最長、辦報環境最穩定、事業發展最繁盛、宣傳影響力最大的時期。

然而，震驚中外的「皖南事變」卻直接導致了《救亡日報》（桂林版）的劫難。1941 年 1 月 17 日，蔣介石先發制人，以國民黨軍事委員會名義發佈命令，宣布新四軍「叛變」，取消新四軍番號，還命令全國報紙都必須刊登顛倒是非的中央社電訊稿和「軍委命令」，以掩蓋事實眞相。《救亡日報》（桂林版）

堅持拒絕刊登這則誣衊「新四軍叛變」的消息電稿。為了通過審查，夏衍將它安放於頭版頭條，然後與往日一樣，連同其它稿件一起拿到新聞檢查所送審，送審完畢後，便把頭條的中央社電稿撤掉。這一天，除《救亡日報》（桂林版）之外，桂林各報都刊登了中央社對皖南事變歪曲事實的報導和「軍委命令」，全城上下一片譁然。更令人驚奇的是《救亡日報》（桂林版）頭版開了個大「天窗」。除報社編輯和印刷工人帶出幾十份報紙之外，其餘全被國民黨中統和新聞檢查所扣壓。至此，《救亡日報》報館受到嚴密監視，情況愈來愈緊張。1941 年 3 月 1 日，駐桂林的國民黨新聞檢查所秉承國民黨重慶當局的密令，查封了《救亡日報》（桂林版）。這張在抗日救亡中積極宣傳發動讀者，多次組織支前義賣，廣泛傳播革命真理的報紙，從此結束了它在桂林的戰鬥生涯。

五、《救亡日報》終刊於上海

抗戰勝利後，1945 年 9 月初周恩來通知夏衍，儘快回上海籌備《救亡日報》在上海復刊事宜，改名為《建國日報》，並指示：「《新華日報》是黨報，《救亡日報》是民報，兩份報紙的性質一定要分開，千萬不要混為一談。」〔註10〕《救亡日報》於 1945 年 10 月 10 日在上海改名復刊。社址在泗涇路美生印刷廠樓上，除總編輯夏衍外，僅記者顧家熙一人。除報名改為《建國日報》外，其他一律不變。報紙仍為四開四版。《建國日報》出版後立即受到上海市民的歡迎，出版到第五、六期銷到五、六千份。《建國日報》被讀者認為是敢講話的報紙，同時也就為反動派所不容。1945 年 10 月 22 日，國民黨上海市黨部下令查封《建國日報》，該報前後僅出版 12 天。

《救亡日報》最終未能逃脫停刊的厄運，但四次「涅磐」卻得到了烈火中的永生 —— 在中國新聞事業史上永遠佔有光輝的一頁。

第二節 客觀公正的報導與特殊的宣傳方式

《救亡日報》是一張在中共黨領導下的打著「上海文化界救亡協會主辦」名義、以公正合法的身份、在國統區出版的報紙，尤其是《救亡日報》（桂林

〔註10〕廣西日報新聞研究室：《救亡日報的風雨歲月》，新華出版社，1987 年，第 310 頁。

版)，更是在八路軍駐桂辦事處（中共中央南方分局）的直接領導下開展工作的。但是，《救亡日報》比之中共領導的其他報刊，尤其是中共黨的機關報刊，又有著自己的特殊使命。這就決定了《救亡日報》這份獨特的報紙，必須採用特殊的宣傳手法與宣傳藝術，去完成時代賦予它的歷史使命。

抗日戰爭時期，中華民族同日本帝國主義的矛盾已經上升為國內的主要矛盾。根據這一客觀形勢，《救亡日報》（桂林版，包括該報的滬版）從其特殊的讀者群出發，在宣傳上採取以下三方面的手法，以區別於中共黨的機關報刊。

一、以超黨派的面目出現，報導兼容並蓄客觀公正

《救亡日報》（桂林版，包括該報的滬版）在宣傳中，為了有別於其他中共報刊，側重強調了民族的利益和階級合作。它不囿於階級、黨派的分野，盡量擴大抗日論壇，報導各黨派、各種政治力量的抗日主張和活動。

（一）為左、中、右三派政治力量的抗日言論和行動都提供論壇

1、對以蔣介石為首的最高領導人的抗戰言論和抗戰姿態予以如實的、客觀的報導

對以蔣介石為首的最高領導人的抗戰言論和抗戰姿態予以如實的、客觀的報導突出表現在以下三個方面：

首先，在言論和報導中承認蔣介石政府的領導地位。1937 年 9 月 22 日，國民黨中央社發表《中國共產黨為公佈國共合作宣言》及次日蔣介石在廬山發表承認中共的講話，抗日民族統一戰線正式形成。滬版《救亡日報》立即以社論形式，發表了中共在滬發言人潘漢年的文章表示歡迎。在文字中正式稱蔣介石政府為「中央政府」，並在以後發表的言論和文章中，都注意稱蔣介石政府為「我當局」、「我們的政府」，稱蔣介石為「最高領袖」。每逢中華民國國慶「雙十節」，《救亡日報》除發表有關社論外，還在 1937 年滬版《救亡日報》和 1939 年《救亡日報》（桂林版）組織了《國慶紀念特刊》，發表國共雙方有關人士的紀念文章，以誌兩黨的「聯合一體」。

其次，突出報導蔣政府的抗日言行。《救亡日報》（桂林版）在兩年多的時間裏，凡是關於蔣介石以及國民黨其他黨政委員，如陳誠、潘公展、吳鐵城、白崇禧等人的抗日言行，《救亡日報》大都以頭版頭條的位置予以報導。

這種報導有時甚至佔了相當的篇幅。僅以《救亡日報》創刊初期的 1937 年 9 月 15 日至 10 月 15 日為例，就刊登了蔣介石、陳誠、潘公展等人有關抗戰的談話、言論、題詞達十一篇之多。1939 年 9 月 24 日《救亡日報》創刊兩週年，《救亡日報》（桂林版）還在頭版上突出刊登蔣介石的「精誠團結」題詞和孫科等人的題詞。又在 1939 年 6 月 11 日頭版上，特載蔣介石對外國記者談抗戰前途樂觀的理由：「我戰鬥力較前增加數倍，敵侵略不止，我抗戰不休，希各友邦對敵加以制裁」。〔註 11〕

第三，大力報導蔣介石政府表示團結、進步的姿態。對於蔣政府與共產黨聯合抗日，並進行一些有限度的民主改革，《救亡日報》都在宣傳報導上予以充分肯定，從輿論上促蔣、迫蔣進步。1937 年 7 月，蔣介石發表承認中共的談話以後，滬版《救亡日報》便於當年 9 月 26 日在頭版頭條以「特稿」形式，刊登了宋慶齡的《對於中共中央宣言蔣委員長談話的表示》的文章，稱讚「國共兩黨實現和平團結一致對外，是實現孫總理彌留時『和平奮鬥救中國』重要遺囑的開始」。同時，還刊登張志讓、任叔等人的文章，肯定蔣介石此舉「一面完成了精誠團結的大業，一面鞏固了全民抗戰的基礎」，「是努力在為民眾謀獲應有的利益」。《救亡日報》（桂林版）依然延續這一做法。

2、對中間派的抗日言論、抗日活動加以廣泛報導

抗日民族統一戰線中的中間力量，「包括中等資產階級、開明紳士和地方實力派」。〔註 12〕這部分人的政治身份十分複雜，包括國民黨左派、中間派、無黨派人士和地方實力派，具有廣泛的代表性。他們又大多具有一定的社會地位，政治影響力較大。《救亡日報》對他們的抗日言論、抗日活動作了廣泛的報導。概括起來有以下四個方面：

第一，刊登國民黨左派、中間派和愛國民主人士、愛國文化人士的抗日言論。如刊登國民黨左派何香凝的文章：《回覆十三年精神》（1939 年 1 月 24 日頭版頭條），號召發揚民國十三年改組時代的革命精神，維護鞏固國共合作；刊發李濟深的文章：《撲殺拐賣國家民族的豬仔頭汪精衛》（1939 年 9 月 28 日二版）。在《救亡日報》（桂林版）1939 年 7 月 7 日三版《「七‧七」抗戰建國二週年紀念特刊》上，刊發了國民黨中間派張發奎、李漢魂等人的文

〔註 11〕 蔣中正：《抗戰二週年紀念告各友邦書》，《救亡日報（桂林版）1939 年 7 月 7 日二版。
〔註 12〕 《毛澤東選集》4 卷，第 739 頁。

章、題詞和馮玉祥的詩作，以及愛國民主人士、愛國文化人士鄭振鐸、金仲華、周建人、巴金等人寫的抗日文章。在這部分人中，也有些政治主張同中共的主張相左，如國民黨廣東省黨部主任諶小岑，在《今日之中國與十五年前之土耳其》一文中鼓吹中國抗戰勝利的保證是土耳其的基馬爾主義，勝利後也將成為基馬爾式的資產階級共和國。一貫提倡「閒適幽默」的「第三種人」林語堂，在《勝利是我們的》一文中吹捧蔣介石是「全東亞最優秀的戰略家」。《救亡日報》（桂林版）並不贊成這些政治觀點，但由於他們都是主張抗日的，而諶小岑、林語堂在社會上各有影響，所以《救亡日報》（桂林版）對他們的抗日主張與言論也都作了報導。

第二，報導國民黨抗日將領的抗日活動。1939 年 4 月 6 日臺兒莊大捷一週年時，《救亡日報》（桂林版）在三版上刊出《臺兒莊勝利紀念專刊》，刊載長江的《臺兒莊光榮勝利一週年》和白崇禧題詞：「臺兒莊的勝利是在戰術上運用游擊戰運動戰配合陣地戰的結果。」還發表了好幾篇李宗仁訪問記，充分肯定了這位臺兒莊大捷的功臣在軍事指揮方面的才能，並對他的政治見解表示欽佩。1939 年 12 月 18 日凌晨，中國（國民黨）軍隊向日軍發起反攻，打響了以收復南寧為目的的桂南會戰。崑崙關作為第一階段的主戰場，中國軍隊與日軍在此進行了異常激烈和殘酷的高地爭奪戰。經過雙方兩個星期的血戰，中國軍隊於 1939 年 12 月 31 日正午全面收復崑崙關，全殲日軍一個精銳師團，基本消滅了他的全部指揮官（七名指揮官斃命），史稱「崑崙關大捷」。據不完全統計，自 1939 年 12 月 9 日至 1940 年 2 月 9 日，《救亡日報》（桂林版）除每日以消息形式報導戰爭進展狀況外，還連續發表了 5 篇通訊和 1 篇社論，歌頌中國軍隊將士敢於對敵血戰到底的民族英雄氣概。同時，還高度評價了為國捐軀的蔡炳炎、翁照垣、郝夢齡等將領的犧牲精神和愛國主義精神。

第三，對於新桂系廣西當局拓賢納士，實行自治、自衛、自給的「三自政策」，《救亡日報》（桂林版）更是給予充分的報導與肯定。僅 1939 年 2 月，就發表了 18 篇消息、報告和評論。報導廣西推行民主政治，如省、市、縣均成立臨時參議會，設立成人教育年、普及教育的情況；報導廣西一些進步的抗日團體，如「廣西建設研究會」、「廣西地方建設幹部學校」、「廣西學生軍」的抗日活動；讚揚廣西是「全國推行自治的模範省，配合敵人南進的加緊而迅速動員民眾保衛大廣西，廣西省政府限令各縣臨時參議會於二月一日以前

一律成立。於此可見廣西實施民主政治的決心。……這是全國模範的一個開頭」〔註13〕。這些報導，既在一定程度上反映了桂系進步開明的政治姿態及廣西各界團結抗日的新局面，也表明了中共對實行改革、堅持抗戰的友黨、友軍的友善態度。

3、對中共的抗日言論和中共領導下的抗日活動擇其精粹予以報導

鑒於國內錯綜複雜的政治形勢，作爲在國民黨眼皮底下生存的中共領導的《救亡日報》，爲如實反映中共的抗日言論和抗日活動，只能採取「以質勝量」的策略，擇精取萃予以報導。具體表現在以下五個方面：

一是報導中共領導人周恩來、朱德、彭德懷等人的言論與活動。《一個日本兵眼中的朱德》（《救亡日報》（桂林版）1940 年 1 月 10 日三版）、《訪問周恩來先生》（《救亡日報》（桂林版）1939 年 5 月 5 日二版）等，生動的描述了朱德的「慈父般偉大人格」，以及周恩來的「堅毅英明」，使人們感受到了中國共產黨的無產階級革命家與尋常官僚政客截然不同的氣度、品格。

二是擇要發表中共領導人的主要論著和言論。如發表毛澤東的《第二次帝國主義戰爭》（《救亡日報》（桂林版）1939 年 9 月 30 日、10 月 1 日二版）一文，透過撲朔迷離的表象，剖析了二次大戰的性質；於錯綜複雜的國際陣線裏，區分出敵、我、友；從初具端倪的戰局中，預見到了戰事發展的趨向，並確定了中國人民的對策。此外，如《周恩來談抗戰的回顧與前瞻》（1939 年 1 月 20 日《十日文萃》六期）一文，記敘了長沙大火後，周恩來對戰局的預見。他從當時的實際情況出發，分析了敵人從優勢轉爲劣勢，我從劣勢轉爲優勢的必然性和可能性，一掃失敗主義的悲觀論調，以及盲目空洞的「必勝」高調。這些言論與國民黨官僚脫離實際的僵死空泛的陳詞濫調形成鮮明的對比。

三是報導抗日民主根據地欣欣向榮的景象。爲了滿足國統區人民關注的中國共產黨領導下的根據地實行民主改革後的新面貌，處在國統區內的《救亡日報》（桂林版）運用多種宣傳手段予以披露、介紹。有綜合根據地各個方面的情況，全面、客觀地予以介紹，如《晉察冀的村鎮選舉》（1939 年 9 月 20 日二版）、《晉察冀邊區概觀》（1939 年 11 月 5 日 3 版，連載 10 日）等；有根據地負責人親自寫的文章，如呂正操將軍的《冀中區是怎樣建立的》（1939 年 2 月 20 日二版），揭示了根據地政權的民主性質。

〔註13〕《救亡日報》（桂林版），1939 年 2 月 2 日 2 版。

四是報導人民軍隊的戰績及其取勝的原因。八路軍、新四軍的戰績及它所實行的軍民一致、官兵一致、瓦解敵軍和寬待俘虜的政治工作三原則，游擊戰的戰略戰術，《救亡日報》（桂林版）都時有介紹。1940 年 9 月，八路軍在晉察根據地反掃蕩鬥爭中奏捷，針對當時國民黨頑固派的反共活動，《救亡日報》（桂林版）大張旗鼓地宣傳了這一勝利，除了發頭版新聞、詳細戰報和群眾慰問信外，還發表了社論《再論北方勝利》，指出：「勝利的基礎，必須建立於千百萬民眾的衷心擁護上，如何才能在頑強的敵後建立和鞏固抗敵的政權，如何才能使人民大眾衷心地和軍隊協作，如何才能使敵人的軍事、政治、經濟、文化的綜合攻勢無從發揮其力量，我們相信，這次華北的勝利一定可以給我們一個意義深遠的影響。」並在 1940 年 9 月 29 日二版上，以「星期論文」的形式發表秋江的《檢討華北勝利的原因》一文，進一步闡述這次勝利的深遠意義。

（二）對於國共摩擦、勞資糾紛，以第三者的姿態予以客觀披露

抗日民族統一戰線內部的各階級、各黨派由於民族利益的一致，有著共同抗日的一面；由於階級利益的牴牾，又經常發生衝突和糾紛。在這些衝突和糾紛中，《救亡日報》（桂林版）為了爭取中間群眾，採取了客觀的手法，以第三者的姿態報導有關事實，以縮短與中間群眾的心理距離，擴大宣傳效果。

1、對於具體的摩擦和衝突事件，一般採取「不介入」的態度，避免直接表露傾向性

《救亡日報》（桂林版）自創刊以來，國共摩擦時有發生，其犖犖大者有「平江慘案」、「確山慘案」、山西「十二月事變」等。這些事件，在中共其他報刊上常有詳細的論述。但《救亡日報》（桂林版）根據辦報的宗旨和任務，都迴避了不做正面報導。

2、報導國共、勞資雙方緩和矛盾的事實以及雙方在緩和過程中表現的積極姿態，寓傾向於客觀報導之中

《救亡日報》（桂林版）一般不報導國共、勞資之間的摩擦，這絕不是迴避矛盾，而是在等待時機。當中共領導的進步力量對國民黨反共高潮予以堅決回擊，迫使頑固派不得不暫時「休戰」，在一些問題上同中共「和解」時，《救亡日報》（桂林版）即作出反應。如 1939 年 8 月 23 日在三版上發表的通

訊《風嘶雨吼悼平江》，報導了中共及國民黨政府中一些人士聯合召開「平江慘案」烈士追悼會，共同「要求政府徹底懲治凶獠」的實況。蒲特的文章《關於戰時勞資的糾紛問題》，闡明了勞資雙方在調解糾紛時都應以大局為重的原則；重慶航訊《參政會上的團結問題》，對各黨各派為防止國共關係惡化作了不偏不倚的報導；特載文章《以抗戰團結進步來慶祝晉西事件的和平解決》，肯定了國共、新軍、舊軍各方消除在山西的摩擦所做的努力等等。在這些客觀報導的背後，都或多或少透露了勞資、國共關係緊張的真相，並宣傳了中共「堅持團結，反對分裂」的主張。值得一提的是，《救亡日報》（桂林版）於 1940 年 7 月 21 日在同一版面上轉載了兩篇呼籲團結、反對摩擦的社論。頭條是支持蔣介石政府的《大公報》的社論《由七七書告看政治進步》，下面是中共《新華日報》的社論《鞏固各黨派的團結》。運用這種客觀報導的手法，反映了人民包括《大公報》所代表的那部分力量，都要求團結、進步的強大呼聲，在輿論上孤立了製造摩擦、分裂的頑固派。

3、刊登呼籲團結抗戰的言論，正面引導抗戰輿論

1939 年初，國共關係剛剛惡化，《救亡日報》（桂林版）就發表了《用鞏固團結來紀念三·一八》、《加緊團結粉碎敵寇的最後一計》等言論。1939年底以後，反共形成高潮，《救亡日報》（桂林版）連續發表了《加強政治挑戰》、《精誠團結、抗戰到底》、《談國際宣傳》等社論，指出分裂對於國家民族的危害：「我們這次的抗戰是決定國家民族命運的乾坤一擲的大事，所以對內不論有什麼問題，對外還是要步伐一致地奉行最高國策，打倒一切漢奸組織，抗戰到底，黨派間有什麼政見參商，只該精誠無間地內部商討。」

在民族矛盾、階級矛盾錯綜交織的複雜形勢下，注重民族的利益；在兼顧團結和鬥爭兩手策略的指導下，注意使用團結的一手。《救亡日報》（桂林版）根據自身肩負的特殊使命，靈活地運用黨的抗日民族統一戰線的政策，配合了中共機關報的宣傳，為擴大抗日民族統一戰線貢獻了自己的力量。

二、堅持正確的策略口號，做好抗日宣傳的文章

在抗日民族統一戰線內部，始終存在著「抗戰、團結、進步」與「投降、分裂、倒退」兩條路線的鬥爭。《救亡日報》（桂林版）必須以正確的抗戰路線引導和影響整個輿論。但是，由於《救亡日報》的特殊使命，它不宜直接地表明自己的政治傾向，它只能注意選擇正確的策略口號，曲折、委婉地宣

傳自己的主張。

（一）組織強大的討汪輿論攻勢，打擊投降派，警策頑固派

1938 年底，汪精衛公開投降日本帝國主義。1939 年底，汪日秘密簽訂《日支新關係調整綱要》。1940 年 3 月，汪在南京成立偽「國民政府」。在此期間，《救亡日報》（桂林版）配合進步輿論界，展開了聲勢浩大的討汪輿論攻勢，揭露汪精衛之流的漢奸嘴臉，批判漢奸理論，指明潛藏在自己內部的投降危機。這期間，《救亡日報》（桂林版）發表的討汪文章，僅言論就達 50 餘篇。這些文章就以下問題進行了揭露和批判。

1、揭露汪精衛對日求和的漢奸行徑

針對 1938 年底汪精衛發表所謂豔電之後一系列主和謬論，《救亡日報》（桂林版）在 1939 年 4 月 29 日一版上發表郭沫若寫的時論《爭取最後五分鐘 —— 對失敗主義的批判》，文中列舉了大量事實，指出日本提出「三原則」無非是久戰不勝，企圖用和平手段擴大侵略。又借蕭敏頌的文章《以工作和行動答覆敵寇的陰謀》（1940 年 2 月 10 日三版），告誡那些幻想用求和解決問題的人：「捷克的例子教訓我們，幻想同侵略者妥協，最後只有走到滅亡。」據此，他們尖銳地指出：「投降就是投降，在這些地方也盡不妨說一些『老實話』。」

2、揭露日汪的「共同防共」協定是瓦解抗日民族統一戰線的手段

日汪協定中關於「共同防共」的口號，對於反共的人具有很大的誘惑力。《救亡日報》（桂林版）在 1939 年、1940 年兩年間發表的討汪文章，大都對這個口號進行了揭露。有的從正面指出，所謂「共同防共」不過是汪氏一箭雙雕的陰謀，一則借「反共」以賣國，二則借「反共」以離間國人團結。有的從反面論證：汪氏主張反共和分裂，全國人民則更要加緊團結，使汪氏無機可乘，無隙可尋，把他這「唯一的政治資本」徹底粉碎。

3、揭露汪精衛實行「民主政治」是為了騙取民心

汪精衛投敵後，除打出「反共」的招牌吸引中間派和頑固派，還打出了「憲政」的旗號招徠、欺騙廣大群眾。《救亡日報》（桂林版）發表署名文章，嘲諷這種「民主政治」「真是以奴隸之身來許人民以政權，以自居於馬鞭之下的地位來許人民以自由與平等」，並進一步指出：民主政治是眾望所歸，眾目所矚，以至漢奸也不能不以此為遮羞布。社論《汪傀儡政權的成立與我們今

後的努力》、《把跪像鑄在人民心裏》以及范長江、千家駒等人文章疾呼：要用眞憲政擊破汪氏的假憲政，要以眞民主政治代替假民主政治，「他『掛羊頭賣狗肉』，我們要『掛羊頭賣羊肉』」。

實踐證明，《救亡日報》（桂林版）與進步輿論界發起的這場討汪運動是成功的，它幫助廣大群眾劃分了忠與奸、戰與降、愛國與賣國的界線。這些言論既是擊鼓罵曹，直陳罪狀；又是項莊舞劍，意在沛公。不但把賣國投敵的汪逆駁得體無完膚，而且使鼓吹投降、分裂、倒退的頑固派的謬論無處藏身。

（二）利用蔣介石提出的某些口號來做自己的抗日文章

蔣介石作爲一個頑固派的代表，口頭上常以激昂慷慨的言詞宣稱團結抗戰，抗戰到底，背地裏卻不時幹著分裂抗日隊伍的勾當，《救亡日報》（桂林版）便利用蔣介石在抗日問題上表現出來的搖擺態度，注意在蔣提出的某些口號上作自己的抗日文章。這對於信奉「正統」的一般群眾，是一種易於接受的宣傳手法。

1、借蔣介石政府提出「積小勝為大勝，以空間換時間」的戰略方針，宣傳毛澤東持久戰思想

「積小勝爲大勝，以空間換時間」實際上是白崇禧受毛澤東戰略思想影響，從《論持久戰》一書中歸納出來，經蔣介石批准而成爲國民黨軍隊的戰略方針的。《救亡日報》（桂林版）便利用這特殊的機遇，大力宣傳毛澤東的持久戰思想。比如它刊登周恩來的《二期作戰之敵我新戰略》（1939 年 6 月 5 日三版），葉劍英的《積小勝爲大勝》（1939 年 5 月 30 日二版），都是利用蔣的這個口號來分析戰局，進一步闡發了毛澤東關於要取得持久戰爭的勝利，政治上必須動員群眾，軍事上必須開展游擊戰，必須採取正確的戰術原則等思想。

2、借蔣介石提出的「加緊團結、抗戰建國」口號宣傳中共團結抗戰的主張

1938 年 12 月 26 日，蔣介石對汪精衛「共同防共」說過這樣兩句話：「在我們一致實行三民主義的中國，若再談共同防共，完全是無的放矢！」「它欲以防共名義，首先控制我國軍事，進而控制我國文化以至外交！」1939 年 2 月 10 日，《救亡日報》（桂林版）發表了李克農的《對第三屆國民參政

會的希望》一文，用蔣介石說的這兩句話來敦促蔣介石把宣言變成行動，消除國共摩擦。1940 年，國共摩擦事件迭起。蔣介石為蒙蔽視聽，在《「七·七」告全國軍民書》中又大唱各黨各派「務當一致努力，以實現三民主義為己任精誠團結」的高調。《救亡日報》（桂林版）立即在 7 月 21 日的一版上轉載了《新華日報》社論《鞏固各黨派的團結》。這篇社論引用蔣的這句話敲擊了頑固派破壞團結的行徑：「蔣委員長這個號召應該給那些平日諱言黨派問題，甚至否認各黨派存在的少數先生們以實際回答，而要求這些先生們，面對現實，承認現實，依照蔣委員長的意見而對各黨派的團結有所盡力！」

3、借蔣介石提出的「政治重於軍事，精神重於物質，民眾重於士兵」口號，宣傳全面抗戰主張

《救亡日報》（桂林版）發表於 1939 年 10 月 23 日二版的夏衍的《強化部隊中政治工作的一些建議》和亞戈的《當前憲政的檢討》中，都擡出蔣「政治重於軍事」這個口號，以宣傳改革軍隊政治工作，實行政治民主的主張。孟秋江把工作口號運用得很巧妙，在中共華北民主根據地反「掃蕩」獲得巨大勝利後，他發表在《救亡日報》（桂林版）1940 年 9 月 29 日二版上的星期論文《檢討華北勝利的原因》中，以大量事實說明「這次反攻勝利的基礎是三年來華北軍事政治經濟文化進步努力的結果。」但作者在談論這些內容時，都是以蔣的口號為掩護的。比如，在介紹根據地大力發展民眾武裝，以及軍民平等、軍民一致的事例時，都稱「『民眾重於士兵』的原則，軍隊與民眾打成一片，華北軍民也緊緊地做到了」。在介紹根據地建立民主政權、政治清廉、官民平等的事例時，卻稱是由於「實行委員長精神重於物質的指示」。

值得一提的是，《救亡日報》（桂林版）在正確運用中共的策略口號、策略手法同投降派、頑固派進行的鬥爭中，注意發揮廣大愛國民主人士的作用，通過發表他們的文章，來影響和爭取處於中間狀態的群眾。

抗日戰爭時期的《救亡日報》（桂林版）運用新三民主義的口號引導輿論，團結、依靠廣大民主派宣傳抗日，可以說它舉的也是民主派的旗幟。但這並沒有使它喪失無產階級的性質，而是使它在特定的環境下，更有效地向廣大群眾宣傳了中共的方針政策。

三、迅速及時的抗戰通訊與通訊員的培養

《救亡日報》爲聯合大眾抗日，建立通訊網，發起「文藝通訊員運動」，刊發各地抗戰通訊，這也是其傳播內容的一大特色。通過這一運動，既豐富了版面的內容，也培養了不少人才，彌補了報社人力資源的不足。

《救亡日報》作爲文化界統一戰線的報紙，通訊是它的重頭戲。《救亡日報》記者在抗戰的各個時期，寫了許多膾炙人口的通訊，如《長途》（夏衍）、《桂南戰迹印象記》（陳紫秋）等。

《救亡日報》除了刊登本報記者採寫的通訊，也注重發動廣大讀者共同投入到抗戰新聞事業中，盡己所能貢獻力量，讓讀者盡可能瞭解到抗戰時期各地的情況。爲《救亡日報》（桂林版）供稿的人，既有著名文化人士，民主人士，也有普通大眾。通過這種方式，讓大家團結在一起。

《救亡日報》（桂林版）作爲一個團體，總是積極地組織、宣傳各種文化救亡活動，這其中影響最爲深遠的是以《救亡日報》爲基地開展的「文藝通訊員運動」。開展「文藝通訊員運動」的原因是多方面的：其一，「文藝通訊員運動」是「左聯大眾化工作委員會」一部分工作的積蓄，旨在建立、組織一支大眾的寫作隊伍，並從中發現、培養幹部；其二，林林在《記桂林〈救亡日報〉》中曾回憶道，「因爲讀過高爾基的文學論文，知道他曾推行過文藝通訊員運動。而當時『救報』第三版，專門刊發各地和前線的通訊，就必須設法培養通訊員……」；此外，開展此運動也可以廣泛地聯繫讀者、聯絡各地區的工作。因此，自 1938 年 4 月這一運動在廣州發起後，《救亡日報》（桂林版）就傾注了極大的熱情。當時，「『救報』主要是民族抗戰先鋒隊伍的活動舞臺，主要由少數有聲望的文化工作者負起全民族的啓蒙工作，完成了使之理解抗戰意義及其情勢的任務。少數既成作家以其作品，完成鼓舞民族勇氣的任務。」〔註14〕《救亡日報》在桂林復刊後，中國已進入二期抗戰，此時，「『救報』的任務『從少數既成文藝工作者推廣到所有民族戰士身上，因此交換各個崗位的抗戰經驗，並使其活生生的教訓化爲全民族所有，是今後的中心任務。』『救報』必須成爲一個集體的組織者。」爲此「『救報』必須在守在各個崗位的抗戰同志中，廣徵通訊員。我們的『救報』就變成守著各個崗位的一切同志的報紙。」〔註15〕

〔註14〕周鋼鳴：《論二期抗戰中救亡日報之使命——關於通訊員的組織》，《救亡日報》（桂林版），1939 年 3 月 26 日第 3 版。

〔註15〕周鋼鳴：《論二期抗戰中救亡日報之使命——關於通訊員的組織》，《救亡日報》

正因爲《救亡日報》在廣州和桂林的工作重點不同，所以《救亡日報》（桂林版）廣徵通訊員的同時，也極爲重視通訊員的培養。畢竟，要將「文藝通訊員運動」「推廣到所有民族戰士身上」，是需要「培養」的。爲此，《救亡日報》（桂林版）經常刊登相關文章，如《新年獻禮——致讀者通訊員》（陳紫秋），指出三版是外部通訊員版，靠大家愛護幫助。發表多篇關於通訊創作的文章指導讀者如何寫通訊：《怎樣寫戰地通訊》、《採訪與調查工作》、《略談採訪技術》等。林林在《文化崗位》上也經常刊登有關通訊寫作的文章，比如蘇聯加里寧的《論通訊員的寫作和修養》，黃藥眠的《論通訊的寫作》，林林的《通訊的公式主義——作爲初寫通訊者的參考》等。此外，《救亡日報》（桂林版）還出版「文藝通訊員運動專頁」，刊發一些著名作家及報社同人如周鋼鳴、陳紫秋、林林等對整個運動乃至通訊寫作方法的指導意見。《救亡日報》（桂林版）充分發揮影響大、傳播及時、發行廣的優勢，使「文藝通訊員運動」取得了很大的成功。這一運動培養出了一大批人才，當年參加《救亡日報》（桂林版）工作的何家英，就是參加此運動而鍛鍊成爲一名成熟的記者的。還有丁明，後來也成了《救亡日報》（桂林版）的記者。通過這些通訊員，《救亡日報》（桂林版）上刊登的通訊題材更加廣泛，能夠滿足更多讀者的需要，使讀者瞭解到抗戰時期各地的情況，甚至淪陷區、上海孤島的情況。

第三節　講究宣傳策略和服務性的辦報特色

《救亡日報》（桂林版）在兩年多的辦報實踐中，堅持自己的辦報方針，逐步形成了自己獨特的風格與特色。

一、靈活運用和突出宣傳中共的統一戰線政策

《救亡日報》的性質決定了它必須突出宣傳中共的抗日民族統一戰線的政策。與此同時，《救亡日報》也正因爲靈活運用了統一戰線這一「法寶」，才形成了它區別於其他報紙的顯著特色，使其在桂期間成爲其辦報史上最穩定、最繁榮的時期。

（桂林版），1939 年 3 月 26 日第 3 版。

在版面和報導內容的安排上，充分體現了《救亡日報》（桂林版）靈活運用和突出宣傳中共的統一戰線政策，使得階級鬥爭服從於抗日民族鬥爭這個統一戰線的根本原則。如上所述，為爭取國民黨抗日，《救亡日報》（桂林版）對於當時國民黨軍政要人的抗日言論和行動都如實報導。還時常在版面上刊登國民黨一些進步將領的文章，說報紙不便說的話。1940 年「七‧七」三週年特刊，就發表了馮玉祥的文章《去年今日大家說的話》，彙集蔣介石、于右任、宋慶齡、白崇禧、陳誠等人在抗戰兩週年講的話，在版面的安排上鮮明地顯示出哪些人說話算數，哪些人「光說不練」。如此不但真偽立辨，鞭笞了「光說不練」的人，而且饒有風趣，讀者看了心裏雪亮。對於中間勢力，《救亡日報》（桂林版）在版面安排上也是盡最大可能地去爭取。大部分國民黨左派、中間派及無黨派愛國民主人士，只要有一定的社會地位和政治影響，對他們的抗日言論和活動，《救亡日報》（桂林版）在版面安排上都給予廣泛的、突出的報導。即便有些人士政治思想比較複雜，甚至與中共政見相左，只要他服膺於抗日這個大前提，就在報紙版面上給他一席之地。

此外，《救亡日報》也十分注重做新桂系的統戰工作，在報導上突出表現在：其一，大力宣傳新桂系軍隊的抗日戰果和高級將領的英雄業績，如《訪帶花歸來的韓練成副師長》（高汾）、《悼廣西將領鍾毅》（谷斯範）等。其二，及時報導當局的行動和政策，積極宣傳廣西的建設成就。如當局一提出「保衛大西南宣傳周」，《救亡日報》（桂林版）就於 1939 年 11 月 24 日，將「加強動員群眾，保衛大西南，粉碎敵人企圖，省黨部省政府電飭組織戰工團，自二十五日開始為保衛大西南宣傳周」這一消息置於二版頭條。對於桂系招賢納士，實行自治、自衛、自給的三自政策，《救亡日報》（桂林版）也予以重點報導。此外，《救亡日報》（桂林版）還突出報導廣西當局推行民主政治的具體措施及實施情況。當時，新桂系為了取信於民，擴充實力，與中央嫡系抗衡，實行過一些民主改革，如省、市、縣均成立臨時參議會，設立成人教育年，普及教育等，這些《救亡日報》（桂林版）》都曾作過及時而詳細的報導。在《實施民族政治的模範省——桂各民意機關一律成立》一文中，記者寫道：「廣西是全國推行自治的模範省，配合敵人南進的加緊而迅速動員民眾保衛大廣西，廣西省政府限令各縣臨時參議會於二月一日以前一律成立。於此可見廣西實施民主政治的決心……這是全國模範的一個開頭。」傾向性十分明顯——讚揚廣西是「實施民主政治的模範省」。其三，積極宣傳

廣西進步團體及民眾一致抗日的愛國行動。比如 1940 年 8 月 8 日就刊登了廣西婦女南路慰問團的消息：「廣西婦女南路慰問團七日下午出發……並帶本報二百份、合訂本、《十日文萃》及新書三百餘本分贈前方將士。」另外，還有《在抗戰中建設——記廣西建設研究會》（高灝）、《廣西女學生軍展開了農村工作》（高汾）、《訪鄂北歸來的廣西女學生軍》（高汾）、《火線上的廣西學生軍》（陸詒）等。

二、宣傳與服務、組織相結合，報紙與人民水乳交融

　　《救亡日報》（桂林版）在團結、爭取上層人物的同時，更以極大的熱情組織、鼓舞、推動抗日的主力軍——廣大下層人民為民族的解放而鬥爭。為此，總編輯夏衍提出了一條「宣傳與服務結合，宣傳與組織結合」的原則。他在《再論新階級的宣傳工作》一文中這樣寫道：「我們必須強調宣傳與服務不可分的關係。在這一點上，傳教士是我們工作者的一個榜樣，他們的教義宣傳，永遠和服務連在一起，……經過這種服務工作而民眾間建立親和的社會關係，被人尊敬的人格信譽，然後才能充分地發揮他們的傳教工作。」〔註16〕「我們反對宣傳與組織分離而強調宣傳組織這兩種工作合在一起。……這樣才能使我們的宣傳在民眾間發生實效，而不致精力浪費。」〔註17〕

　　《救亡日報》（桂林版）很好地貫徹了兩結合的原則，把宣傳鼓動同大眾的實際需要、抗戰的需要結合起來，切切實實地作了許多實事、好事，取得了廣大群眾的支持和信任。

（一）為抗戰服務，為大眾服務

1、自覺地為人民、為抗戰做實事，做好事

　　在平時，《救亡日報》（桂林版）將民眾服務工作經常化，如舉辦時事座談會，聘請專家分析國內外政治形勢的演變以及戰局的發展趨向。在辦報的兩年多時間裡，據不完全統計，《救亡日報》（桂林版）為桂林市民舉辦的時事座談會不下 20 來次。

　　《救亡日報》還懷著愛國主義熱忱和扶危濟困的人道主義精神，經常舉辦慈善事業，為抗日志士和戰爭受害者募捐。1939 年 10 月，作家葉紫病逝，

〔註16〕《救亡日報》（桂林版），1939 年 3 月 15 日 1 版。
〔註17〕同上。

身後蕭條，妻兒貧困。《救亡日報》立即在 1939 年 11 月 4 日的中縫，連日刊登《為援助葉紫先生遺族募捐啓事》，呼籲為這位獻身於中國進步文化事業的農民作家募捐，此舉在國內外引起了反響。《救亡日報》（桂林版）還積極參加、組織了救濟難民和傷殘軍人的義賣和募捐。如在 1939 年 5 月 11 日一版發表時論《募捐救濟重慶受難同胞——向全國各界的一個建議》和 1940 年 12 月 15 日四版《十字街》發表讀者來信《榮譽軍人怎樣過多？》，發起「替榮譽軍人添菜運動」、桂林各界「為榮譽軍人代製寒衣運動」等，都獲得了社會各界人士的響應和好評。

作為文化界的報紙，《救亡日報》（桂林版）注重向大眾普及和推廣文化，要求報社工作人員在編報之餘，投身於建設大眾文化隊伍的工作。如 1939 年 3 月 27、29、31 日連續三日刊登《希望各崗位讀者，參加通訊員運動》的廣告，刊載林林的《通訊的公式主義——作為初寫通訊者的參考》，給「青年記者學會桂林分會」舉辦的「暑假新聞講座」以及廣西學生軍舉辦的「暑期文藝研究班」講授新聞業務知識，為「全國文協桂林分會」舉辦的「暑期文藝研究班」講授文學基本知識等。《救亡日報》（桂林版）還在報紙上舉辦通俗文化講座、「青年記者修養」、「星期新聞講座」、「通訊寫作講座」等。該報還注意使發行工作「服務化」，在 1939 年 4 月 5 日二版上發表報社經理翁從六寫的《使發行工作服務化》。編印「雙十節」增 10 萬份，《戰地宣傳手冊》1 萬份，分發到前線，無償地為抗戰服務。1939 年 4 月，還成立了「代理部」，代前線將士負傷官兵籌募書報、為讀者代售書報、介紹有益書報，通訊解答讀者疑難問題。

2、與讀者之間架起溝通思想的橋梁

從 1939 年 4 月 27 日起，《救亡日報》（桂林版）在三版上辦起了「生活講座」、「讀者論壇」、「時事座談」、「讀書問答」等專欄，為讀者解答政治思想、學習、工作和生活等方面的疑難問題。對於帶社會性、普遍性的問題，如怎樣開展敵後文化工作，還特別組織了討論，以期引起社會關注。青年讀者在來信中反映了大量思想問題，專欄都以循循善誘的態度，予以細緻入微的分析解答。專欄還常常站在弱者的立場，為那些被欺凌、受歧視的小人物伸張正義，如為失業者懇請當局和社會予以關懷，為受欺凌的難童鳴不平，為傷兵要求一定的社會照顧、社會優待，為被毆打的學生呼籲師生平等。這樣，專欄成了讀者的良師益友，青年們向它敞開心扉，彷徨者向它尋求幫助，

弱小者尊它為「輿論界的權威」，它以真摯、懇切、誠實的態度贏得了千千萬萬讀者的心。

（二）作社會的晴雨錶和人民的喉與舌

《救亡日報》不論在上海、廣州，還是在桂林，都能成當地文化活動的中心，與廣大讀者聯繫的樞紐。這種與廣大群眾乳水交融的關係，使《救亡日報》能始終跟著群眾鬥爭的步伐奮進，隨著時代的脈搏跳動，作社會的晴雨錶，人民的喉與舌。

《救亡日報》（桂林版）對抗日救亡活動報導面十分廣泛，包括了工、農、兵、學、商各行各業，也包括了婦女、兒童、青年、老人、宗教、華僑、慈善各界民眾團體。《救亡日報》（桂林版）對於國際友好人士的反戰活動也十分關注。日本反戰同盟的發起者、組織者鹿地亙，日本反戰人士綠川英子、青山和夫，朝鮮義勇隊等，都與《救亡日報》（桂林版）建立了親密的友誼，通過《救亡日報》（桂林版）宣傳反戰主張和反戰活動。僅以鹿地亙為例，《救亡日報》（桂林版）在一年多的時間裏，就發表了他寫的兩封信、五篇文章、一部長篇小說、一個劇本，五篇關於他和反戰同盟的報導，記錄了他從單槍匹馬的反戰志士，發展為一個頗具規模的反戰組織的艱難歷程。1940年 4 月 26 日，《救亡日報》（桂林版）發表一篇特寫，報導一個日本兵被俘後立即發問：我可以被送到鹿地亙先生所領導的和平新村去嗎？由此可見《救亡日報》（桂林版）的國際反戰宣傳對日軍產生了多麼大的心理影響。

三、特殊的宣傳藝術

《救亡日報》作為一張運用了特殊宣傳手法的中國共產黨領導的報紙，在當時中共的宣傳工作中發揮了自己的特殊的作用。其巧妙的宣傳藝術，體現了以下三個原則。

（一）原則性和策略性的統一

中國共產黨在領導中國革命的過程中，總是把原則的堅定性和策略的靈活性結合起來，即在總原則的指導下，採用各種手段力爭每一個局部鬥爭的優勢和勝利，使之更接近總原則的實現。《救亡日報》（桂林版）在宣傳中共的抗日民族統一路線時，運用較為超脫、客觀的手法，利用民主主義的策略口號，從而衝破了國民黨的言論鉗制，堅守了中共的宣傳陣地，最大程度地團結和教育了群眾。

（二）主觀動機和客觀效果的統一

辯證唯物主義者是動機和效果的統一論者，認為人的思想、願望、動機總是受客觀存在的制約的，只有合乎客觀世界的規律性，才能在實踐中收到預期的效果。《救亡日報》（桂林版）為了向國統區廣大群眾宣傳中共黨的方針、政策，總是根據當時抗戰時期的各種政治的、歷史的複雜因素，如民族矛盾上升為國內主要矛盾、國民黨的「正統」地位、中間後進群眾的覺悟程度等，以非黨派報紙的面目出現，並以適應最廣大群眾切身利益的團結抗戰的旗幟為號召，從而促進中共的抗日民族統一戰線路線深入人心。

（三）黨的報紙和人民的報紙的統一

中國共產黨的報紙要用先進的思想和科學的理論武裝廣大群眾，要用正確的路線引導整個人民的革命鬥爭。但它必須注意傾聽群眾的呼聲，反映他們的意願，才能實施正確的領導；它宣傳的方針、政策只有同人民的實際鬥爭相結合，才能收到切實的效果。《救亡日報》（桂林版）作為中共領導的報紙，在辦報的實踐中，保持了同人民水乳交融的關係；在桂林出版的兩年多過程中，善於把中共黨的思想和理論融合在抗日救國的宣傳之中，把中共黨的方針、政策同人民的鬥爭緊密地結合起來，很好地做到黨的報紙與人民的報紙有機的統一，從而成為聯結中共和人民的紐帶、橋梁。

由此可以說，《救亡日報》（桂林版）的辦報實踐，進一步豐富了馬克思主義的新聞理論。它作為一個在野的政黨的報刊，在特殊條件下，同處於統治地位的對象進行合法鬥爭，爭取教育更廣泛的群眾團結在自己的周圍，提供了可資借鑒和參考的具體經驗；也從理論上證明，馬克思主義的無產階級報刊，可以而且應該靈活多元地採取多種辦報模式和手法，以使這一報刊園地呈現出多彩多姿的面貌，更好地為整個政治大局與政治目標服務。

四、文字精闢簡練，富有文采，針對性強

《救亡日報》（桂林版）一向以專稿多、特寫多、各地救亡通訊多、特輯多、各種文學藝術作品多而著名。《救亡日報》（桂林版）不用長稿來充塞版面。一版全部容量為 5000 字，去掉報頭和千把字的社論，有時有八路軍駐桂辦事處送來的重要文章或消息，主要刊登的大都是經過改寫的短小「要聞簡報」。僅以《救亡日報》（桂林版）每天必有的社論來說，短的 800 字，最長的也不超過 1200 字。各版都闢有諸多專欄，如「新聞簡編」、「今日話

題」、「街談巷議」、「崗語」等等，一二百字一則，甚至三言兩語一則的小稿子也很多。三版副刊《十字街》，只占五欄下半版，只有 2500 字的篇幅，每天都要發七、八個題目的文章，還不算補白，可見文字之簡短精鍊。最受讀者歡迎的一版欄目「今日話題」，每則僅三四十個字，內容從國際時事到時人行蹤以至社會新聞，每日發三到八則不等，上下古今無所不談。它針砭時弊，夾敘夾議，常有一針見血的警言，很有針對性。其言辭的鋒利，分析問題之深刻，用語之簡潔而富有文采，確實令人拍案叫絕。如 1940 年 4 月 28 日的「今日話題」寫道：「某少離渝時擬購土產饋親友，詢其友渝市何物最賤，其友答曰：『公務員。』」〔註 18〕又有一文寫道：「渝商會發表宣言抑物價，但其中指出：『其罪不在商人者亦應糾正』。《大公報》評曰『其言也哀』。」「重慶各報出現動人廣告：奉化蜜桃上市。」言外之意昭然若揭。

在新聞報導上，《救亡日報》(桂林版)也與其他報紙不同，它編發的消息「少而精」。它不照發照登通訊社的電訊，而是把通訊社發的電訊篩選簡編成三四百字千把字的綜述或「新聞簡編」，把真實情況以巧妙靈活的方式告訴讀者，並作精闢的時局分析。提倡刊登蜜蜂式的文章，形體小，卻有刺有蜜，用最少的篇幅給文字，用最深廣的境界給意義。連專挑毛病的新聞檢查所對它也無可奈何。在其呈送上報的檢查報告中承認：《救亡日報》(桂林版)與一般的小型報紙不同，不登廣告，不登無聊的社會新聞，不登低俗趣味的文字，內容偏重地方通訊與副刊……故一年中尚無重大不妥之文字刊登……容量亦與大報相等，銷路頗廣，聞在萬份以上。〔註 19〕連香港南洋等地都有訂戶。

第四節　傾向性鮮明、預測性強的社論

《救亡日報》(桂林版)自創刊之日起，就繼承了中國報刊史上政治家辦報的優良傳統，以言論掛帥，總編輯親自撰寫社論，這些社論，針砭國內時弊，縱論國際形勢，觀點鮮明，洞察敏銳，預見性強，言簡意賅，取材寬廣，

〔註 18〕 趙寧：《憶〈救亡日報〉談改革——訪問「救報」老報人夏衍、廖沫沙、林林等》，參見廣西日報新聞研究室：《救亡日報的風雨歲月》，新華出版社，1987年，第 217 頁。

〔註 19〕 廣西日報新聞研究室：《救亡日報的風雨歲月》，新華出版社，1987 年，第 187頁。

文字上顯示了夏衍所特有的洗練、簡潔、生動的風格，手法上借鑒雜文筆法，從不板起面孔講話，從而自成一體，短而精，情而約，成爲該報吸引讀者、影響輿論的一大特色。我們從社論的標題就可窺其一二：有喚起民眾抗敵的《軍事第一，勝利第一》、《鎮定、準備、迎敵》、《使敵人困死於南寧》，有揭斥敵僞的《敵汪條約的實質》、《徹底撲滅誘和陰謀》、《把跪像鑄在人民心裏》，有進行民族統一戰線宣傳的《英雄頌——迎李司令長官》（李宗仁返桂——筆者注），也有用形象生動語言評論時局的《北歐的憂鬱》、《戰神在多瑙河上散步》、《希特勒的泥腿》、《不止是奇異的幻術》等，都十分講究宣傳藝術和注重宣傳效果，且經受得住時代的考驗。

一、政治傾向鮮明，觀點精闢透徹

總編輯夏衍對中共的方針政策，國共汪政治鬥爭的風雲變幻，感應敏銳。不論是廣州時期籲請實行全面抗戰路線，反擊頑固派的分裂逆流；還是在桂林時期討伐汪精衛的投降行徑，夏衍不僅在版面上組織了一次又一次的輿論攻勢，還撰寫了大量社論，直接明確地闡述觀點，表明意圖，態度十分鮮明。如爲宣傳中共的全面抗戰路線，夏衍寫了《完成蔡子民先生的遺志　在民主的旗下團結起來》的社論。社論如下：

完成蔡子民先生的遺志

在民主的旗下團結起來 〔註20〕

中國最徹底的民主主義者，最優秀的革命的知識階級的典型，蔡元培先生，在求中華民族自由解放的革命戰爭尚未完成，中國民主政治的基礎尚未確立的今天，放下了他未完成的事業，溘然的長逝。春天的風還很冷，我們的哲人，已萎謝了。

先生是一個大教育家，是一個貫通中西學術的鴻儒，更主要的，他是一個中國最早，也是最徹底的民主主義者，因爲他是徹底的民主主義者，所以七十四年的生涯中使他成爲一個不倦不屈的爲民主政治而戰的鬥士⋯⋯

我們在今天紀念先生應該學習先生所走的路，應該繼續他未完

〔註20〕《完成蔡子民先生的遺志　在民主的旗下團結起來》，《救亡日報》（桂林版），1940 年 3 月 24 日。

成的遺志，爲中國民主政治之實現而戰鬥。先生是主張思想自由的，所以主張統治思想的人不配紀念先生。先生是信任青年，愛護青年，主張讓青年自由發展其個性的，所以壓迫青年，殘害青年，主張用集中營來統一青年的人不配紀念先生。中國民主化的間距工作落在後一輩的中國青年人身上，我們應該加緊努力，在民主的大旗之下團結起來，爲中華民族的自由解放而戰鬥！

還有《遵行孫中山先生的遺教》、《民眾的力量大於一切，三一八——兩重紀念一個教訓》等社論，巧妙地在民主主義的號召下，抨擊了蔣介石政權的片面抗戰路線。爲了反對頑固派的分裂活動，夏衍寫下了《加強團結爭取勝利》、《敵人的政治進攻與我們的防範》、《精誠團結抗戰到底》等社論，從正面呼籲兩黨團結。爲了討伐汪精衛，夏衍發表了十餘篇尖銳潑辣的社論，如：

用濃毒來比擬汪逆〔註21〕

本報社長郭沫若先生本月二十一日在重慶廣播電臺廣播《汪精衛進了墳墓》（全文見今日二版），將汪賊及其走狗的存在，比做「前頭部的蓄膿症」，這種膿毒如不開刀，便會弄得我們終日頭痛，幸而現在膿毒已經外潰，患者性命已經沒有危險，一時也許會在面部留一疤痕，但是日後自可用整容手術來將他補好，因此，他說：「汪精衛逃出重慶，就等於我們的前頭部的膿症向外潰決，這是我們國家民族的幸事，我們不要怕潰膿的形象難看，只怕這膿毒沒有潰得乾淨。」

這是一個極恰當的比擬。此次南京群醜畢集，這是中華民族裏面一切醜惡腐化分子的最後的集會，好像人身上所有的毒氣，集中在一塊地方，痛苦地潰爛出來，所以在分別忠奸，刷清敗類這一點上，實在是一件民族的幸事，大家絲毫用不著驚惶。但是，既然已經出毒，那麼我們一定要有決心，「除毒務盡」。未出毒之前用的什麼化膿消腫之類的膏藥，一切已經沒有用處，現在需要的是趕快讓毒流完，要快，而且要流得徹底，很明白，膿不流完，新的肌肉就無法生長，因而也就是潰爛無法可以癒合。現在已經用不著怕難看，

〔註21〕《用濃毒來比擬汪逆》，《救亡日報》（桂林版），1940 年 3 月 27 日。

諱疾忌醫，要緊的事一方面趕快用有效的藥來殺菌消毒，他方面好好的攝取滋養，使新肌迅速生長。我們當前對付汪逆政權的辦法，也是一樣……

中國的「妥協毒」，「恐日毒」，實在已經根深蒂固了，這毒不僅入了肌肉血液，甚至還已經入了骨髓，所以我們不僅要大膽地讓膿汁外流，而且還要勇敢地實施藥力可以透澈骨膜的消毒注射。

此外，還有《日寇漢奸的當頭棒喝》、《汪政權的眞相》、《粉碎汪逆的僞憲政》、《把跪像鑄在人民心裏》等，戰鬥性和針對性極強。

夏衍的社論不僅能緊扣形勢表達鮮明的政治態度，而且分析問題精闢透徹，有一定的思想深度，這特別表現在分析國際問題的社論中，如批判英法綏靖政策的《捷克會作奧地利第二嗎？》：

捷克會作奧地利第二嗎？〔註22〕

一、歐洲的火藥庫何時爆發？

自認西曼遊捷，甚至最近捷政府爲與蘇臺德黨重開談判起，至擬定更加遷就的新提案兒竟爲蘇臺德黨所拒絕爲止，其中經過了不少的變化與波折，希特勒集中七十五萬人秋操，德機飛捷邊境，蘇臺德黨與政府開談判……時馳時緊。總之，捷克將要成爲歐戰的爆發點，這是各國的輿論界均已公認了。所要問的，只是爆發的時間了。

……

二、希特勒並捷的苦悶

併吞捷克，這是希特勒咽下奧地利後的第一願望……

三、捷克會成爲奧地利第二嗎？

……的確「和平已到最後關頭」，獨立呢？做奧地利第二呢？將要做最後的決定了。這決定的因素，捷克本身固占非常重要的地位，而英法實操有左右的樞紐……願包爾溫所説：「英國的防線是在萊茵河案」能夠兑現，更希望法國政治家們放大眼光在外交上勿再爲英國保守黨的尾巴！否則人類文明的浩劫，將重演於眼前了！

〔註22〕《捷克會作奧地利第二嗎？》，《救亡日報》（桂林版），1938 年 9 月 14 日。

　　這些社論雖然寫於歐戰的前夕，卻能預見到英法對德的一味退讓，「人類文明的浩劫，將重演於眼前了」。這些見解與當時充斥報刊言論的資產階級庸俗政治學的陳詞濫調，形成鮮明對比。

二、觀察時局洞矚先機，分析趨勢預見性強

　　20 世紀 30 年代末 40 年代初，蔣介石在峨眉山上消極抗日，反共逆流洶湧激蕩；第二次世界大戰爆發不久，綏靖主義正大行其道：在這種內憂外患、極為複雜微妙的情況下，《救亡日報》(桂林版) 社論總能在事件苗頭初萌，甚至還在孕育階段，就洞矚先機，振聾發聵。1939 年夏秋，英日談判持續進行中，《救亡日報》(桂林版) 發表了大量社論、時論，一再指出這是慕尼黑陰謀在遠東的重演，企圖製造中國的弗朗哥——汪精衛。1940 年先後刊登了《張伯倫寂寞的春天》、《反共陰謀沒有死》、《賴伐爾的悲劇》等社論，犀利地揭示了英法當時妄圖假手德意「對蘇採取行動，從而期待以東線進攻來解決西線僵局」的陰謀。1940 年 4 月 22 日的社論《希特勒的泥腿》，明確指出：「意大利是軸心的泥腿，這弱點也就是希特勒悲劇的基點。」這顯示早在四年多之前，《救亡日報》(桂林版) 社論就預見到法西斯覆滅的先後了。1940 年冬天的社論《恐懼戒慎之時》指出：「我們目下要戒慎的是什麼？……日寇為了打消這種不利的形勢，最近才放出了要與中國謀和的謠言。這種謠言的目的，除去《大公報》所說的離間蘇聯英美對華的友誼之外，還有著強烈的對內的挑撥作用，所以我們要特別警惕。」通過評論喚起廣大群眾警惕日寇「謀和」的陰謀，也預警民眾警惕國民黨反人民的陰謀。與此同時，文中還強調：「對內要加強團結，加倍努力，對外要用更堅定的態度，更勇敢的反攻，來粉碎他的和謠，來堅定友邦對我的信心。」還有《北方戰局優勢的展望》一再強調團結一致對敵是取得勝利的基礎。這些逆耳的諍言儘管未能制止重慶當局製造「皖南事變」，卻讓讀者從中看出了形勢惡化的徵兆。

三、題材包羅萬象，內容豐富精細

　　《救亡日報》(桂林版) 的社論，包羅了各種題材，國內、國際、政治、經濟、軍事、歷史、文化和民俗等等，但無論涉及何種題材，它對有關問題都有深刻的瞭解和精闢的分析。它的社論總是引用大量的材料來闡明主題，這些材料的豐富、精細、準確常常令人驚歎。如分析日本政局的社論《論宇

垣與板垣的內閣》、《破難船在怒海中》、《近衛「事物官」內閣》等，對於令人眼花繚亂的日本內閣的頻繁更迭，提供了詳細的背景材料——派系的淵源、政見的紛紜、交織在其中的私人嫌隙，都揭示得一清二楚，顯示了作者對敵國敵情的深切瞭解。來看社論《近衛「事物官」內閣》：

近衛「事物官」內閣〔註23〕

經過了長期間的陣痛，難產的第二次近衛內閣終於被擠產出來了。組閣時期整整五晝夜，在日本組閣史上是一個新紀錄。單單這一點，一方面表示了近衛的低能與毫無經綸之足述，他方面表示了日寇國內外環境的困難。

內閣是製造出來了，可是看一看發表出來的名簿，我想每個日本人都要倒抽一口冷氣。這裏面除吉田善留任，安進英二在上次近衛內閣當過大臣之外，此外的九個閣員，沒有一個有過大臣的經歷，河田（大藏），橋田（文部），村田（鐵道），風見（司法），石黑（農林），星野（不管部）最多也不過是次官資格，松崗洋石，有一點常識的日本人都認為他是一個為著獵官不擇手段的狂人，小林一三，是一個善掉槍花的娛樂業商人……我們簡直不相信「日本無人」到了這個程度，搜羅這樣一批低級作料也要花上五日夜的功夫。

……

綜上所述，可知這個新閣，毫無經綸，毫無新味，不僅固態依然，而且每況愈下，軍閥急進派，官僚，和從「政黨」投奔到軍閥手下的幾個破落資本家，如此而已。有常識的人不相信這樣一個不成樣的內閣能夠擔當起「非常時日本」的重任，就是說替日本帝國主義當舉哀的孝子吧，也似乎不夠堂皇。

《救亡日報》（桂林版）社論並非從狹隘的角度出發，也不是從靜止的、孤立的觀點出發，其社論往往能跳出窠臼，帶有一種新鮮感，一種科學的預見性。揭露日本內政危機的社論《上升與降落——日寇的「黑暗的冬天」》、《啓日寇之蒙》等，都是抓住政治生活中看似平常、稍縱即逝的信息，生發開去，挖掘新鮮的主題。

〔註23〕《近衛「事物官」內閣》，《救亡日報》（桂林版），1940 年 7 月 25 日。

四、表達淺顯生動，文字明淨流暢

內涵豐富，而表達卻淺近、流暢、明快，易爲讀者理解和接受，這是《救亡日報》（桂林版）社論的另一特色。不引經論典，少用僻字冷詞，多用形象化的手法說明深刻的道理，這是《救亡日報》（桂林版）社論得以淺顯生動的秘訣之一。來看下面這篇社論：

　　　　虎與倀的雙簧——「經濟提攜」與物質掠奪〔註24〕

三月二十二日，汪逆在南京僞中央政治會議致閉幕詞辭，在日寇特務人員命令之下，依舊是臭而又臭的那一套：「友善好友，共同防共，經濟提攜」。鄰怎樣善，友怎樣好，經濟怎樣提攜呢？同是這一天（不過地點是在東京的日比古議事堂）倭眾議會預算總會上，煙陸相和代表軍需工業利益的政友中島議員稻田直道作了下記的回答：

稻田問：「請問軍需物資現地調達情況如何？」

煙陸回答：「求兵糧於敵國，爲從來兵法之原理，米，糧，麻，皮革，羊毛，等項，均可在現地調達，今後與宣撫工作相併行，將繼續進行此等物質之現地調達方針」。

　　……

去年入冬以來，和日寇的米荒及物質缺乏相平行，淪陷區的糧食及軍需物質的公開掠奪也激化到使民眾不能忍受的程度。北平天津在淪陷之前米價每石不過十五元，麵粉價每袋不過五元，而現在米價漲到幾乎七倍的每石一百元，麵粉漲到五倍的每袋二十四元。上海浙江一帶，古稱富庶，年來更無災歉，而今年年初米價漲至每石五十六元（次米），而麵粉漲至每袋十八元，其他各項生活必需物品，無不逐日飛漲，天津租界激起饑民示威，上海不斷的發生了搶米風潮。據上海同仁輔元堂報告，只在上海租界之內，每日倒斃街弄大小屍體，平均達一百十八口……。

《虎與倀的雙簧》用一連串數字恰當地連接，無需高談宏論，就使汪精衛爲虎作倀的奴才嘴臉躍然紙上。再看下文：

─────────────
〔註24〕《虎與倀的雙簧——「經濟提攜」與物質掠奪》，《救亡日報》（桂林版），1940年 3 月 25 日。

倍立廈事件與英國〔註25〕

英倫的霧愈濃重了，在這濃霧中我們隱約地看到了一個老態龍鍾的大英帝國的遠景。

……

下面的一連串事件表示著大英帝國目下走著的途徑：

第一，去年十一月，《泰晤士報》的一個名記者，歐洲著名的軍事專家哈特上尉，被迫去職，原因是因為哈特主張自動的軍事政策，和主張以青年將校替代老朽軍官。這意見為官方及《泰晤士報》當局所反對，因為哈特的主張多少的代表了陸軍大臣倍立廈的意見。一般人已經預料到倍立廈在現內閣的地位是否能夠鞏固，果然，緊接著第二，是倍立廈被張伯倫要求解職，辭職的理由，張伯倫在議會上公然地說：「傳說倍氏辭職係與某某頑固派高級職員發生衝突，此實為完全偽造之謠言」，但是倍立廈本人卻毫不掩飾地說明了他推行軍隊民主化這一工作所遭受之阻力與困難。他說：「陸軍應成為一神聖之優異而擢升，而不必依賴任何身份與手段。（聽眾鼓掌）余為此而努力，余主張以民主化之陸軍為民主而戰，並非過激之論」（鼓掌）。足見在使他工作發生困難的人看來，他的政策已經是一種過激的手段。和倍立廈同時去職的，還有一個情報部長米侖，他去職的原因，據說是「不屬人望」，在那一點不屬人望呢？一方面大家知道英國在此次戰爭中情報工作做得很壞，甚至於那樣驚天動地的大陰謀——希特勒暗殺事件也無法瞞過德國的特務人員，而終於因文魯越境事件（見十五日本報三版）而暴露了整個英國的策略。另一方面是英國民眾反戰情緒高漲，無法壓制人民同情蘇聯，知識分子和青年差不多全部反對張伯倫的政策，這是英國頑固派最痛心疾首的事情。頑固派目前癡心夢想著是什麼呢？「吧歷史倒扯轉去」，這一點，前海相古柏在紐約表明得非常清楚，他說：「恢復德國皇室是醫治德國最好的方法。」甚至還公開地演講說：「蘇聯對芬蘭的戰事如獲成功，英國立刻有對蘇聯宣戰的可能。」頑固的，更頑固的傾向，正在

〔註25〕《倍立廈事件與英國》，《救亡日報》（桂林版），1940 年 1 月 19 日。

英國保守黨上層分子中間滋長，這頑固發展到一定程度以上，往往可以使人瘋狂，盲目，而看不出一寸前面的危險。這是一種悲劇。

難怪講話不留情的蕭伯納先生要說：「他們（指英國頑固派），已經不復是一群有教養有紀律的貴族，而是一堆無教養無紀律的糊塗蟲了。」

《倍立廈事件與英國》一連串事實的巧妙組合，省去諸多筆墨，大英帝國因循保守的形象立刻生動呈現在讀者面前了。

《救亡日報》（桂林版）的社論摒棄陳腔濫調，充滿了象徵、比喻和聯想，極富藝術魅力。來看以下社論：

破難船在怒海中 —— 米內內閣到何處去

破難船「日本丸」在波濤洶湧的太平洋上漂流，人疲糧盡，望不見彼岸，而船上的水手有和「船頭」不睦，爭持不休。掌舵的不幹了，找不著第二個人，退而求其次，找一個不為任何人注意的人來試一下吧。能不能突破這難關，誰也失去了自信，——這正是「沒落日本」的一副可怕的民畫。

……

「船頭」是找妥了，「日本丸」總算渡過了一個難關，但是這條破船在大海中的位置和奔騰著的怒海的狀勢，並沒有絲毫改變。米內能夠充分控制陸軍嗎？這內閣能夠渡過經濟難關嗎？能夠解決米穀問題嗎？能夠結束「中國事變」嗎？能夠應付激變著的國際情勢嗎？沒有一個肯定的答案。問題只有暫時拖一下，完全沒有解決的辦法。——即使有辦法，老實說，近衛、平沼兩代內閣不一定比米內內閣弱，他們早已該解決的了。

正在米內組閣的日子，靜岡起了一把火，這時候還在燒，把這個著名的農產城市燒光了。這火，據說是反戰分子放的，但是我們不單看這靜岡的火，日本人民心底的反逆的火，怕也就要炎上了。

揭露日本內政危機的社論《破難船在怒海中》，僅從標題上就可以看出，整篇社論運用了形象化的手法，不僅使議論更加生動，而且能進一步激發讀者的想像力，使他們的思緒隨作者一起馳騁。

五、構思精巧明晰，主旨鮮明集中

構思上的精巧明晰，使夏衍的社論更加明澈如水。由於他的文思貫通流暢，主旨鮮明集中，因此，他的社論就像一張網，鋪開來，渾然一片，收攏來，綱目清楚。那些一事一議的社論自不待言，就是論歐戰性質這類大題目的社論，儘管頭緒紛繁，背景廣闊，素材豐富，他也能根據主題精心取捨材料。加之邏輯的分明，推理的嚴密，文字的凝練，更使文章不枝不蔓，乾淨利落，自然流暢。以下這篇社論就充分顯示這一特點。

希望與現實──再論二次歐戰的性質〔註26〕

第二次歐戰開始以來，我們在報章上看到了許多的對英法的同情，也從口頭和文字上看到了過分樂觀的對二次歐戰之性質的估計。我們充分理解，這表示了反侵略和愛好和平的人們的對歐局的熱切的期待，善意的解釋，同時我們也懂得這一半也由於過去我們一貫地將英法看做和平陣線之中堅的一種慣性的作用。但是，這次戰爭是否真的是反侵略的戰爭？這次戰爭是否很快地會轉換到真實的反對侵略和保衛民主的戰爭？這中間還包含著極大的問題。同情是一種美德，但是我們的同情應該立腳於真實的現實，而不應該出發於期待的幻想，假如我們現在天真地為著這種幻想而樂觀，而期待，那麼在幻想破滅而露出殘酷的真實的時候，天真常常會得到痛苦的報酬。

希望像虹一般的燦爛，而現實卻像灰一般的黯淡。

……

只有戰爭才能消滅戰爭，只有民主才能保衛民主，一定要認清了現階段歐戰的性質之後，我們才能探討歐局今後的發展，和全世界反對侵略和保衛民主的大眾的鬥爭的方向。

言論是報紙的靈魂。夏衍的社論不僅主導了《救亡日報》（桂林版）的方向，是其思想靈魂，他的寫作風格也影響了其旨趣、格調、品味和文風，而這一點在其副刊上也予以了充分的體現。

──────────

〔註26〕《希望與現實──再論二次歐戰的性質》，《救亡日報》（桂林版），1939 年 9 月 14 日。

第五節　形式多樣，亦莊亦諧的副刊

　　《救亡日報》（桂林版）副刊辦得十分成功，極受讀者歡迎。副刊主要刊登在第四版，第三版偶爾也會刊登一些副刊的內容。《救亡日報》（桂林版）副刊擁有素具盛名的眾多作者，內容豐富，形式多樣，既是聯繫、教育各階層廣大群眾的重要園地，又是對敵人口誅筆伐，對頑固派嘲諷兼施的堅強堡壘。其副刊為當時桂林出版的其它報紙所不及，成為《救亡日報》（桂林版）靚麗的風景。這一方面是由於負責副刊編輯的林林等眾多同人的努力，另一方面與各文藝團體、進步文化人士的大力支持也是分不開的。

一、形式多樣，滿足各階層讀者需要

　　《救亡日報》（桂林版）的各種副刊前後達 14 種之多，除經常性的《文化崗位》和後期的《十字街》外，輪次刊登的從《青年政治》到《兒童文學》，從《漫木旬刊》到《舞臺面》〔註 27〕，涉及各個領域，適應各方面讀者的需要，深受讀者歡迎。

（一）高雅的文化園地《文化崗位》

　　《文化崗位》是《救亡日報》（桂林版）最著名的一個副刊，是一個文藝性綜合副刊。第四版上除刊發其它專刊外，《文化崗位》是經常出版的，直至該報終刊為止。

　　《文化崗位》是一個高雅的文化園地，其內容主要涉及到以下幾個方面：其一，針對當時的文化運動（尤其是文藝運動）存在的各種問題，刊登評論文章，及時指明方向，促進文藝更好地為抗戰服務。較為重要的文章有《作家到前線去》（周揚）、《談「深入民間」》（茅盾）、《把文藝的種子傳播到戰壕、兵營裏去》（司馬文森）、《到大眾中去——給桂林的詩歌工作者》（林山）、《中國人的確是天才》（郭沫若）、《非常時期莫談國事》（艾青）等。其二，刊登評論文章，對抗戰以來的文藝理論研究和詩歌、美術、戲劇等創作加以扼要總結，既充分肯定成績，也指出不足之處，還提出了改進建議，對當時文藝理論、創作影響很大。其中較為重要的有《一年的文藝理論活動》（以群）、《詩的祝禱——給寫詩的朋友們》（艾青）、《論詩歌的民族形式問題》（黃藥眠）、

〔註 27〕劉曉慧：《抗戰時期桂林文化城的〈救亡日報〉及報人研究》，《廣西大學學報》（哲學社會科學版），2006 年，第 60 頁。

《新「三葉」之一葉》（田漢）、《中國美術的展望》（郭沫若）等。其三，對當時頗有影響的文藝作品或演出，《文化崗位》也及時組織連載並刊登評介文章，引導讀者、觀眾更好的欣賞。鹿地亘的《和平村記——俘虜收容所訪問記》分別由刑桐華、馮乃超翻譯。從 1939 年 2 月 1 日起，在《文化崗位》上連載達 3 個月之久。其力作——三幕話劇《三兄弟》，《文化崗位》也予以重點介紹和宣傳。從 1940 年 3 月 3 日起，《文化崗位》連載由夏衍翻譯的《三兄弟》全劇，至 3 月 18 日分 16 次登完。正式演出當日，《文化崗位》以整版篇幅登載「在華日本人民反戰同盟西南支部爲慰勞我抗戰英勇將士兼籌募基金公演《三兄弟》特刊」，發表《抗戰！反戰！中國人，日本人，緊握了手！——對於鹿地亘氏〈三兄弟〉演出感念》（孟超）、《勝利的啓示》（新波）、《受難者的呼聲》（陳殘雲）、《「反對侵略戰爭」——看〈三兄弟〉以後》（黃崇菸）、《祝》（林林）等文章，同時連載《三兄弟》劇本之六。其四，抨擊某些不合理的現行政策，爲人民群眾和文化人士爭取合法民主權利，這也是《文化崗位》的鮮明特點。如姚雪垠的《關於保障作家生活》，鋒芒所向，直指當時的國民黨政府。〔註 28〕

（二）適合市民口味的《十字街》

爲吸引和爭取更多和更廣泛的讀者，1940 年 10 月，《救亡日報》（桂林版）做出決定：「《文化崗位》要從文藝這個範圍擴大到文化各個領域去，辦成眞正的《文化崗位》；另外增闢一個小副刊《十字街》（日刊），辦成一個通俗的、富於市民趣味的綜合副刊」〔註 29〕。這個小副刊於 1940 年 10 月 20 日誕生，直至《救亡日報》（桂林版）被迫停刊而結束。它雖然存在的時間不長——僅僅 132 天，卻以其鮮明的特色給人們留下了深刻的印象。

在《十字街》創刊的當天，夏衍就在《十字街》的《街談巷議》專欄上發表文章《第一天》，表明創辦《十字街》的緣由及目的。夏衍在《第一天》中寫道：「在抗戰緊張中，偶爾看看有意思的小文章，正像公餘之暇坐坐公園的草地一樣，非但無害，而且有益。」「於是，《救亡日報》今天另闢一個《十字街》。在這個小天地裏，它將供給讀者以輕鬆而不儇薄，多趣而不卑俗的材

〔註 28〕 劉曉慧：《抗戰時期桂林文化城的〈救亡日報〉及報人研究》，《廣西大學學報》（哲學社會科學版），2006 年，第 61 頁。

〔註 29〕 華嘉：《桂林〈救亡日報〉的小副刊〈十字街〉》，參見廣西日報新聞研究室主編：《救亡日報的風雨歲月》，新華出版社出版，1987 年，第 107 頁。

料，它或者足以博讀者公餘一粲。但是，我們一定要做到這些材料的無毒與健康。」這些話，即使對今天的副刊而言，也是很有助益的。

　　《十字街》確實是個小副刊，在第三版下半版，只占五欄版面，共 2500字。補白不算，每天至少也有七八個題目，因此都是些短文章。為了適應各種讀者的不同口味，《十字街》中創辦了各種各樣的小欄目，大概有二三十個，每天輪流刊出，搭配適宜。內容包羅萬象，豐富多彩。《街頭巷議》是《十字街》每天都有的小言論專欄。它與《文化崗位・崗語》不同，不僅在內容上有分工：後者著重在文化思想方面發表觀點，而前者則多在社會現象上闡發議論，而且在文風上也有所不同，《十字街》力求做到通俗易懂，多用群眾語言。小言論專欄，除了《街頭巷議》之外，還有《今日話題》。其它專欄還包括地方性的《地方風光》、《地方小志》、《孤島點滴》、《海外來鴻》、《諉國奇談》等，介紹科學技術知識的《科學趣味》、《科學新聞》等，文教新聞方面則有《影壇新訊》、《學校風光》、《名人軼事》等，其它還有《諷刺小說》、《小幽默》、《歐戰奇談》、《小統計》、《讀者小信箱》等。

　　為提高普通讀者的文化品位，《十字街》也經常刊登著名作家和知名人士的詩詞，如郭沫若的《詩壽馮玉祥將軍》、《滿江紅並序》、柳亞子的《觀〈國家之上〉感賦》等。還有朱德的《李太行側 —— 寄語署中父老》、《住太行春感》、《出臺行》、《賀友人詩》、馮玉祥的《即席吟丘八詩》等。較有史料價值和意義的是 1940 年 12 月 15 日刊出的關於范長江、沈譜於 12 月 10 日在重慶棗子嵐埡的良莊舉行婚禮，全文發表了沈鈞儒老先生的《贈詩代嫁妝》，周恩來的題詞：「同心同德」，以及馮玉祥、于右任的賀聯，王崑崙、郭沫若、田漢的賀詩。這些報導不僅僅是時人行蹤和名人軼事，而且反映了當時的複雜鬥爭。同樣的道理，1940 年 11 月 8 日的《十字街》發表了《國父臨終時致蘇聯中執會的信》，也反映了複雜鬥爭的另一個側面。所以，《十字街》不僅滿足於適應普通讀者的不同口味，同時還有意於進行「有理、有利、有節」的鬥爭。

　　《十字街》這個小小的副刊，同《救亡日報》(桂林版)整個辦報方針是一致的。它自始至終都緊密聯繫讀者，堅持同讀者站在一起，依靠廣大讀者辦報，並通過讀者同社會大眾建立密切的關係，藉以達到宣傳組織大眾、服務大眾的目的。1940 年 12 月 15 日，《十字街》刊出讀者阿旺的來信：《榮譽軍人怎麼過多？》，同時在《街談巷議》裏發表《慰勞榮譽軍人》，響應讀

者來信的倡議。當天就收到很多讀者來信支持和捐款。次日再發起「替榮譽軍人添菜運動」，同時逐天公佈收到的菜金捐款。十天之內收到捐款 1360.87元，並於同月 25 日發表《爲結束替榮譽軍人添菜運動啓》。但卻欲罷不能，每天仍有讀者送來捐款。報社派出三個小組去慰勞榮譽軍人，把慰勞菜金送到他們手裏，並於 29 日發表了三篇慰勞之行的文章：《赴龍門記》（高靜）、《在榮譽大隊》（高汾）、《××醫院來去》（何明）。之後又陸續收到捐款 250.45元，只好於 1941 年 1 月 7 日，再次鄭重發表《爲「替榮譽軍人添菜」結束啓》，同時又發表了第二次去慰勞榮譽軍人之行的兩篇文章：《在潭下》（林林）、《蘇橋行》（高灝），還發表了丁炎的來信：《一封榮譽軍人的來信》，這才結束了這項工作。由此可見，當年的《救亡日報》（桂林版）是始終同讀者站在一起，打成一片的。別看這小副刊每天只占半版位置，卻同讀者搞得火紅火熱的。

《救亡日報》（桂林版）創辦的其它副刊還包括，以刊登木刻作品和木刻評論爲主的旬刊《救亡木刻》（後改名爲《救亡漫木》），以刊登詩歌創作和詩歌評論爲主的《詩文學》；以刊登音樂作品及音樂評論爲主的旬刊《音樂陣線》，以刊登兒童文學爲主的《兒童文學》，以刊登反映兒童生活文章爲主的《兒童周刊》，以批評、介紹中外文學名著爲主的《介紹與批評》，以刊登戲劇及其評論文章爲主的《舞臺面》，以社會、政治爲主的綜合性副刊《青年政治》；綜合性的通俗副刊《救亡日報星期刊》，以刊登讀者來信爲主的《讀者論壇》，還有《新聞記者》等。〔註30〕這些副刊保留著《救亡日報》在上海、廣州時的雜誌性特點。

二、內容豐富、亦莊亦諧

《救亡日報》（桂林版）副刊內容不但多姿多彩，而且亦莊亦諧。這一點尤其在《文化崗位》的《崗語》、《草地》〔註31〕的《小言》、《十字街》的《街談巷議》中得到鮮明的體現。這些專欄小言論往往運用旁敲側擊，借題發揮；或用以子之矛攻子之盾的方式，嬉笑怒罵。有心人自能體察個中三味，被抨擊者亦心中有數。像《崗語》中的《造謠家的阿Q》諷刺英法挨了

〔註30〕劉曉慧：《抗戰時期桂林文化城的〈救亡日報〉及報人研究》，《廣西大學學報》（哲學社會科學版），2006 年，第 62 頁。
〔註31〕《草地》爲《救亡日報星期刊》一版上一個富於趣味性、知識性、通俗性的小副刊。

打還吹噓勝利，《閱報隨感》痛斥陶希聖之流，《街談巷議》中《再談槍斃石友三》影射蔣介石言行不一。這些文章都傳誦一時，膾炙人口。1940 年 4 月 8 日到 11 日，連載了署名戰生（夏衍）的《汪精衛罵汪兆銘》，引汪逆自己說過的話斥責漢奸，痛快淋漓。1940 年 4 月 18 日《草地》刊發《富與窮》一文在敘述了英國打了半年仗極力節省開支後，筆鋒一轉：「而中國呢？此番委座在《取締黨政軍人宴會辦法》裏面說：『酒食徵逐，日有所聞，一席所費，動逾百金，……或則溝通餐室，短取筵資，或則珍錯滿前，詭稱便飯。』」借蔣介石的話把國統區後方吃的腐敗現象暴露無遺。〔註32〕

三、得到各文藝團體、各界知名人士的關心和幫助

　　《救亡日報》（桂林版）有不少副刊，完全是借助社外文藝社團的力量編輯的。比如《漫木旬刊》是由中華全國漫畫作家抗戰協會、中華全國木刻界抗敵協會合編的；《青年政治》是由廣西大學政治研究會主編的；《詩文學》是由詩文學社編輯、艾青主編的。通過這種合作，既豐富了副刊的內容，吸引了讀者，又達到聯合社外文藝社團共同抗戰的目的。經常為副刊撰稿的各界知名人士主要有茅盾、田漢、張天翼、艾蕪、艾青、歐陽予倩、馬彥祥、焦菊隱、於伶、林煥平、孟超、宋雲彬、葉紫、王魯彥、何其芳、黃藥眠、谷斯範、楊朔、卞之琳、曾敏之、新波、李樺、胡玉枝、何家槐和秦似等人。〔註33〕他們為《救亡日報》（桂林版）撰寫了大量高質量的稿件，使其富有濃厚的文藝氣息。

第六節　內外兼攻的經營管理

　　《救亡日報》是中國共產黨領導下的、唯一完全依靠市場運作的報紙。除在創辦初期，為了體現國共合作的抗日統一戰線的形成，國共兩黨在上海的組織各出 500 元的開辦費外，全靠社會各界的捐款和市場運作來支撐報社的生存與發展，在報社的經營管理上也創出了一條特色鮮明的辦報路徑，即內外兼攻，面向社會籌款，內部抓好報紙質量，擴大營銷市場，開展多種經

〔註32〕劉曉慧：《抗戰時期桂林文化城的〈救亡日報〉及報人研究》，《廣西大學學報》（哲學社會科學版），2006 年，第 63 頁。

〔註33〕劉曉慧：《抗戰時期桂林文化城的〈救亡日報〉及報人研究》，《廣西大學學報》（哲學社會科學版），2006 年，第 63～64 頁。

營，採用多種形式發行，努力降低報紙成本，使報紙在艱難中順利運營。

一、面向社會籌款，創建辦報基金

《救亡日報》作爲一份抗日民族統一戰線的報紙，由於它的獨特性質，決定了其辦報資金不能靠某一個人或某一個政黨派系的供給來支撐，只能走向社會籌款創建辦報基金的道路，來支撐它的日常出版與運轉。《救亡日報》主要通過三個渠道來向社會籌款。

一是面向港澳、南洋及海外廣大華僑和華人的募捐籌款，這是辦報資金的主要來源，數量也最多。如粵版、桂版復刊籌備期間，總編輯夏衍多次前往香港，通過有關民間團體與組織，向南洋及海外廣大華人華僑募得好幾筆資金與辦報器材，使《救亡日報》得以在兩地復刊。1939 年底，爲了建立自己的印刷廠，夏衍又一次去了香港，籌款買了一副新的五號字銅模在桂林東郊建起了建國印刷廠。

二是通過抗日救亡文藝社團，得到重慶、香港、桂林的文藝界、戲劇界的幫助，在重慶、香港、桂林、貴陽、貴縣等地義演夏衍的劇作《一年間》，爲《救亡日報》籌措辦報基金。在重慶連演七場，七場客滿，籌得款項一萬一千元。在桂林演出十多場，觀眾累計達五千人以上，廣西軍政要人都購了多張十元、五元的榮譽券入場觀看，收入可觀，所得款項還撥了部分救濟難胞。

三是通過報社領導人在北伐時期建立起的「私人情誼」，獲得粵系、桂系等地方實力派的一些贊助。

二、進行新聞改革，提高報紙質量，擴大營銷市場

《救亡日報》在桂林復刊時，要以一張四開小型報紙跟對開大型的《廣西日報》、《掃蕩報》和《力報》等眾多報紙競爭，在桂林的報業市場上取得一席之地，進行新聞改革，提高報紙質量，加強發行管理，擴大營銷市場，就成了迫在眉睫的問題。爲此，《救亡日報》（桂林版）採取了以下五個方面的措施：

（一）按新聞規律辦事，改革報紙版面，擴大版面容量

通過上海、廣州兩個時期的辦報實踐，使《救亡日報》（桂林版）同人們

懂得，報紙要有銷量，有特色，「以小勝大」，在報業市場上佔有一席，必須改變上海、廣州出版時的那種既不像雜誌，又不像報紙的狀況，按新聞規律辦事，改革報紙版面，擴大報紙容量。經過幾次編輯部民主會議，確定出各版的版性和刊登的內容範圍：一版為要聞版，刊登國內外要聞和社論、時論；二版為國內政情版，刊登廣西和桂林的當地新聞、本地專訪、特寫；三版為外埠救亡訊息版，刊登外埠通訊和知名人士寫的本報特稿，後來擠出五欄篇幅增闢第二副刊《十字街》；四版為副刊版，除固定的《文化崗位》之外，有時也出音樂、美術方面的專刊，每版都有七、八個題目以上的內容，這樣每篇稿件的文字就簡短多了。並規定報紙要以言論掛帥，每天一定要有一篇不超過 1200 字的社論，和根據國民黨中央社發的國內外大事簡編成的幾百字到1000 字的要聞簡報。在內容上，以實際的調查報告代替空泛的文字議論；減少知識層色彩，增加大眾化內容；加強新聞版面的改進，一掃過去雜誌型的編排形式。這樣改革以後，給讀者的印象是，這張四開小型的報紙，其刊登的內容和對開大型的報紙一樣多，甚至比對開大型的報紙還要豐富。

（二）建立每日批報制度和定期召開編輯部民主會議

　　為提高報紙質量，《救亡日報》（桂林版）還開展了每日「批報」活動——每天一早報紙印出來之後，先由總編輯夏衍校看一遍，從版面安排到新聞內容、形式以及文字，如對當時新聞報導中常用的一些對讀者不負責任的語彙，如說「云」、「云云」之類，一一用紅筆劃出來進行批點，再張貼出來讓大家批點、議論，檢查這些差錯出現的原因，以便改正。或提出總編輯個人看法，徵求大家的意見和看法，予以糾正。如有一次編輯丁明把一則從延安報刊上轉載的文藝消息編發了，消息上忘了把「周揚同志」一語中的「同志」兩字刪去，或改用「先生」兩字，夏衍在「批報」中用紅筆在「周揚同志」下面劃上記號，並在旁邊寫上「延安的口吻」五個字，以引起大家注意：「我們是一張抗日救亡的民間報紙」。

　　同時，還確立每隔十天（有時半個月）召開一次編輯部民主會，檢查這段時間的編報情況，有批評有表揚，並計劃下一步編輯工作。會議個把鐘頭解決問題，開得輕鬆，有話即長無話即短。每次會議集中解決一兩個突出的問題。有關編報業務上的問題，也不是由總編輯一個人說了算，而由總編輯或值班領導集思廣益，以大多數人的意見為準。

（三）設立資料室，做好新聞注釋工作

由於當時國內外戰局的多變，中央社、塔斯社播發的新聞稿中有些事件、人物、地名，一般讀者不瞭解，於是《救亡日報》（桂林版）決定建立一個資料室，專爲當天新聞中出現的人名、地名和事件做注釋工作。資料室的圖書都是向社會上募集來的。還有各地交換來的報紙，用來剪輯資料，分門別類後供編輯部寫社論、時論或處理新聞稿件時作參考。資料室的工作，聽命於編輯部的要求。凡是編輯部叫寫的東西，資料室都得抓緊時間當天完成，緊密配合新聞報導，努力做好新聞注釋工作，使讀者對新聞獲得較深的理解，懂得新聞事件的來龍去脈。注重做好新聞注釋工作，是《救亡日報》（桂林版）的一個創新和特色。如《如火如荼的緬甸獨立自由運動》、《讀「檢討阿 Q 文章」後》、《湖南東南境一周》等頗受讀者好評的文章，都是資料室應編輯部的要求及時提供的。

（四）樹立品牌意識，推出獨有的新聞產品——「本報特稿」

《救亡日報》（桂林版）爲了在報業市場上站住腳，利用上海文化界救亡協會的老關係，分別約請在桂林和重慶、昆明、香港等地的文化界知名人士寫文章。這種稿件都有針對性，也都是由報社根據時局的變化，提出寫作範圍，特約有專長卓見的作者寫的。爲了引人注意樹立本報品牌，每篇文章的題目都加上一個「本報特稿」的標誌，以示本報獨有的新聞產品。如 1939 年第二次歐戰爆發，夏衍親自赴香港約請國際問題專家金仲華、喬冠華等人撰寫了一批有關歐洲戰事的「本報特稿」，爲桂林各報所無，深受讀者歡迎。這個獨有的新聞產品的推出，不但提高了《救亡日報》（桂林版）的品味和質量，也迅速擴大了《救亡日報》（桂林版）的銷路。

（五）嚴格出報流程，提早出報

盡量提早出報時間，搶在《廣西日報》（桂林版）、《掃蕩報》（桂林版）等報之前出報，是《救亡日報》（桂林版）爭取在桂林報業市場站住腳的經營策略之一。爲了做到這一點，他們嚴格了出報流程，密切了編輯部與印刷廠之間的銜接，規定第二、三版要在白天提前編校和排印好，第四版要在下午編校拼好版，等黎明前拼好第一版後一起上機器開印。通訊社有關國內外重要消息都大都集中在晚上發稿，因此第一版要聞版規定在夜裏發稿編排，清早四點左右拼出大樣。爲了縮短出版時間，夜班編輯部搬到印刷廠上班，把

夜班編輯和校對的桌子放在排字房裏，一邊編稿一邊發排，一邊校對一邊改樣，遇有問題及時解決。通過這些措施使《救亡日報》成了桂林報業市場上出版最早的報紙，從而使報紙的發行量迅速上升。

三、開展多種經營，採用多種形式發行，努力降低報紙成本

　　《救亡日報》（桂林版）的辦報經費主要靠向社會各界募集和重慶、桂林文化演藝界的義演來籌措，因此日常的開支十分緊張。《救亡日報》（桂林版）平均每月開支約 5000 元，其中：紙張占 54%，約 2000 元；印刷費占 24%，約 1200 元至 1300 元；郵電、房租、旅費、文具、雜費等占 18%，約 900 元至 1000 元；報社同人生活費占 4%，約 200 元。每月收入 3000 元，平均每月虧損 2000 元。為了改變每月虧損的狀況，讓其能夠生存下去，他們開展多種經營、採用多種形式發行並努力降低報紙成本，以改善財政每月虧損狀況。

　　首先是開展多種經營。一是建立印刷廠。到 1939 年底，《救亡日報》（桂林版）的發行數接近 8000 大關。湖南、江西、廣東、四川、香港以及南洋也都有訂戶。當時到桂林的愛國華僑陳嘉庚在參觀《救亡日報》（桂林版）後，問夏衍經濟上還有什麼困難。夏衍說：「我們經濟上確實沒有太大的困難。」在報社「站定」之後，夏衍和翁從六以及之後擔任經理的張爾華商定，籌建一個自己的印刷廠。當時《救亡日報》（桂林版）是由文新廠承印，印費昂貴，約占報社全部開支的 24%。有了自己的印刷廠，不僅可以節省開支，還可承接印刷業務，增加收入。為此，夏衍於當年年底又一次去香港，籌買到一副鑄字銅模。回到桂林後，他們還自鑄了一副鉛字，在灕江南岸的荒地上搭起了茅屋，招募了十來個流散到桂林的印刷工人，建成自己的印刷廠。為安全考量，印刷廠名義上獨立，取名為建國印刷廠。（後來《救亡日報》（桂林版）停刊前，印刷廠得以相機出讓，並保障了人員疏散的經費。）為了更便於工作，時任總編輯的夏衍還發奮學習排字，每天擠出兩個小時，經過一段時間的熟悉，掌握了 24 盤常用字的排版，並學會了拼版。二是組建南方出版社出版一些書籍、單印本和雜誌《十日文萃》。《十日文萃》是一本以時事政論為主兼及文藝的綜合性、文摘性雜誌。大部分稿件是選用《新華日報》和《救亡日報》（桂林版）上的好文章，有些長文章則是《救亡日報》（桂林版）容納不了，又不忍割愛而轉給《十日文萃》的。每期印八、九千份，幾乎銷售

一空。三是收集剩報，發行《救亡日報》（桂林版）合訂本，銷路也不錯。

其次是採用多種形式搞發行。不論是《救亡日報》（桂林版）、《救亡日報》（桂林版）合訂本、《十日文萃》，還是南方出版社出版的單行本，都是由救亡日報社自己發行的。《救亡日報》廣告很少，報社收入主要靠發行。爲了擴大發行，報社提出了報紙內容要好，出版要早，發行要快的要求。對城裏本埠訂戶和報販以及分送各書店零售的報紙，要求更早、更快。具體的發行則採取以下幾種辦法：一是自設營業處，接待訂戶和報販前來訂報和購報；二是批發給本埠各書店銷售；三是在國統區外省重要城市設代售點；四是每天凌晨一出報，由工作人員背著報紙到報販集中地去推銷；五是給報販當日賒賬拿報去賣，次日結帳付錢，剩下的報紙由報社全數回收出合訂本，不讓報販遭受經濟損失。這幾種發行方式結合運用，因而使得報紙銷量節節上升。1939 年下半年，《救亡日報》（桂林版）發行額本市占 26%，外埠占 74%，而外埠中廣西各縣又占 55%，廣東占 17%，湖南占 11%，其他各省及越南、香港、南洋占 17%。六是吸引訂戶。面對《廣西日報》（桂林版）、《中央日報》（廣西版）、《掃蕩報》（桂林版）等報的激烈競爭，在夏衍和翁從六的領導下，《救亡日報》（桂林版）採取惠利讀者的方式吸引訂戶，制定復刊時零售 3 分，一月應繳費 9 角，但長期訂戶每月只收 6 角 3 分，連續訂三個月 1 元 8 角，半年 3 元 5 角，一年六元。後來由於物價上漲，報紙雖分別於 1940 年 3 月、11 月兩次提價，零售漲到 5 分，但對老訂戶，按舊價收款。〔註34〕這樣一來，長期訂戶增加很多。

實施以上各項經營措施後，從 1939 年底開始，《救亡日報》（桂林版）的財政狀況大爲改善，1940 年實現收支平衡，略有盈餘，以至於同年，愛國僑胞陳嘉庚到桂林參觀《救亡日報》（桂林版）時，一再詢問《救亡日報》（桂林版）經濟上還有什麼困難需要幫助時，總編輯夏衍釋然地回答說：《救亡日報》（桂林版）經濟上已經沒有太大的困難需要幫助了。

〔註34〕《救亡日報》（桂林版）啓事，1940 年 11 月 6 日。